Laura Gambrinus

Das Waisenmädchen und der Lord

ISBN: 9781717968159
Imprint: Independently published

Laura Gambrinus
c/o Papyrus Autoren-Club
Pettenkoferstr. 16-18
10247 Berlin (Germany)

Lektorat:
S. Krüger

Korrektorat:
M. Riek

Cover-Gestaltung:
F. Rüttgers

Verwendete Bildlizenzen:
© merrymuuu/Shutterstock.com
© merrymuuu/Shutterstock.com
© fotoslaz/Shutterstock.com
© StevanZZ/Shutterstock.com

Laura Gambrinus

Das Waisenmädchen und der Lord

Über dieses Buch

Lord Rennison, Marquess of Marlborough, ist ein Mann, der zu seinem Wort steht. Er hat einem Kameraden auf dem Sterbebett sein Versprechen gegeben, sich um dessen kleine Tochter zu kümmern, sollte er heil aus dem Krieg heimkehren.
Also lässt er alles für das Mädchen vorbereiten: Eine Schaukel im Park anbringen, ein Zimmer einrichten, Personal einstellen.
Es wird ihr an nichts mangeln, und er selbst wird das Geschöpf kaum zu Gesicht bekommen, dafür hat er gesorgt.
Doch – anstelle eines Kindes entsteigt eine junge Frau der Kutsche.
Statt der Nanny wird eine Zofe gebraucht, statt des Spielplatzes ist ein Bräutigam gefragt, denn die junge Dame soll schnellstmöglich verheiratet werden und das Haus verlassen.
Doch unter all den Männern, die um die hübsche Alice werben, ist kein einziger, der den Ansprüchen des gestrengen Vormunds genügt, und der Marquess findet immer neue Gründe, die Herren hinauszukomplimentieren.
Schließlich muss sich der Lord die Frage stellen, ob sich die temperamentvolle, lebensfrohe Alice in sein eigenes Herz geschlichen hat.

Lassen Sie sich von Laura Gambrinus in die Zeit des Regency entführen und begleiten Sie Alice bei ihren berührenden Erlebnissen in Langton Abbey – ein Lesespaß voller Dramatik und Humor.

Kapitel 1

Ein kleines Dorf östlich von Oxford,
Ende August 1815

Alice Bingham mochte nicht glauben, was ihr Mr. und Mrs. Enfield erzählten.

Natürlich wusste sie bereits, dass ihr Vater die Schlacht von Waterloo nicht überlebt hatte. Obschon sie bei seinem Abschied bereits um ihn getrauert hatte, war die Nachricht von seinem Tod ein Schock für sie gewesen, und es hatte viel Zuspruch seitens ihrer Pflegeeltern bedurft, sie zurück in den gewohnten Alltag zu führen.

Sie erinnerte sich noch gut an die letzten Worte ihres Vaters, ehe er in diesen Krieg gezogen war.

Ich verspreche dir, mein Liebling, ich werde dafür sorgen, dass es dir an nichts fehlt, sollte ich nicht mehr heimkommen.

Earnest Bingham hatte sein Versprechen gehalten.

Aber – der Marquess of Marlborough als Vormund?

Wenn sie dem guten Mr. Enfield glaubte, dann wäre sie hier bei ihm weit besser aufgehoben als bei jenem Gentleman.

Aus seinen Worten ging hervor, dass er den Marquess nicht sonderlich schätzte.

Nicht, dass Mr. Enfield dies frei ausgesprochen hätte.

Oh nein.

Alice reimte es sich selbst zusammen – aus verschiedenen Kleinigkeiten, die sie beobachtete.

An den missbilligend nach unten gezogenen Mundwinkeln beispielsweise. Am Tonfall seiner Stimme, der sich veränderte, sobald er den Namen seiner Lordschaft aussprach. Den raschen Blicken, die Mr. Enfield mit seiner Frau und deren Freundin Winifred wechselte, wenn er glaubte, sie würde es nicht bemerken.

Es dauerte denn auch eine Weile, bis sie begriff, warum man auch Mrs. Winifred Staunton zu diesem Gespräch gebeten hatte. Sie war eine Witwe von etwa Mitte vierzig, trug das immer noch kastanienbraune Haar zu einem strengen Knoten im Nacken geschlungen und ihr Ruf als unbeugsame Verfechterin von Tugend und Moral war selbst zu Alice durchgedrungen wie Donnerhall.

»Hast du alles verstanden, was wir dir gerade eingeschärft haben?«, holte Mr. Enfields Stimme sie aus ihren Überlegungen.

»Ja, Mr. Enfield.«

»Es ist besonders wichtig, dass du begreifst, dass du alles tun musst, um deinem neuen Vormund so wenig wie möglich aufzufallen. Er ist nicht verheiratet, kinderlos ...«

»Zumindest soweit wir wissen ...«, warf Mrs. Enfield ein, was ihr einen strafenden Blick seitens ihres Gatten eintrug.

»Und er hat einen skandalösen Ruf«, fuhr der Lehrer unbeirrt fort. »Außerdem gilt er nicht als besonders langmütig und dürfte daher für unangemessenes Benehmen keinerlei Verständnis haben. Im Gegenteil. Er ist nur auf die Tugend einer Frau aus, ohne dafür die Verantwortung übernehmen zu wollen. Vorlautes Verhalten könnte ihn zu der irrigen Annahme verleiten, dass … nun ja, dass … seine lockere Moral zumindest toleriert wird.«

Alice schluckte. Sie hatte im Rahmen der väterlichen Möglichkeiten eine gute Erziehung genossen. Was allerdings hier von ihr verlangt wurde, klang für sie nicht besonders ermutigend.

»Daher verhalte dich unauffällig, sodass Seine Lordschaft dich möglichst wenig bemerkt, und alles wird gut«, setzte Mrs. Enfield die Belehrung fort.

Wie sollte sie es anstellen, dass ein Mensch, in dessen Haushalt sie vermutlich leben sollte, nichts von ihrer Anwesenheit mitbekam?

»Irgendwann wirst du heiraten und eine eigene Familie haben, dann wird dir die Zeit beim Marquess of Marlborough wie ein Traum vorkommen«, mischte sich nun auch die Witwe Staunton ein, die sich bisher weitgehend zurückgehalten, aber zu allen Äußerungen bezüglich des Marquess ein missbilligendes Gesicht gemacht hatte.

Hatte sie wie ein *schlimmer* Traum gemeint? Ihr Tonfall hatte zumindest danach geklungen.

»Aber ich will gar nicht heiraten«, widersprach Alice an dieser Stelle. »Ich könnte doch auch eine Schule für Kriegswaisen gründen und arme, elternlose Kinder unterrichten, so wie Sie das hier tun.«

Winifred Staunton zog eine Augenbraue hoch in dem sonst unbewegten Gesicht, als wäre dies die absurdeste Idee, die sie jemals gehört hatte.

»Schlag dir diese Flausen lieber aus dem Kopf«, ermahnte Mrs. Enfield Alice eindringlich und ihr Mann nickte zustimmend. »Du willst doch nicht etwa als Blaustrumpf enden? So etwas gehört sich nicht für ein anständiges Mädchen, das noch andere Möglichkeiten hat.«

Hatte sie die denn?

Alice ließ den Kopf hängen. Alles, was sie gehört hatte, seit sie aus dem Garten ins Haus zurückgekommen war, klang durch und durch aussichtslos.

Ach Papa, dachte sie betrübt. Sicher hatte ihr Vater es nur gut mit ihr gemeint. Aber warum konnte sie nicht bleiben, wo sie war?

Niedergeschlagen kehrte Alice in den Garten zurück, nachdem man sie mit weiteren Ratschlägen entlassen hatte, doch sie fühlte sich unsagbar deprimiert. Sie setzte sich auf die kleine Schaukel, deren geflochtene Hanfseile bei jeder Bewegung knarrten. Der Baum, an dem die Schaukel befestigt war, stand in einer entfernteren Ecke des Gartens. Meistens war sie hier allein und konnte ihren Gedanken nachhängen, während sie müßig hin und her schwang und sich gelegentlich mit einem Fuß abstieß. Sie fand die langsame Bewegung tröstlich.

Es fühlte sich ein klein wenig an wie zu Hause.

Das Zuhause, das sie verloren hatte, als ihr Vater in diesen unseligen Krieg gezogen war, weil er der Überzeugung gewesen war, er müsste das für König und Vaterland tun.

Und nun musste auch sie von hier fortgehen, und ihr Leben würde sich von Grund auf ändern.

Betrübt sah sie sich um. Seitdem ihr Vater sie bei dem Lehrerehepaar in Pflege gegeben hatte, hatte sie hier gelebt. Sie liebte diesen etwas verwilderten Garten und die diversen Versteckmöglichkeiten, die er ihr bot. Beim Marquess of Marlborough würde sie wahrscheinlich in einem großen Haus wohnen müssen, das sie nicht verlassen durfte.

Ein Gefängnis.

Es waren trübe Aussichten, die sie erwarteten.

Im Londoner Stadtpalais des Marquess of Marlborough in Mayfair, Anfang September

»Und das hast du akzeptiert?« Lord Thomas Halsbury war fassungslos.

»Was hätte ich sonst tun sollen?« Die Stimme von Rennison Palmer-Lytton, Marquess of Marlborough, klang gelangweilt. »Das ist eine Frage von Ehre und Moral. Wenn ein Sterbender dich um etwas bittet, dann lehnst du das nicht leichtfertig ab. Das weißt du ebenso gut wie ich selbst.«

»Ja, das stimmt. Aber – eine Vormundschaft. *Du!* Das ist nicht einfach nur irgendeine Gefälligkeit, die man einem fremden Menschen erweist. Das ist eine große Verantwortung, ist dir das klar?«

»Oh, das ist es durchaus, mein lieber Thomas, also

bitte sprich nicht mit mir, als wäre ich ein begriffsstutziger Bauerntölpel.«

»Aber … war dem sterbenden Vater denn nicht bewusst, in wessen Hände sein nunmehr verwaistes Kind geraten würde? Der wüste Marquess – nennt man dich nicht immer noch so? Und ausgerechnet der soll ein Kind großziehen? Ein Mädchen!«

Der Marquess hob sein Brandyglas gegen die Flammen des Kaminfeuers, das man hatte anzünden müssen, da er trotz des fortgeschrittenen Sommers abends fröstelte. Er blinzelte durch die bernsteinfarbene Flüssigkeit. »Ich gehe sehr wohl davon aus, dass er es wusste«, antwortete er ruhig. Er bemühte sich um einen gelassenen Ausdruck, damit sein bester Freund nicht bemerkte, dass er sich gekränkt fühlte. »Er kannte meinen Namen, ja, er hat sogar ausdrücklich nach mir verlangt. Mein Ruf dürfte ihm daher keineswegs fremd gewesen sein.«

»Und seine Wahl fiel dennoch auf dich?«

»Er war in meinem Regiment, also kannte er meine wirtschaftliche Situation. Und er hielt mich wohl für einen Ehrenmann, der zu seinem Wort steht, wenn er es denn einmal gegeben hat.«

»Damit hatte er wiederum recht … Und deine Reputation hat ihn nicht gestört?«

»Ich habe ihm auch ausdrücklich abgeraten, seinem Töchterchen einen Vormund meines Rufes anzutun, doch er wollte nichts davon wissen, sondern hat auf seiner Wahl bestanden. Ich sei in der Lage und sicher auch willens, seinem Kind eine behütete Existenz zu bieten. Ich konnte ihn nicht davon abbringen – der Sensenmann war schneller.«

Thomas schüttelte verständnislos den Kopf. »Was mag ihn da nur geritten haben? Und du – was wirst du unternehmen?«

»Der Notar der Familie hat sich bereits mit dem meinen in Verbindung gesetzt und wird das Kind in den nächsten Wochen zu mir bringen.«

»Hierher? Nach London?«

»Gott bewahre! Nach Langton Abbey natürlich.«

»Wie heißt sie?«

»Alice. Alice Bingham.«

»Bingham … Bingham … der Name sagt mir irgendetwas, aber ich komme nicht darauf.«

»Ein Allerweltsname«, tat der Marquess ab. »Ich verbinde nichts mit ihm. Doch nun werde ich mich wohl oder übel damit abfinden müssen, ein Mündel zu haben, das ihn trägt.« Er seufzte leise und nahm einen genüsslichen Schluck aus seinem Glas. »Nun denn … Das wird mich ein paar Stunden zu Pferd und ein paar Tage auf meinem Landsitz kosten. Nach meiner langen Abwesenheit kann es ohnehin nicht schaden, dem Verwalter und den Pächtern wieder einmal einen Besuch abzustatten. Sobald alles zu meiner Zufriedenheit geregelt ist, werde ich nach London zurückkehren.«

»Und dein gewohntes Treiben wieder aufnehmen«, ergänzte Thomas Halsbury mit ironischem Unterton.

Erneut nahm Rennison einen Schluck, ehe er den Rest des edlen Tropfens bedächtig im Glas kreisen ließ und dabei in die Flammen starrte. »Das, lieber Freund, wird sich zeigen. – Ach, ehe ich es vergesse: Möchtest du mich vielleicht nach Langton Abbey begleiten?«

»Ich dachte schon, du würdest nie fragen«, verkündete Thomas belustigt. »Ich kann mir doch unmöglich den Moment entgehen lassen, in dem ich dich Verantwortung übernehmen sehe.«

»Ja, ein in der Tat überaus befremdlicher Gedanke. Wer hätte das je gedacht«, murmelte Rennison, ehe er den restlichen Inhalt seines Glases in einem Zug hinunterstürzte.

Butler Oswin Stearns schlüpfte an Margret Palmer-Lytton vorbei, die soeben durch die Tür getreten war, und verbeugte sich vor Rennison. »Die Dowager Marchioness, Euer Lordschaft.« Er warf der Lady einen finsteren Blick zu.

Margret war hoheitsvoll in Rennisons Büro gerauscht und hatte das Anklopfen geflissentlich übersehen. Mit ihrem federgeschmückten, breitkrempigen Hut, dem fransenbesetzten Sonnenschirmchen und den silberfarbenen Löckchen um das energische Gesicht brachte seine Mutter es fertig, verspielt und herrisch zugleich auszusehen. Ganz in herrschaftliches Dunkelblau mit silberfarbener Spitze gekleidet, reichte sie dem Butler mit einer preziösen Geste ihre Handschuhe.

»Danke, Stearns. Sie können gehen«, scheuchte Margret den Mann hinaus, der Rennison noch einen entschuldigenden Blick zuwarf, sich erneut verbeugte und die Tür von außen zuzog.

»Nun, mein Lieber. Wenn du mich einer Nichtigkeit wegen vom Bridge mit Lady Ashley hast wegholen lassen, werde ich dir die Leviten lesen, dass dir die Ohren klingen.«

Rennison erhob sich von den Papieren, an denen er gearbeitet hatte, und ging seiner Mutter mit unbewegter Miene entgegen. Ihre temperamentvollen Auftritte ließen ihn – sehr zu ihrem Leidwesen – schon lange kalt, und so quittierte er auch jetzt ihr vehementes Erscheinen nur mit einem spröden Lächeln und einem perfekt in die Luft über ihren Handrücken gehauchten Kuss.

»Mutter. Schön, dass Sie es einrichten konnten. Willkommen.«

Lady Margret ließ sich mit einem resignierten Seufzen nieder. »Das Willkommen müsste dir gelten. Schön, dich heil wiederzusehen, Rennison«, begrüßte sie ihn und bedachte ihn mit einer ebenso sparsamen Gefühlsregung. »Es geht dir doch gut?«

»Abgesehen von ein paar kleineren Blessuren – ja, danke der Nachfrage.«

»Du bist blass – isst du nicht genug?«

»Mutter, bitte! Dem Alter für derlei Fragen dürfte ich inzwischen entwachsen sein, denken Sie nicht?«

Margret zuckte die Schultern. »Wie du meinst.« Sie sah sich demonstrativ im Raum um und nickte dann anerkennend. »Mit deinem neuen Haus hast du einen guten Griff getan.«

»Danke, Mutter.«

»Ich hatte ja, wie du weißt, meine Bedenken, als du mir deine Absicht mitteiltest, hier in dieser Gegend eine Stadtvilla zu kaufen, aber sie gefällt mir. Nur …« Sie wandte sich zu Rennison, der sich wieder hinter seinem Schreibtisch verschanzt hatte. »... ist sie nicht ein bisschen zu groß für dich allein?«

Der Marquess verkniff sich eine bissige Bemerkung. »Ich habe Sie nicht um Ihren Besuch gebeten, Mutter, um mit Ihnen die Größe meines Wohnraumes zu diskutieren, sondern weil ich mir ein ernsthaftes Problem eingehandelt habe.«

Ihm wurde bewusst, dass er in diesem Moment zum ersten Mal die Dinge beim Namen genannt hatte. Nicht einmal seinem Freund Thomas gegenüber hatte er sich zu dieser brutalen Aussage hinreißen lassen.

Dass er seiner Mutter gegenüber so schonungslos offen war, lag nicht etwa daran, dass ihn ein besonderes Vertrauensverhältnis mit ihr verbunden hätte. Es lag vielmehr daran, dass er zur Bewältigung dieses Problems weibliche Unterstützung benötigte.

»Oh«, war dann auch tatsächlich die indignierte Reaktion seiner Mutter, und er wusste sofort, welche Schlüsse sie aus seiner mageren Aussage gezogen hatte und was nun kommen würde. »Du hast also mal wieder eine Frau in Schwierigkeiten gebracht«, fuhr sie erwartungsgemäß fort, und ihre Stimme nahm den enttäuscht-resignierten Unterton an, der ihn in seiner Jugend das eine oder andere Mal über seine Untaten hatte nachdenken lassen.

Nun entlockte er ihm nur noch ein müdes Schmunzeln.

Er wusste, was auch immer es wäre, vor aller Welt würde Lady Margret hinter ihm stehen wie ein Fels in der

Brandung. Ob und wie heftig sie ihm hinter verschlossenen Türen Vorwürfe machte, ging niemanden etwas an.

»Ich muss Sie leider enttäuschen, Mutter. Das Gegenteil ist der Fall«, ließ er sie wissen und beobachtete amüsiert den Wechsel ihres Mienenspiels von missbilligend zu ratlos.

»Eine Frau hat dich in Schwierigkeiten gebracht? Dass ich das noch einmal erleben darf, ist mehr, als ich je zu hoffen wagte.«

»Freuen Sie sich lieber nicht zu früh«, mahnte er. »Der Fall liegt weitaus komplizierter.«

»Ich fürchte, ich verstehe nicht ganz, was du mir damit sagen möchtest.«

»Lesen Sie, und Sie werden begreifen.«

Er reichte ihr das Schriftstück, das auf seine Unterredung mit dem Sterbenden im Lazarett von Waterloo einige Wochen zuvor gefolgt und vor wenigen Tagen eingetroffen war.

Bis zu diesem Zeitpunkt hatte er sich noch das eine oder andere Mal gefragt, ob die Erinnerung an jenes traurige und folgenschwere Ereignis nicht einem seiner Albträume entsprungen wäre, doch das Schreiben seines Notars hatte ihn eines Besseren belehrt.

Lady Margret nahm mit noch immer fragender Miene das Dokument entgegen und setzte sich zur Lektüre mit einer eleganten, fließenden Bewegung auf das zierliche Kanapee neben dem Fenster. Rennison beobachtete seine Mutter, während Stille in sein Arbeitszimmer einkehrte, kontrapunktiert vom Ticken der antiken Standuhr zwischen den beiden Fenstern, durch die sanftes Licht ins Zimmer drang. Die Dowager Marchioness war trotz ihres nicht mehr jugendlichen Alters noch immer eine aparte Frau, die mit einem einzigen scharfen Blick jegliche Form von Widerrede oder gar Aufmüpfigkeit im Keim ersticken konnte. Er wusste, er hatte dieselben klaren Linien, dieselbe Gesichtsform und dieselbe schmale Nase geerbt, nicht aber ihre durchdringenden, eisblauen Augen, sondern die schokoladenfarbenen seines Vaters.

Der Marquess respektierte seine Mutter wegen ihres gesunden Menschenverstands und ihrer Fähigkeit, Menschen für sich zu gewinnen. Ihre Versuche, sich in sein Privatleben einzumischen, ihn zu einer Heirat und der Zeugung eines Erben zu bewegen, stießen jedoch bei ihm auf taube Ohren. Zum Glück sahen sie sich nicht allzu oft – ihre Charakterähnlichkeit bot genug Zündstoff für Konflikte.

Doch nach den letzten Neuigkeiten, die Ihre Ladyschaft soeben dabei war zu erfahren, würde sich dieser angenehme Zustand zumindest für eine Weile bedauerlicherweise nicht aufrechterhalten lassen.

Er seufzte hörbar, was die Dowager Marchioness veranlasste, ihre Lektüre sinken zu lassen und ihn anzusehen.

»Alice Bingham also. Ich frage dich nicht danach, ob sich eine Möglichkeit gefunden hätte, dieser ungeheuren Verpflichtung auf anständige Weise zu entgehen, denn ich weiß, es gab keine. Du wurdest dazu erzogen, ehrenvoll zu handeln und deine Pflichten als Gentleman zu akzeptieren.«

»Das war mir bereits klar, verehrte Frau Mutter. Welcher Art ist dann die Frage, die Ihnen auf der Seele liegt?«

»Du ließest mich sicher nicht grundlos rufen, also … Welche Aufgabe hast du mir bei der Bewältigung dieses Problems zugedacht?«

Rennison konnte ein Zucken der Mundwinkel nicht unterdrücken. Natürlich hatte Lady Margret ihn sofort durchschaut.

»Die mütterliche Hand einer Frau mit Familienerfahrung könnte dem Mädchen über die ersten Anfangsschwierigkeiten hinweghelfen, vermute ich.«

Lady Margrets Brauen wanderten um eine Spur weiter nach oben, die Mundwinkel dagegen etwas nach unten. »Um Himmels willen, Rennison – ich fühle mich nicht gerade in der Stimmung, dem armen Geschöpf die Mutter zu ersetzen. Eher erwartete ich, in absehbarer Zeit von dir zur Großmutter gemacht zu werden, und zwar eines Enkels, den ich nur an hohen Festtagen zu sehen brauche.«

Sie konnte es nicht lassen.

Rennison verdrehte die Augen zum Himmel. »Dann betrachten Sie sich eben übergangsweise als Ersatz-Großmutter, wenn Ihnen das lieber ist«, empfahl er ungerührt.

»Warum um alles in der Welt lässt du sie nicht dort, wo sie jetzt ist?«, erkundigte sich seine Mutter, den Einwurf ignorierend. »Warum holst du sie dir überhaupt ins eigene Haus? Würde es denn nicht genügen, sie mit etwas Geld zu unterstützen?«

Der Marquess antwortete nicht sofort, sondern öffnete die zweite Schublade seines Schreibtisches und entnahm ihr ein kleines abgewetztes Beutelchen, öffnete die Verschnürung, die nur aus einem dünnen Lederband bestand, und schüttete sich dann den Inhalt in die Handfläche. Zum Vorschein kam ein schmales Goldkettchen, an dem ein rundes Medaillon befestigt war.

Die Dowager Marchioness war ob des augenscheinlich sonderbar melancholischen Verhaltens ihres Sohnes wohl neugierig geworden und erhob sich, um näher zu treten.

»Was ist das?«

»Der Vater übergab es mir, als er mir das Versprechen abnahm, mich um seine Tochter zu kümmern.«

Die Erinnerung stieg in ihm hoch wie eine düstere, unheilbringende Gewitterwand.

Einen Atemzug lang war ihm, als röche er erneut das Blut und die Exkremente – der Gestank des Lazaretts hatte sich in seine Sinne gebrannt, so als hätte er die schaurige Stätte von Tod und Verzweiflung eben erst verlassen. Die letzten Worte, die der verzweifelte Sterbende an seinem Ohr geflüstert hatte – mühsam hervorgestoßen – verpflichteten ihn mehr, als es jede schriftliche Vollmacht und jedes notariell beglaubigte Dokument jemals vermocht hätte. Darüber hatte er mit niemandem gesprochen und beabsichtigte auch nicht, es zu tun.

Wenn er sein Wort hielte, dann würde ihm das namenlose Grauen, das sich in letzter Zeit immer öfter in seine Träume schlich, vielleicht endlich Ruhe gönnen.

»Nun?«

Er schüttelte kurz den Kopf, um die trüben Gedanken zu verscheuchen.

Kein Blut. Kein Pulvergestank. Keine schreienden und wimmernden Verletzten. Kein Schlachtfeld.

Sein Arbeitszimmer in Mayfair.

Kein Grauen mehr.

Er sah auf. Vor ihm stand seine Mutter mit erwartungsvoll ausgestreckter Hand und sah mit kritischem Blick auf das Schmuckstück nieder.

»Mr. Bingham gab es mir. Ich soll es seiner Tochter aushändigen.«

»Darf ich es sehen?«

»Natürlich.« Er reichte seiner Mutter den Schmuck, stand dann auf und trat ans Fenster.

Er wusste, was das Medaillon enthielt: zwei weibliche Porträts, eins in jeder Hälfte. Das einer jungen Frau, offensichtlich die bereits verstorbene Mutter, und das eines etwa zehnjährigen Mädchens. Die Ähnlichkeit zwischen Mutter und Tochter war unübersehbar, obwohl die Miniaturen nicht besonders kunstfertig ausgeführt waren. Blondes Haar, zarte Haut und veilchenblaue Augen hatten ihm gleich zweifach entgegengeleuchtet und etwas in ihm berührt, an dessen Existenz er sich schon nicht mehr hatte erinnern können.

Pflichtgefühl. Verantwortungsbewusstsein. Darüber hinaus der Wunsch, ein besserer Mensch zu sein als der, der er war, und moralisch zu handeln.

Er verlachte sich selbst dafür, doch er hatte sein Wort gegeben und würde es halten.

»Hübsch«, rieselte die Stimme seiner Mutter in seine Gedanken und brachte ihn dankenswerterweise zurück ins Hier und Jetzt. »Das Stück ist allerdings nicht besonders wertvoll. Ist das Mädchen denn aus gutem Haus? Was weißt du über die Familie?«

»Nichts«, gab er gleichmütig Auskunft. »Sprache und Ausdrucksweise von Mr. Bingham ließen aber auf einen Mann von Kultur und Stand schließen.«

»Das hat nicht viel zu sagen. Wie dem auch sei …« Seine Mutter seufzte ergeben. »Ich werde dir bei dieser Verpflichtung natürlich unter die Arme greifen.«

Sie atmete tief aus, und Rennison konnte sich des Eindrucks nicht erwehren, dass seine Mutter trotz des ablehnenden Anscheins, den sie sich zu geben suchte, in Gedanken bereits eine Liste der Aufgaben und Dinge anlegte, die zu bewältigen und zu besorgen waren. Es würde wieder Menschen geben, die sie herumkommandieren konnte – ihr Lebenselixier.

Rennison fühlte sich dennoch zu einer abschließenden Erklärung genötigt. »Ich möchte mein Wort halten und damit einem jungen Menschen den Weg in sein späteres Leben ein wenig erleichtern.«

»Na schön. Dann dürfte es wohl nicht falsch sein, mit ein wenig Schliff und Erziehung zu beginnen. Man kann schließlich nie früh genug damit anfangen.«

Kapitel 2

Langton Abbey nahe Broadway in den Cotswolds,
wenige Tage später

Die Tage seit der Ankunft seiner Lordschaft in der Abbey waren mit fieberhafter Geschäftigkeit einhergegangen.

Lady Margret hatte sich selbst übertroffen und unermüdlich Bewerbungsgespräche geführt. Sie wollte es sich nicht nehmen lassen, jene Bediensteten, die für das Wohl des Kindes sorgen sollten, höchstpersönlich auszusuchen.

Rennison jedoch hegte den Verdacht, dass es ihr einfach nur missfallen hätte, diese Aufgabe dem Butler zu überlassen, in dessen Zuständigkeitsbereich es eigentlich gefallen wäre.

Die Wahl für Alice' Nanny war auf ein dralles, kaum sechzehnjähriges Geschöpf aus dem nahen Dorf gefallen, das sich Polly Langtree nannte. In erstaunlicher Übereinstimmung zu ihrem Namen und ihren blühend roten Wangen züchtete ihr Vater Apfelbäume und verkaufte im Herbst die Früchte. Wenn auch Lady Margret sicherlich niemand war, der sich von derlei wenig standesgemäßen

Bestechungsversuchen beeindrucken ließ, so war es dennoch auch nicht gänzlich auszuschließen, dass der mitgebrachte Korb voller saftiger sonnengereifter Äpfel bei ihrer Entscheidung eine zumindest winzig kleine Rolle gespielt haben mochte.

Der Hauslehrer Peter Farthing war im Gegensatz dazu ein hagerer Mann von etwa dreißig Jahren, der streng hinter den Gläsern seiner Brille hervorblinzelte – und leise, aber dafür mit scharfer Betonung sprach und den Eindruck vermittelte, von sich selbst überzeugt zu sein und genau zu wissen, was er tat.

Zwar hatte Margret diese Einstellung nicht uneingeschränkt geteilt, doch er war leider der einzige Kandidat geblieben, der sich vorgestellt hatte.

Rennison fragte sich, warum seine Mutter derart viel Energie in ein Projekt steckte, von dem er den Eindruck gehabt hatte, dass es ihr reichlich zuwider wäre.

Es lag ihm auf dem Gewissen, dass er die Einlösung seines Versprechens so lang vor sich hergeschoben hatte.

Doch nun hatte das Warten ein Ende – für den folgenden Morgen war die Ankunft des Notars mit seinem Mündel angekündigt und das ganze Haus war in Aufruhr.

»So werden wir morgen also Familienzuwachs bekommen, Hammond«, schnitt Rennison beim Auskleiden das Thema an.

Sein Kammerdiener, der ansonsten kaum dazu zu bewegen war, auch nur die allernötigsten Kommentare abzugeben, antwortete ihm tatsächlich in ganzen, langen Sätzen.

»Ja, Sir. Das wird sicher eine große Veränderung im Haus geben.«

Rennison ließ sich sein Erstaunen über diese unerwartete Redseligkeit nicht anmerken. »Wie haben sich die neuen Dienstboten eingelebt?«

»Das Kindermädchen ist albern und der Lehrer engstirnig, wenn ich mir dieses Urteil erlauben darf, Sir.«

»Sie dürfen durchaus, Hammond«, antwortete er amüsiert. »Haben die Handwerker schon mit dem Bau des Spielplatzes begonnen?«

»Soweit ich weiß, ja, Sir.«

Hammond legte die goldenen Manschettenknöpfe seiner Lordschaft sorgfältig in das dafür vorgesehene Kästchen in der obersten Schublade des Frisiertisches.

»Dann wird es mit der Ruhe im Haus wohl bis auf Weiteres vorbei sein, nehme ich an.« Rennison reichte ihm Weste und Hemd und ließ sich den schweren Hausmantel aus Brokat überstreifen.

»Dieses Haus könnte gut ein bisschen Leben vertragen, Sir«, erlaubte Hammond sich zu antworten. »Früher oder später werden Sie ja ohnehin heiraten und selbst dafür sorgen.«

Hammond stand bereits so lange in Rennisons Diensten, dass er sich eine solche Bemerkung durchaus herausnehmen konnte, ohne einen Tadel befürchten zu müssen. So, wie er auch dabei geblieben war, ihn nur mit »Sir« anzureden, anstatt mit »Mylord«, wie es korrekt gewesen wäre, seit er den Titel geerbt hatte. Es war eine Art stiller Übereinkunft zwischen ihnen beiden, die Hammond mit großer Sicherheit genoss, da es für ihn ein Privileg darstellte, das die anderen Dienstboten nicht besaßen.

Nicht einmal Stearns, sein Butler.

Rennison schnürte energisch den Gürtel zu. »So wollen wir also hoffen, dass uns nicht zu viel Leben ins Haus kommt, nicht wahr, Hammond?«

»Sehr wohl, Sir. Wünsche, wohl zu ruhen, Sir.«

»Sie können sich ebenfalls zurückziehen, Hammond.«

»Danke, Sir. Gute Nacht.«

»Gute Nacht.«

Die Tür fiel ins Schloss und Rennison blieb allein in seinem Ankleidezimmer. Während er hinüberging in seinen privaten Salon, überlegte er, ob er sich aus der Bibliothek noch ein Buch holen sollte, verwarf den Gedanken aber wieder und nahm die Zeitung zur Hand, die seit dem Morgen hier für ihn bereitlag. Er setzte sich auf das Ledersofa in der Zimmermitte und blätterte sie durch.

Doch schon bald legte er sie wieder weg. Es stand nichts darin, was ihn hätte fesseln können.

Obwohl ihm sein Freund Thomas tagsüber Gesellschaft leistete, langweilte er sich, wenn dieser sich zurückgezogen hatte. Wenn er ehrlich zu sich selbst war, konnte er es einerseits kaum erwarten, wieder nach London zurückzukehren, musste aber andererseits auch zugeben, dass er in der Wiederaufnahme seines früheren Lebenswandels derzeit noch keinen besonderen Reiz erkennen konnte.

Dieser Widerspruch, der ihn hin und her riss, war nicht dazu angetan, seine Laune zu heben.

Da es eindeutig noch zu früh war, sich ins Bett zu legen, suchte er sein Heil wie so oft in den letzten Monaten bei einem guten Schluck Brandy.

An nichts mehr denken.

Einfach einschlafen.

Vor allen Dingen nicht mehr träumen zu müssen. Nicht dieselben düsteren Szenen immer und immer wieder vor Augen zu haben.

Distanzlos.

Trostlos.

Hilflos, weil es keinen Abstand zwischen sich und dem Grauen gab.

Niemals würde er den Späher vergessen, dem er auf einer Patrouille bei Nacht und Nebel in die Arme gelaufen war. Es hatte gegolten, er oder der andere – nur einer von ihnen beiden würde die kleine Lichtung im dichten Gestrüpp lebend verlassen.

Als er nach gewonnenem Kampf den Körper umgedreht und in die toten Augen eines Jungen geblickt hatte, der sein Sohn hätte sein können, hatte es ihm den Magen umgedreht und er hatte sich die Seele aus dem Leib gekotzt. In jener Nacht hatte der Krieg für ihn aufgehört, irgendeinen Sinn zu ergeben.

Seit damals träumte er von Leichenbergen. Und jede einzelne dieser Leichen hatte den vorwurfsvollen Blick des namenlosen Jungen, den er getötet hatte.

Allerdings suchten ihn nie Mr. Bingham und dessen Vermächtnis heim, obwohl diese Nacht mit Sicherheit nicht zu den besonders guten Erinnerungen seines Lebens zählte und für ihn eine unangenehme Verpflichtung bedeutete.

Er fuhr sich mit der Hand über die Stirn, als könnte er damit die unliebsamen Gedanken fortwischen.

Morgen würde er mehr wissen. Und wenn alles gut ging und alles Notwendige organisiert wäre, dann könnte er in wenigen Tagen die Rückreise nach London antreten.

Was in seiner Macht gelegen hatte, um für das Wohlbefinden des Kindes zu sorgen, hatte er getan. Er war dabei so gründlich vorgegangen, dass Thomas nur den Kopf geschüttelt hatte.

»Du tust alles dafür, das Kind zu beschäftigen, ohne dich mit ihm beschäftigen zu müssen«, hatte er gemeint, als sie im Salon zusammengesessen hatten.

Rennison hatte ihn nur verständnislos angesehen. »Wozu sollte ich mich auch mit einem Kind beschäftigen? Soweit ich von Stearns weiß, hat die Köchin bereits alle verfügbaren Kuchenrezepte herausgesucht und die Schneiderin steht bereit, um dem Mädchen eine komplette Garderobe anzufertigen, sobald die Maße genommen sind. Die Arbeiten am Spielplatz gehen gut voran und das Kinderzimmer ist eingerichtet. Ich habe getan, was nötig war.«

Oh ja, das hatte er. Sein Gewissen war rein.

Es gab nichts mehr weiter zu tun, außer zu warten.

Und die Nacht hinter sich zu bringen. So wie die vergangenen Nächte. Und die kommenden.

Der Gedanke, sich stundenlang schlaflos im Bett zu wälzen, lockte Rennison wenig, also begab er sich in sein

Arbeitszimmer, zündete ein paar Kerzen an und beschäftigte sich mit den Berichten, die sein Gutsverwalter ihm auch während seiner Abwesenheit gewissenhaft jede Woche angefertigt hatte.

Den enormen Stapel an Briefen, die auf seinem Arbeitstisch seiner Aufmerksamkeit harrten, schob er entschlossen beiseite. Ihm stand der Sinn nicht danach, Einladungen anzunehmen oder dankend abzulehnen, an Treibjagden teilzunehmen oder Bälle zu besuchen.

Er war der Marquess of Marlborough. Er konnte es sich erlauben, den Rest der Welt zu ignorieren, und man würde ihn höchstens für exzentrisch halten und ihn noch mehr beneiden oder um seine Aufmerksamkeit buhlen.

Die halbe Flasche Brandy hatte er mitgenommen und leerte sie nach und nach, während er die Papiere durchsah. Soweit er es überblicken konnte, lief der landwirtschaftliche Betrieb der Abbey hervorragend und hatte trotz der Kriegsjahre unverminderten Gewinn abgeworfen. Die Zahlen waren zufriedenstellend und zeichneten vor allen Dingen den Verwalter Stephen Godley als einen fähigen und zuverlässigen Mann aus, der das in ihn gesetzte Vertrauen vollauf rechtfertigen konnte.

Rennison beglückwünschte sich, ihn vor zwei Jahren ohne Referenzen und Erfahrung eingestellt zu haben. Er hatte nur auf seine Menschenkenntnis vertraut und offenkundig recht behalten. Als er weit über die Hälfte der Dokumente abgearbeitet und die Flasche bis auf einen kläglichen Rest geleert hatte, wurden ihm endlich die Lider schwer und er entschloss sich, zu Bett zu gehen, auch wenn es sich fast nicht mehr lohnen würde. Die Standuhr zeigte bereits fünf Uhr morgens an. Hammond würde ihn rechtzeitig wecken.

Für elf Uhr erwartete man den Notar mit Alice Bingham. Mr. Aldbourne hatte geschrieben, er wolle früh aufbrechen, um den Rückweg noch am selben Tag zu bewältigen, ohne übernachten zu müssen.

Rennison war müde, ausgelaugt, um nicht zu sagen erschöpft. Und tatsächlich schlief er ein, beinahe bevor sein Kopf überhaupt das Kissen berührte.

Da war Dunkelheit.

Und eine heraufziehende Bedrohung.

Er wusste nicht, aus welcher Richtung sie kam. Er ahnte nur, dass sie tödlich war. Wohin er sich auch wandte, nirgends sah er einen Lichtstreif am Horizont, obwohl er spüren konnte, dass er sich im Freien befand.

Die Nacht war undurchdringlich.

Und ebenso unendlich, wie es schien.

Schließlich bewegte sich etwas. Ein Lichtschein kam auf ihn zu und ließ ihn etwas erkennen.

Im selben Augenblick wünschte er sich, so wenig zu sehen wie zuvor.

Es war das pure Grauen.

Berge abgetrennter Gliedmaßen türmten sich vor ihm auf. Verstümmelte Leichen, so weit sein Auge reichte.

Augen. Augen sahen ihn an. Viele Augen.

Schweiß brach ihm aus, stand in dicken Tropfen auf seiner Stirn, lief ihm die Schläfen hinunter, kitzelte ihn am Rücken …

Jemand schrie und hörte gar nicht mehr auf.

Der Feind kam und packte ihn, hielt ihn fest, rang ihn nieder, schüttelte ihn und ...

Er war es, der schrie. Immer noch schrie er. Doch niemand hatte Erbarmen mit ihm.

»Sir! ... *Sir*, wachen Sie auf! Bitte. Wachen Sie auf, Sir.« Hammond rüttelte ihn sacht an der Schulter, und endlich gelang es Rennison, sich aus den Klauen des furchtbaren Traums zu befreien, die Augen zu öffnen und seinem Kammerdiener ins Gesicht zu sehen.

Der Mann ließ ihn los, als er sah, dass sein Herr die Kontrolle über seine Sinne wiedererlangt hatte und tat einen Schritt vom Bett zurück. »Verzeihen Sie, Sir, aber es erschien mir angebracht, Sie zu wecken«, sagte er entschuldigend. »Sie erwarten heute Vormittag das Eintreffen Ihres Mündels«, setzte er dann eilig hinzu, als gäbe es keinerlei anderen Grund für ihn, seinen Herrn aus unruhigem Schlaf zu reißen.

»Hm ... ja, schon gut. Danke«, murmelte Rennison, nachdem er sich geräuspert und seine Stimme wiedererlangt hatte.

Archibald Hammond, sein Kammerdiener, war der einzige Mensch, der von seinen verdammten Albträumen wusste. Es wäre Rennison nie im Leben eingefallen, den Mann zum Schweigen anzuhalten. Dienstboten tratschten immer untereinander, aber er kannte Hammond schon viele Jahre und war sich sicher, dass er genau diesen Schwachpunkt seines Herrn für sich behalten würde. Ihn dazu zu ermahnen, käme einer persönlichen Beleidigung gleich und könnte höchstens das Gegenteil bewirken.

Rennison setzte sich auf die Bettkante und fuhr sich mit beiden Händen durch die zerzausten Haare. Dann stützte er den Kopf in die Hände und lauschte Hammonds täglichen Verrichtungen, bis es an der Zeit war, aufzustehen, sich rasieren und ankleiden zu lassen.

Früher war er nie zu solch ungewöhnlicher Stunde wie kurz nach Sonnenaufgang aufgestanden, sondern hatte bis zum Mittag geschlafen.

Früher …

Als es noch Schlaf für ihn gegeben hatte.

Was war er doch für ein erbärmlicher Schwächling.

Rennison empfand den Gedanken, dass er sich wegen der Ankunft des neuen Familienmitglieds heute ohnehin früher als sonst hätte erheben müssen, als schwachen Trost. Die Bedrohung, die er in seinem Traum empfunden hatte, ließ sich nur schwer abschütteln, außerdem pochte es hinter seinen Schläfen unangenehm und anhaltend.

Er würde Stearns unbedingt nach der Qualität der letzten Lieferung Brandy fragen müssen. Er hatte nie zuvor nach dessen Genuss Kopfschmerzen gehabt.

Entsprechend übel war seine Laune, als er sich ins Frühstückszimmer begab. Dort traf er Thomas an und begrüßte ihn kurz angebunden.

»Hast du meine Mutter heute schon gesehen?«, erkundigte Rennison sich, während er sich vom Hausdiener Kaffee einschenken ließ.

»Deine Mutter war bereits wieder fort, als ich herunterkam«, gab Halsbury gleichmütig Auskunft. »Hast du nur schlecht geschlafen oder ist es die Ankunft deines Mündels, die dir heute dermaßen die Laune verdirbt?«

Rennison warf ihm einen prüfenden Blick zu, doch Thomas ließ nichts erkennen, was darauf hindeutete, dass er eine gezielte Anspielung auf seine Schlaflosigkeit gemacht hatte und somit Bescheid wusste. Es war eine seiner üblichen bissigen Bemerkungen gewesen, nicht mehr und nicht weniger.

»Weder noch«, antwortete Rennison hölzern und setzte sich. »Ich wäre mir der Tatsache bewusst, wenn meine Laune anders wäre als sonst.«

»Sie ist jedenfalls anders, als sie früher war«, beharrte Thomas. »Vielleicht solltest du, sobald du nach London zurückkehrst, möglichst schnell eine gewisse Dame aufsuchen und deinem Wohlbefinden auf die Sprünge helfen lassen.«

Rennison schoss dem Freund einen tödlichen Blick zu, den dieser nur mit einem breiten Grinsen quittierte. »Was denn – habe ich etwa nicht recht?«

Die Antwort war nur ein Schulterzucken.

»Wenn du ihrer überdrüssig bist, dann sag es mir und ich reihe mich in die Warteschlange ein.«

»Du könntest dir besagte Dame doch gar nicht leisten«, versetzte Rennison gehässig.

»Wenn sie für jede Begegnung ein Brillantcollier oder einen mehrkarätigen Stein verlangt, dann wahrlich nicht«, antwortete Halsbury ungerührt ob des Seitenhiebs auf seine finanziellen Verhältnisse.

Rennison fühlte sich ertappt.

Tatsächlich hatte er seiner Mätresse, ehe er in den Krieg gezogen war, leichtsinnigerweise ein besonders üppiges Abschiedsgeschenk gemacht. Dass es sich tatsächlich um einen Abschied – und nicht nur auf Zeit – handelte, war ihnen beiden unausgesprochen klar gewesen. Sie waren einander müde geworden. Die Dame vielleicht noch mehr als er, denn soweit er wusste, stand ein Herzog bereit, ihn in ihrer Gunst abzulösen. Er selbst räumte das Feld nur zu gern, da ihre Ansprüche stetig stiegen und er keine Lust hatte, ihr als Nächstes eine Kutsche samt Vierergespann zu kaufen, wie sie es – mehr als nur andeutungsweise – gewünscht hatte.

»Du würdest dich nur ruinieren Thomas«, setzte er das Gespräch fort. »Madam tut es nicht mehr unter einer Stadtvilla und einem neuen Gespann.«

Halsbury lachte belustigt auf. »Dann sollte ich mich gegebenenfalls wohl ein paar Etagen tiefer umsehen. Um etwas, das meinem Geldbeutel mehr entgegenkommt.«

»Reich zu heiraten käme dir noch weiter entgegen, mein Freund.« Es war gedankenlos dahingesagt und seiner mangelnden Konzentration und schlechten Laune geschuldet.

In der Tat, das Gesicht des Freundes verhärtete sich und er stellte seine Teetasse ab, dass es klirrte.

»Verzeih«, murmelte Rennison peinlich berührt. »Ich bin heute Morgen ein Esel.«

»Ach – nur heute Morgen?« Der Scherz kam verkrampft. Aber er kam, und Rennison atmete auf.

»Wie auch immer. Ich hoffe, der neue Spielplatz ist

morgen fertig, damit das Mädchen beschäftigt ist.« Mit einem gewissen Befremden stellte er fest, dass er sich in seinem ganzen Leben noch nie mit dergleichen Banalitäten beschäftigt hatte.

»Hat Lehrer Farthing dir seinen Lehrplan denn schon zur Genehmigung vorgelegt?«, stieg Thomas auf den Themenwechsel ein.

»Nein, noch nicht. Das interessiert mich auch nicht – laut Hammond ist der junge Mann sehr kleinkariert.«

Die nächste Banalität in seinem Leben.

Halsbury lachte leise. »Das glaube ich sofort. Sieh ihn dir doch nur mal an. Er könnte jedes Kind zu Tode langweilen. Arme Alice.«

»Es wird ihr sicherlich nicht schaden, ein wenig Erziehung vermittelt zu bekommen. Eines Tages werde ich als ihr Vormund vor der Aufgabe stehen, sie verheiraten zu müssen. Dann kann es nicht schaden, wenn sie bis dahin ein wenig Schliff bekommen hat.«

Thomas lächelte. »Und du denkst, dass dieser Farthing dafür der Richtige ist?«

Rennison runzelte die Stirn. »Um ehrlich zu sein, ist das nichts, was mich kümmert. Bildung ist für Frauen ohnehin überflüssig, wie du weißt. Wozu also soll sich das Kind mit allzu viel davon belasten?«

Nun lachte sein Freund lauthals drauflos. »Du widersprichst dir gerade eindeutig selbst. Ich erinnere mich außerdem noch lebhaft an deine Verachtung für all die dümmlichen Wesen, die man dir auf Bällen und Banketten vorgestellt hat. Mehr als einmal batest du mich, dich aus den Klauen irgendeiner strohdummen Schönheit zu retten, weil sie dich zu Tode langweilte.«

»Damals wollte man mich um jeden Preis einfangen und verheiraten, falls du gedenkst, dich auch daran zu erinnern. Und ich war jung und hatte keinerlei Geduld dafür.«

»Die hast du jetzt auch nicht, gib es zu.«

»Weniger denn je. Ich habe aber auch weniger denn je die Absicht, zu heiraten.«

»Wer hätte das gedacht«, spottete Sir Thomas. »Aber nun hast du ja einen Weg gefunden, an eine Tochter zu kommen, ohne heiraten zu müssen.«

Rennison warf seinem Freund einen schiefen Blick zu, den dieser jedoch nur mit einem weiteren amüsierten Lachen quittierte. »Irgendwann wird es darum gehen, diese *Tochter* unter die Haube zu bringen.«

»Ein Glück nur, dass nicht alle Männer der Ehe so ablehnend gegenüberstehen.«

»Wie wahr«, murmelte Rennison.

Offenbar hatte Alice ein reichlich bekümmertes Gesicht gemacht. Mrs. Staunton, die in der Kutsche neben ihr saß, fühlte sich wohl bemüßigt, das Wort an sie zu richten, nachdem sie die Fahrt in vollständigem Schweigen hinter sich gebracht hatten.

»Wir werden bald ankommen, Alice. Denke nur daran, was die Enfields dir beigebracht haben. Seine Lordschaft ist sehr gnädig, dich in seinem Haus aufzunehmen, also verhalte dich entsprechend.«

Alice warf ihrer Begleiterin einen zweifelnden Blick

zu, nickte aber wortlos. Je näher die Kutsche dem Ziel kam, umso unbehaglicher fühlte sie sich. Was würde sie erwarten?

In ihrer Vorstellung war der Marquess of Marlborough ein dicklicher, älterer Mann mit Glatze und Backenbart, der einen Gehstock schwang und jederzeit bereit war, sie beim ersten Fehler auf die Straße zu setzen. Das Bild, das die Enfields von ihm gezeichnet hatten, natürlich ohne es tatsächlich auszusprechen, war das eines launischen und mächtigen Mannes, der gleich nach dem lieben Gott kam, ohne aber dessen Sinn für Gerechtigkeit zu besitzen.

Alice seufzte schwer.

Ihre Begleiterin war zu ihrem ungerührten Schweigen zurückgekehrt und beachtete sie so wenig wie zuvor.

Alice fühlte sich schon jetzt einsam und verloren und wünschte sich, ihr Vater hätte nicht in diesen verwünschten Krieg ziehen müssen, der ihn wie so viele andere das Leben gekostet hatte. Heute konnte nicht einmal die liebliche Landschaft der Cotswolds sie aus ihrer Beklemmung reißen, obwohl sie die sanften, grünen Hügel, die herrlichen alten Bäume und die grasenden Schafherden sonst immer als so beruhigend empfand. Kurz versuchte sie, sich mit dem Gedanken zu trösten, dass sie wenigstens in ihrer geliebten Gegend bleiben durfte und nur vom Süden in den Norden der Cotswolds umziehen musste.

Aber würde man ihr überhaupt gestatten, das Haus zu verlassen? Nach allem was sie gehört hatte, war es vornehmen jungen Damen nicht erlaubt, durch Gärten zu streifen und sich im hohen Gras zu verstecken. Aber da sie doch im Grunde keine vornehme junge Dame war und auch nicht die Absicht hatte, hier eine zu werden …

Alice schreckte aus ihren Gedanken, als die Kutsche anhielt.

»Wir sind gleich da«, verkündete der Notar. Doch als sie sich anschickte, aufzustehen und auszusteigen, hielt er sie zurück. »Nein, das hier ist erst das Torhaus. Wir betreten gerade die Besitzungen des Marquess und müssen noch bis zum Herrenhaus weiterfahren.«

Alice setzte sich wieder, sah aber neugierig aus dem Fenster. Tatsächlich fuhr die Kutsche wieder an, passierte ein schmiedeeisernes Tor, das aufwendig mit Schnörkeln, Blattmustern und vielen Ornamenten verziert war, und fuhr weiter durch einen üppig bepflanzten Park, der einem Wald glich.

Und fuhr. Und fuhr.

Als Alice gerade fragen wollte, ob sich der Kutscher nicht doch im Weg geirrt hätte, öffnete sich das dichte Grün zu einer weiten Rasenfläche, in deren Mitte ein Teich lag, der die Sonnenstrahlen reflektierte. Sie fuhren um ihn herum, und nach einer sanften Kurve kam das Herrenhaus in Alice' Sichtfeld.

Langton Abbey.

Sie beugte sich vor, um besser aus dem Fenster sehen zu können. Das mächtige Bauwerk war in der Tradition der Gegend aus dem gelben Sandstein der Cotswolds erbaut und beeindruckte mit strengen Linien, mehreren Stockwerken und Seitenflügeln, Erkern und Türmchen sowie einer stattlichen Anzahl großer Sprossenfenster, die ihr allesamt kritisch entgegenzusehen schienen.

Alice ertappte sich dabei, wie sie unwillkürlich die Luft anhielt. Das sah ungeheuer beeindruckend aus.

Sie lehnte sich wieder zurück und verschränkte die Hände im Schoß. Am liebsten hätte sie gefragt, ob sie nicht, anstatt anzuhalten und auszusteigen, einfach sitzen bleiben und weiterfahren könnten. Irgendwohin – nur fort von hier.

Doch natürlich tat sie das nicht.

Sie schloss nur für einen Moment die Augen und öffnete sie erst wieder, als die Kutsche erneut langsamer wurde und zum zweiten Mal anhielt.

Während Mr. Aldbourne sich zum Aussteigen bereit machte, warf Alice einen verstohlenen Blick nach draußen auf die kleine Gruppe an Personen, die vor dem Haus stand und wartete.

Am Fuß der Treppe erkannte sie einen hageren, streng aussehenden Mann und ein junges Mädchen mit auffallend roten Wangen. Oben vor dem Haus standen eine sehr elegante Dame und zwei ebenso fein gekleidete Herren etwa im Alter ihres Vaters, vielleicht auch jünger. Der Marquess schien nicht dabei zu sein. Vielleicht wartete er im Haus auf sie oder er war gar nicht selbst erschienen.

Ja, das war es. Natürlich war er nicht selbst hier. Was mochte es ihn schon interessieren, dass jemand so Unbedeutendes wie sie in seinem Haus eintraf? Es genügte, dass er sich mit der Verantwortung für ihr leibliches Wohl belastete. Es waren auch so genug Menschen anwesend, an die sie sich würde gewöhnen müssen.

Wenn sie ehrlich war, dann erleichterte sie die Aussicht, dem gestrengen hohen Herrn nicht selbst gegenübertreten zu müssen.

Der Kutschschlag wurde geöffnet und der Notar verließ das Gefährt. Als Alice sich anschickte, ebenfalls auszusteigen, hielt Mrs. Staunton sie noch einmal am Arm zurück.

»Denke daran«, sagte sie mahnend mit eindringlicher Stimme. »Du darfst dem Marquess so wenig wie möglich unter die Augen kommen, allein schon gar nicht. Er ist ein …«

»Ich weiß«, unterbrach sie ihre Begleiterin mit einer Dreistigkeit, die nur ihrer Nervosität geschuldet war. »Ich werde es befolgen, so gut ich kann.«

Alice' Herz schlug einen schnellen Rhythmus, als sie ausstieg und aufatmend neben dem Notar stehen blieb.

Nun gab es kein Zurück mehr.

Als die Zeiger der Wanduhr in der Halle gegen elf Uhr rückten, rief der Butler nach Miss Langtree und Mr. Farthing, da sie nahe dem Eingang warten sollten.

Rennison rechnete es seinem Butler hoch an, dass er zur Ankunft des fremden Kindes so tat, als erwarte man einen hochrangigen Gast. Ein anderer hätte die Kutsche vor den Dienstboteneingang dirigiert und die Fahrgäste durch die Hintertür ins Haus beordert. Er wusste, ohne dass Stearns es explizit aussprechen musste, dass diese Geste seinem Respekt gegenüber der Entscheidung seines Herrn geschuldet war. Stearns war selbst ein Waisenkind gewesen und konnte daher ermessen, wie es sich anfühlte, wenn einem niemand eine helfende Hand reichte.

Es hatte noch nicht elf geschlagen, als von draußen das Herannahen einer Kutsche zu vernehmen war und der Butler nebst Gefolge das Haus verließ. Während das Gefährt langsamer wurde und schließlich zum Stillstand kam, folgten auch Margret, Thomas und Rennison selbst den Leuten nach draußen. Stearns, das Kindermädchen und der Hauslehrer hatten sich in einer Reihe am Fuß der Treppe aufgestellt und warteten. Rennison und seine beiden Begleiter blieben oben auf dem Treppenabsatz vor der geöffneten Eingangstür stehen.

Ein Lakai eilte herbei, öffnete den Kutschschlag, klappte das Treppchen herunter und blieb respektvoll neben der Tür stehen.

Als Erstes entstieg eine hagere, schwarz gekleidete Gestalt dem Gefährt – offensichtlich Mr. Aldbourne, der Notar – und wandte sich dann der Öffnung zu. Ihm folgte eine ebenfalls in schwarz gekleidete weibliche Person, die neben ihm vor der Kutsche stehen blieb, dann gesellte sich noch eine Frau mittleren Alters hinzu. Alle drei sahen erwartungsvoll zu ihnen hoch.

Rennison fragte sich, ob die kleine Bingham etwa bereits ihre Nanny samt Gouvernante mitgebracht hätte und warum diese schwarz gekleidet waren. Dann heftete er seine Augen wieder auf die offene Kutschentür.

Hatte das Kind zu viel Furcht, um ebenfalls auszusteigen?

Die Szenerie schien eingefroren, festgehalten, nichts

regte sich, jeder wartete auf irgendetwas – eine Bewegung vielleicht, die den Fortgang der Ereignisse anstoßen könnte. Die Dienstboten wurden unruhig und warfen einander fragende Blicke zu.

Schließlich durchschnitt die herrische Stimme Ihrer Ladyschaft die Stille.

»Und wo ist das Kind?«

Die beiden Frauen neben der Kutsche blickten einander an. Der Notar wandte sich an die Anwesenden.

»Verehrte Herrschaften, ich fürchte, hier liegt ein Missverständnis vor. Dies …«, er wies mit einer sparsamen Geste auf die junge Frau, die neben ihm stand, »… ist Miss Alice Bingham.«

Kapitel 3

Rennison erwachte aus seiner Erstarrung, weil Thomas ihn leise von der Seite her anredete.

»Ich dachte, du hättest die Vormundschaft für ein Kind übernommen.« Seine unterdrückte Belustigung war nicht zu überhören.

»Dachte ich auch, mein Bester, dachte ich auch«, gab er leicht gequält zurück, und im selben Moment, als ihm sein fataler Irrtum klar wurde, begriff er auch dessen Ursache:

Er hatte in jener Nacht versäumt, den Sterbenden nach dem Alter seiner Tochter zu fragen, stattdessen hatte er aus den ihm dargebotenen Details seine Schlüsse gezogen.

Falsche Schlüsse offensichtlich.

Er räusperte sich etwas hilflos, doch ehe er dazu ansetzen konnte, etwas zu sagen, kam ihm seine Mutter zuvor, indem sie herrisch in die behandschuhten Hände klatschte.

»Los, los, los – keine Maulaffen feilhalten! – Mr. Aldbourne, Miss Bingham, herein mit Ihnen. Und ihr …« Sie machte eine ausholende Geste zu Alice' künftigem – und offenkundig unpassendem – Gefolge, »… wartet in der

Küche auf weitere Anweisungen. Stearns wird sich außerdem um die Unterbringung von Miss Binghams Begleiterin kümmern.«

Die Worte der Dowager Marchioness wirkten wie ein Weckruf auf alle Anwesenden, die sich auf ihr Kommando unverzüglich zu bewegen begannen.

Der Butler wies den Stallburschen an, den Landauer zur Remise zu bringen und die Pferde zu versorgen. Das Gepäck der Miss solle in das größte der Gästezimmer gebracht werden, welches die Zimmermädchen unverzüglich herrichten würden. Die Dienstboten eilten Richtung Küche. Rennison notierte mit Wohlwollen die Geistesgegenwart seines Butlers, der sofort und eigenmächtig entschieden hatte, dass das vorbereitete Kinderzimmer für eine junge Dame unzumutbar sei. Diese und der Notar setzten sich ebenfalls in Bewegung und kamen die Freitreppe herauf.

Der Marquess begrüßte den Notar, der ihn an eine dürre Krähe erinnerte, knapp, aber höflich und fixierte sich sodann auf die Erscheinung seines Mündels.

Miss Bingham hielt ihre Augen gesenkt, die – wie er von der Miniatur aus dem Medaillon wusste – von einem intensiven Blau sein mussten. Das honigblonde Haar trug sie unter einer schmucklosen schwarzen Haube im Nacken zu einem strengen Knoten geschlungen, was ihr einen bescheidenen und braven Anstrich gab. Sie hatte feine Gesichtszüge, eine gerade, schmale Nase und rosige Lippen. Ihre Miene war gleichmütig, geradezu ausdruckslos. Rennison konnte keine Regung daraus ablesen. Immerhin schien sie ruhig und keinesfalls hysterisch zu sein. Das war schon etwas.

Sie trat vor ihn und knickste unbeholfen. »Vielen Dank, Mylord, dass Sie meine Vormundschaft übernehmen und dass ich hier bei Ihnen wohnen darf«, sagte sie mit leiser und reichlich monotoner Stimme. Es klang hölzern, als hätte sie die wenigen Worte einstudiert.

»Es ist mir eine Freude«, antwortete er mit einer Ernüchterung, von der er nicht begriff, woher sie kam. Mit einer angedeuteten Verbeugung entließ er die junge Frau, die sich nun an seine Mutter wandte und von ihr ebenfalls förmlich begrüßt wurde.

Offensichtlich war auch seine Mutter um Fassung bemüht.

Einzig Thomas Halsbury rang sich ein unbefangenes, warmherziges Lächeln ab, als er sich zur Begrüßung vor Alice verbeugte.

Rennison fühlte sich überfahren und geradezu veralbert, obwohl er wusste, dass das Versäumnis auf seiner Seite lag. Bingham war keine zwanzig mehr gewesen, vermutlich sogar älter als er selbst. Er hätte damit rechnen können, dass er kein Kleinkind zu erwarten hätte.

Doch diese Überlegungen waren müßig. Tatsache war: Statt ein Kind großzuziehen, würde er sich vor die Aufgabe gestellt sehen, eine junge Frau zu verheiraten. Was während seines Disputs mit Thomas noch an diesem Morgen Gegenstand der Unterhaltung gewesen war, hatte sich in Windeseile als baldige Notwendigkeit erwiesen.

Man hatte Miss Bingham offensichtlich hastig in Trauerkleidung gesteckt, denn das Kleid hing an ihr, als gehöre es ihr nicht. Natürlich war sie in Trauer um ihren Vater, aber Alice Bingham – er schätzte sie auf höchstens zwanzig Jahre – war gekleidet wie ihre eigene Großmutter: altmodisch und bieder.

Der Butler riss Rennison aus seinen kritischen Betrachtungen. Ein Imbiss sei vorbereitet, ließ Stearns die kleine Gesellschaft wissen, als alle einander begrüßt hatten und sich anschickten, ins Haus zu treten.

Er habe keinen Hunger, ließ Mr. Aldbourne seine Gastgeber wissen, sondern würde es bevorzugen, die notwendigen bürokratischen Vorgänge abzuarbeiten, damit er baldigst wieder aufbrechen und zurückkehren könne.

»Dann folgen Sie mir in mein Arbeitszimmer«, forderte der Marquess ihn auf. »Sicher können wir alles Nötige in kurzer Zeit erledigen.«

»Oh ja, das denke ich doch, Mylord. Ich habe mich, das kann ich mit Fug und Recht behaupten, bemüht, alles so übersichtlich wie nur irgend möglich zu gestalten.«

»Gut. Ich nehme doch an, ich werde alle nötigen Informationen zu dieser Vormundschaft in Ihren Dokumenten finden.«

»Selbstverständlich, Mylord.« Mr. Aldbourne klang ein wenig beleidigt, so als habe man seine Sorgfalt angezweifelt.

Rennison rieb sich die Schläfen. Nach der unruhigen Nacht, die er hinter sich gebracht hatte, war die nervenaufreibende Situation für ihn nur schwer zu ertragen. Natürlich gab er sich nicht die Blöße, Unruhe zu zeigen, doch er spürte, wie seine Kiefermuskeln mahlten und der Druck, den er auf seine Zähne ausübte, die morgendlichen Kopfschmerzen wieder zurückkehren ließ.

Demonstrativ gelassen zündete er sich eine Zigarre an. Mr. Aldbourne lehnte die ihm angebotene dankend ab und sortierte akribisch die Papiere, bis er mit deren Anordnung zufrieden war.

»Bitte sehr, Mylord. Sehen Sie selbst. Es ist alles da, was nötig ist.«

»Ich glaube Ihnen, Mr. Aldbourne.«

»Aber … halten Sie es denn nicht für angebracht, sich eingehend von der Vollständigkeit der Artikel zu überzeugen?« Der Notar schien geradezu enttäuscht zu sein, dass sein Werk so wenig Würdigung erfuhr.

Der Marquess aber hatte wenig Muße, darauf einzugehen. Er wollte die Sache schnell hinter sich bringen. »Gibt es noch etwas, das ich zu unterschreiben habe?«, erkundigte er sich stattdessen.

»Nicht, dass ich wüsste, Mylord. Die Dokumente sind alle in Ordnung und rechtskräftig. Somit sind Sie offiziell Miss Binghams Vormund.«

»Gut«, erwiderte Rennison knapp, legte die Zigarre im Aschenbecher ab und erhob sich. »Dann können wir uns ja wieder zu den anderen gesellen.«

Alice war schockiert. Und kurz davor, den letzten Rest von Mut zu verlieren, den sie hierher hatte retten können.

Der dunkelhaarige der beiden Gentlemen, die sie vor

dem Palast begrüßt hatten, hatte sich als ihr neuer Vormund herausgestellt. Der Marquess of Marlborough war kein dicklicher, alter Mann mit wulstigen Lippen und schütterem Haar, sondern sah aus wie einer jener griechischen Götter, denen sie in ihres Vaters Bibliothek immer wieder mit sehnsuchtsvollem Herzen begegnet war.

Alice musste all ihre Willenskraft aufbieten, ihn nicht mit offenem Mund anzustarren. Der Marquess war mindestens zwei Handbreit größer als sie, hielt sich sehr gerade und hatte eine stattliche Figur, die viele Stunden im Sattel und auf dem Fechtplatz erahnen ließ. In ihrem ganzen Leben hatte Alice noch keinen so schönen Mann gesehen – außer auf Gemälden. Da hatte sie sich jedes Mal damit getröstet, dass die Maler all ihre Kunst hineingelegt hätten, um engelsgleiche Wesen zu erschaffen, die hinter ihren wundervollen Gesichtern stählerne Tapferkeit und samtweiches Mitgefühl, Galanterie und ein großes Herz zugleich verbargen, die aber leider immer reine Fantasiegebilde blieben.

Der Marquess of Marlborough aber war kein solches Fantasiegebilde, sondern ein Mann aus Fleisch und Blut. Dennoch umgab ihn etwas, das Alice nur spüren, aber nicht greifen konnte.

Kälte.

Düsternis.

Eine Aura von Traurigkeit, die ihr ans Herz ging und sie mehr einschüchterte, als alle Ermahnungen der Welt dies geschafft hätten.

Seine Miene war undurchdringlich. Dabei hätte sie gerade jetzt etwas Mut gebraucht, denn es würde schwer für sie werden. Das war ihr in dem Moment klar gewesen, in dem ihre Augen sich für einen kurzen Moment mit denen des Marquess gekreuzt hatten. Sein scharfer Blick ließ nichts Gutes ahnen. Sie würde ihm tatsächlich aus dem Weg gehen müssen, das war sicher.

Die Dowager Marchioness war eine elegante, noch immer schöne und energische Frau, vor der sie sich ebenso in Acht nehmen musste. Nur Lord Halsbury erschien ihr mit großer Wahrscheinlichkeit einigermaßen harmlos. Während sie mit sanftem Stimmchen auf die Begrüßung antwortete und dann mit gesenktem Kopf hinter den anderen das Haus betrat, überlegte Alice fieberhaft, wie sie es bewerkstelligen sollte, all die Verhaltensregeln zu befolgen, die ihr die Enfields mit auf den Weg gegeben hatten.

Ziehe auf keinen Fall die Aufmerksamkeit seiner Lordschaft auf dich.

Nun, das würde sie vielleicht schaffen – eine besondere Schönheit war sie immerhin nicht gerade.

Mach auf keinen Fall irgendwelche klugen Bemerkungen.

Hier wurde es schon etwas schwerer. Sie hatte immer Mühe gehabt, ihre schnelle Zunge im Zaum zu halten.

Du darfst keinesfalls in irgendeiner Form kokett erscheinen.

Wenn sie nur sicher wüsste, wie das zu vermeiden wäre, würde sie es unter allen Umständen versuchen.

Sei dankbar und mit allem zufrieden, was du bekommst.

Das wiederum würde ihr leichtfallen. Sie hatte ohnehin nichts, also war alles, was sie bekäme, ein Gottesgeschenk.

Und sei bloß niemals ungehorsam oder komme auf die Idee, jemandem zu widersprechen.

Oh weh, Gehorsam … ihre schwächste Stelle.

Alice hatte all diese Anweisungen zutiefst bestürzt für sich in einen einzigen kurzen Satz zusammengefasst: *Stell dich dumm, taub und blind.*

Alles in ihr sträubte sich dagegen.

Angesichts des durchdringenden Blicks, mit dem Seine Lordschaft sie gemustert hatte, würde sich dies als eine schwierige Aufgabe erweisen.

Für den ersten Moment war die Gefahr gebannt – der Marquess zog sich zusammen mit dem Notar in sein Arbeitszimmer zurück und überließ sie seiner Mutter und seinem Freund. Dieser hatte sich einen Sessel etwas abseits gewählt und saß als stiller Beobachter am Rande des Geschehens, ließ aber einen freundlichen Blick auf ihr ruhen, was Alice durchaus als beruhigend empfand.

Dennoch war ihr klar, dass diese Atempause nicht lange dauern würde. Gütiger Herr im Himmel – hoffentlich würde man sie tatsächlich, so wie Mr. Enfield vorausgesagt hatte, als Geschöpf niederer Herkunft mit Gleichgültigkeit behandeln und nicht zur Teilnahme am täglichen Leben der adligen Familie auffordern. Besonders vor den Mahlzeiten graute ihr schon jetzt.

Das prunkvolle Haus, das sie vor Ehrfurcht beinahe auf Zehenspitzen betreten hätte, schüchterte sie ein. Pompöse Deckengemälde, kostbare seidene Wandbespannungen, Marmorböden in Schachbrettmuster … es war geradezu unbeschreiblich. Nie in ihrem Leben hatte Alice Vergleichbares gesehen.

Während sie schweigend auf dem Sofa im prachtvoll ausgestatteten Salon Platz nahm, grübelte Alice über die merkwürdige Frage Ihrer Ladyschaft nach. Konnte es sein, dass man nicht gewusst hatte, wie alt sie war? Es schien so.

Alice seufzte, und für einen kurzen Moment wünschte sie sich, das unbeschwerte Kind zu sein, das sie einmal gewesen war. Dann würde es ihr sicher leichter fallen, den fraglos hochgesteckten Erwartungen an Gehorsam, Unterordnung und Unauffälligkeit gerecht zu werden.

Die Dowager Marchioness hatte sie mit einer Geste, die keinen Widerspruch duldete, auf das Kanapee neben sich beordert. Hier saß sie nun neben der Lady auf dem Sofa und fühlte sich unwohl, hatte die Finger im Schoß ineinander verknotet und hielt, wie schon die ganze Zeit seit ihrer Ankunft, den Kopf gesenkt.

»Nun, mein liebes Kind.«

Alice zuckte unwillkürlich zusammen – die Anrede erschien ihr geradezu lächerlich angesichts ihres Alters.

»Ich heiße dich sehr herzlich in deinem neuen Zuhause willkommen.«

»Mylady ist zu gütig«, antwortete sie mit belegter Stimme.

»Nun ja«, fuhr diese mit hörbarer Ungeduld fort. »In meinem Alter kann ich mir ein wenig Güte wohl erlauben. Allerdings endet die Güte dort, wo du anfängst, die Regeln unseres Hauses zu missachten.«

»Mylady, das würde ich niemals wagen.«

»Das kann ich dir nur raten. Sie sind einfach: Sei pünktlich zu den Mahlzeiten, respektvoll zu deinem Vormund und höflich zu den Dienstboten. Halte dich von den Stallknechten fern und vergräme mir die Köchin nicht, indem du aus der Speisekammer ihren Kuchen stibitzt. Und vor allen Dingen solltest du mir nicht auf die Nerven fallen. Wenn du diese Dinge beherzigst, kann ich mir vorstellen, dass wir alle gut miteinander auskommen werden.«

»Sehr wohl, Mylady.«

»Wie alt bist du, Alice?«

»Ich werde im Dezember zwanzig.«

»Dann bist du jünger, als du aussiehst«, entfuhr es der Lady und sie schüttelte missbilligend den Kopf.

Alice schwieg dazu. Was hätte sie auch sagen sollen? Sie war so alt, wie sie war, und sie sah so aus, wie sie eben aussah. Man hatte sie nicht gelehrt, großen Wert auf Äußerlichkeiten zu legen, sondern sich auf Gehorsam und Bescheidenheit zu besinnen.

Letzteres war gelungen, Ersteres leider nicht immer.

»Nun gut«, setzte die Dowager Marchioness ihre Betrachtungen fort. »Sei's drum. Dir wird nicht entgangen sein, dass man hier ein Kind zu beherbergen dachte.«

»Nein, Mylady.« Das war offensichtlich gewesen.

»Mein Sohn hat sich deinem Vater gegenüber als Ehrenmann erwiesen und wird es auch dir gegenüber sein.«

»Ja, Mylady.« Daran bestand kein Zweifel.

»Seine Lordschaft wird dafür sorgen, dass du eine angemessene Ausstattung und im Rahmen deiner Möglichkeiten eine gesicherte Zukunft erhältst.«

Was auch immer das bedeuten mochte. »Danke, Mylady.«

Die Dowager Marchioness richtete sich auf und klopfte mit dem Stock ungeduldig auf den Boden. »Hat man dir auch beigebracht, etwas anderes zu antworten als immer nur ja – nein – danke, Mylady?«

Alice sah die Hausherrin bestürzt an. Das war es doch gewesen, was man ihr die letzten Tage einzubläuen versucht hatte – sollte das nun auch verkehrt sein?

»Gewiss, Mylady.«

Die Antwort waren Schweigen und ein scharfer Blick. Dann beendete Lady Margret die Unterhaltung, indem sie nach dem Butler läutete.

»Stearns, bringen Sie Miss Bingham auf ihr Zimmer«, ordnete sie an, als dieser den Salon betreten hatte.

»Selbstverständlich, Mylady.«

Sie wandte sich an Alice. »Du folgst jetzt Stearns auf dein Zimmer und ruhst dich aus. Ich schicke dir meine Zofe Rose, damit sie dir behilflich ist, bis wir eine andere Lösung gefunden haben.«

»Jawohl, Mylady.« Alice stand sofort auf, ohne den Kopf zu heben, und folgte nach einem höflichen Knicks dem Butler nach draußen. Dort atmete sie erst einmal auf –

eine weitere Begegnung mit dem Marquess war ihr für den Moment erspart geblieben.

Wenn sie Glück hatte, dann vergaß er ihre Anwesenheit schnell wieder oder verbrachte seine Zeit nicht hier, sondern in London und überließ sie dem Personal. Diese Variante ihres neuen Alltags wäre Alice entschieden die liebste.

Lord Halsbury hatte die ganze Zeit schweigend auf seinem Platz gesessen, doch sein wohlwollender Blick war ihr stets tröstlich bewusst gewesen. Nur hatte er in diesem Hause nichts zu sagen.

Alice seufzte tief. Zum wievielten Male bereits an diesem noch jungen Tag?

Nach den Schilderungen der Enfields sollte sie nur sprechen, wenn sie gefragt wurde, und selbst dann höchstens das Allernötigste, und ansonsten so tun, als gäbe es den Marquess einfach nicht, denn wenn sie ihn nicht zur Kenntnis nähme, würde er sie vielleicht ebenfalls nicht wahrnehmen.

Leider sah es so aus, als würde diese Aufgabe weitaus schwerer werden, als sie vermutet hatte, denn Seine Lordschaft war nun wirklich kein Mann, den man leicht ignorieren konnte, und seinen scharfen Augen schien nichts zu entgehen.

Kapitel 4

Als Rennison mit Mr. Aldbourne in den Salon zurückkehrte und sich zu der Dowager Marchioness und Lord Halsbury gesellte, hatte Miss Bingham den Raum bereits verlassen.

Der Notar war nur zu einem Schluck Port zu überreden, denn er hatte es eilig und lehnte die Einladung zum Essen erneut ab. Stattdessen wies er darauf hin, dass er noch am selben Abend wieder in seiner Kanzlei zu einem weiteren Termin erwartet werde. Daher verabschiedete er sich, da alle bürokratischen Details geklärt waren, ziemlich rasch mit der wohlmeinenden Hoffnung, Miss Bingham werde sich ordentlich benehmen und ihrem seligen Vater keine Schande bereiten.

Halsbury hatte Anstalten gemacht, sich zu entfernen und die Familie ihren Angelegenheiten zu überlassen, doch Margret hatte abgewinkt und den Freund ihres Sohnes mit einer huldvollen Geste zum Bleiben aufgefordert.

Als sich die Tür hinter Mr. Aldbourne geschlossen hatte, holte die Lady hörbar Luft. »Himmel noch eins – Rennie! Was hast du dir dabei gedacht? Eine junge Frau in diesem Alter!«

Rennison hob abwehrend beide Hände. »Das konnte ich nicht ahnen. Alle Anzeichen deuteten darauf hin, dass es sich um ein Kind handeln würde.«

Lady Margret schüttelte missbilligend den Kopf. »Mich wundert, dass das Geburtsdatum des Mädchens in keiner der Urkunden verzeichnet gewesen sein soll.« Sie warf ihm einen durchdringenden Blick zu. »Oder muss ich eher davon ausgehen, dass du es nicht der Mühe wert gefunden hast, das, was du zu unterschreiben geruhtest, vorher auch gründlich durchzulesen?«

Rennison zuckte die Achseln. Natürlich war das sein Fehler gewesen, aber …

»Hätten Sie an meiner Stelle in jenem Lazarett am Rande des Schlachtfelds gesessen, so würde ich ein Fass feinsten Portweins darauf verwetten, dass Sie es ebenfalls versäumt hätten, jedem Detail des Schriftstücks auf den Grund zu gehen, das man Sie zu unterschreiben bat. Mr. Bingham hat auf dem Sterbelager stets nur von seiner Kleinen, dem armen Kind, der bedauernswerten Waise und dem mutterlosen Schatz gesprochen.«

Dazu das Bild, welches das Medaillon enthielt und das ein etwa zehnjähriges Mädchen zeigte. Daran, dass das Porträt samt Schmuckstück schon einige Jahre alt sein könnte, hatte er nicht gedacht.

Margret zog die Brauen so hoch, dass sich ihre ohnehin nicht mehr glatte Stirn noch weiter in Falten legte. »Wie auch immer – nun ist sie schon einmal hier, das ist nicht mehr zu ändern. Die kleine Longtree mit den roten Wangen kann ja ihre Zofe abgeben anstelle der Nanny. Rose kann sie einweisen, wenn ich sie gerade nicht benötige.« Rennison antwortete nicht. »Dir ist doch hoffentlich klar, was Miss Binghams Alter bedeutet, oder? Noch ist sie in Trauer um ihren Vater, aber du solltest schleunigst einen Ehemann für sie finden.«

Rennison verspürte wenig Lust auf eine derartige Aufgabe, doch er zwang sich zu einer Erwiderung. »Ganz wie Sie meinen.«

Seine Mutter fuhr unbeirrt fort. »Sie wird im Dezember zwanzig, allerhöchste Zeit also. Ich werde meine Pläne, nächste Woche nach London zurückzufahren, verschieben, denn selbst wenn Mrs. Staunton als ihre Anstandsdame mitgekommen ist, kann die junge Frau nicht mit den Bediensteten allein hier wohnen. Schon gar nicht, falls du dich entschließen solltest, den Winter hier, anstatt in London zu verbringen.«

Wie so häufig hatte seine Mutter recht. Merkwürdigerweise zog ihn tatsächlich nichts in die Stadt. Die Vergnügungen, denen er früher voller Leidenschaft gefrönt hatte, schienen zumindest für den Moment ihren Reiz für ihn verloren zu haben. Doch diese eigenartige Erkenntnis behielt er vorerst für sich.

»Und nun sollten wir an das Naheliegende denken.« Lady Margret läutete nach dem Butler. Als dieser erschien, verlangte sie alle Einladungen zu sehen, die während der Abwesenheit des Hausherren in der Abbey eingegangen waren.

»Aber Mutter. Finden Sie nicht, dass das reichlich übertrieben ist?«, widersprach er müde.

Seine Kopfschmerzen pochten wieder unerbittlich gegen seine Schläfen.

»Auf keinen Fall«, entgegnete sie resolut. »Zumindest möchte ich wissen, welche gesellschaftlichen Möglichkeiten wir in den nächsten Wochen und Monaten hier haben werden, um das Mädchen auf den Heiratsmarkt zu bringen.«

Rennison schloss lustlos die Augen. Auch das noch. Blieb ihm denn nichts erspart? »Sie erwarten doch hoffentlich nicht, dass ich mich diesem Treiben anschließe, Mutter.«

»Das eine oder andere Mal wirst du nicht darum herumkommen, mein Lieber«, verkündete Lady Margret ungerührt.

»Wozu sollte ich all diesen Zirkus aufführen und auf meine Ruhe verzichten?«

»Weil du noch keine Hundert bist.« Lady Margret schüttelte missbilligend den Kopf. »Was ist nur mit dir los, Rennison? Seit du vom Kontinent zurück bist, machst du ständig ein Gesicht wie dreißig Tage Regenwetter.« Er ging nicht auf die Worte seiner Mutter ein, obwohl sie ihn unangenehm berührten. »Diese junge Frau muss einen passenden Ehemann finden, und es liegt in deiner Verantwortung, dafür zu sorgen«, fuhr Lady Margret mit ihrer Standpauke fort. »Das sollte dir doch klar sein.«

»Sie ist ein Niemand. Kein Mann mit Rang und Namen wird sich um sie bemühen«, sagte er stattdessen.

»Papperlapapp«, winkte seine Mutter ab. »Sie ist dein Mündel und du wirst sie mit einer passenden Mitgift ausstatten. Und außerdem wird wohl auch der eine oder andere zweite oder dritte Sohn im Gefolge seines Bruders auftauchen, auf welcher Festivität auch immer. Da wird sich doch jemand finden lassen, der sie zur Frau nimmt. Und wenn du es geschickt anstellst, dann hast du das Mädchen schneller unter der Haube, als du deine Titel aufsagen kannst.«

Rennison verschränkte missmutig die Hände hinter dem Rücken.

»Sie scheint auch nicht besonders intelligent zu sein, wenn ich aus unserer kurzen Unterhaltung gerade eben die richtigen Schlüsse ziehe, aber genau dieser Umstand stimmt mich äußerst zuversichtlich, was ihre mögliche Verheiratung angeht«, fuhr Lady Margret fort. »Das, und die Tatsache, dass Miss Bingham durchaus recht ansehnlich sein dürfte, wenn sie erst einmal diese fürchterlichen Trauergewänder abgelegt haben wird. Und das sollte sie bald tun. Hier kennt sie niemand, der daran Anstoß nehmen könnte, dass sie nicht angemessen lang um ihren Vater trauert.« Seine Mutter schob sich ein verirrtes Löckchen aus der Stirn. »Was für ein Glück, dass die Schneiderin noch nicht mit der Kinderausstattung angefangen hat. Es wäre alles umsonst gewesen … Ah, danke, Stearns.« Sie streckte die Hand nach den Papieren aus, die der soeben eingetretene Butler ihr reichte.

»Bitte sehr, Mylady.«

»Nun denn …« Sie klang zufrieden angesichts des beachtlichen Packens an Kärtchen und Briefen in ihrem Schoß. »Dann wollen wir mal sehen, was wir hier haben.«

Sie blätterte durch die Einladungen, las sie flüchtig und sortierte sie auch gleich – ein Teil rechts von ihr, ein anderer links auf das Sitzpolster des Sofas. Andere wiederum ließ sie mit einem abfälligen Schnauben zu Boden fallen. Rennison warf seinem Freund Thomas einen verzweifelten Blick zu, den dieser mit einem ratlosen Schulterzucken quittierte.

»So, dann wollen wir mal sehen«, murmelte Lady Margret halblaut, als sie mit der ersten Sichtung fertig war und sich dem Papierhäufchen zu ihrer Rechten widmete. »Wenn ich mich recht erinnere … ah, da sind sie ja.« Triumphierend hob sie zwei Blätter in Postkartengröße hoch. Eins war cremefarben, das andere lindgrün.

»Und was soll das sein?«, erkundigte sich Rennison mit beginnender Ungeduld.

»Die ersten zwei passenden Einladungen schon für die nächsten Tage: eine Teegesellschaft und ein Dinner. Wunderbar zwanglos und dennoch geeignet, um erste Kontakte zu knüpfen und unsere Nachbarn und deren Freunde über unsere Anwesenheit und Miss Binghams Existenz zu informieren.«

»Wer sind denn die Gastgeber, Mylady?«, erkundigte sich Thomas mäßig interessiert, und Rennison vermutete, dass sein Freund nur gefragt hatte, um durch sein konstantes Schweigen seiner Mutter gegenüber nicht unhöflich zu wirken.

»Das Dinner findet nächste Woche bei den Brewsters statt und die Teegesellschaft richtet Mrs. Pratt am darauf folgenden Samstagnachmittag aus. Beide haben Söhne im heiratsfähigen Alter. Ich werde also diese beiden Einladungen in deinem Namen annehmen, Rennison.« Lady Margret klang überaus zufrieden.

Rennison wunderte sich, woher seine Mutter so genau über die Familienverhältnisse der Nachbarn auf dem Land Bescheid wusste, aber solange sie nicht versuchte, ihm irgendeine der verschiedenen Töchter schmackhaft zu machen, sollte es ihm recht sein.

Allerdings schoss sie hier über das Ziel hinaus. Miss Bingham hatte auf ihn nicht den Eindruck gemacht, als ob es ratsam wäre, sie schon so rasch der Gesellschaft zu präsentieren, und sei es auch nur die ländliche.

Er räusperte sich. »Wie können Sie so sicher sein, dass die junge Frau Sie nicht mit fehlenden Tischmanieren blamieren wird, verehrte Mutter?«

»Das festzustellen haben wir ja noch Zeit, nicht wahr? Falls sie sich nicht zu benehmen weiß, bekommt sie eben Nachhilfe.«

»Viel Vergnügen«, meinte er sarkastisch. »Doch rechnen Sie nicht mit meiner Anwesenheit zu diesen Anlässen.«

»Umso besser. Du würdest mit deiner sauertöpfischen Miene die möglichen Bewerber ja doch nur verschrecken.«

Margret stand resolut auf und läutete erneut nach Stearns. Glücklicherweise hatte sie offenkundig Freude daran, ein geeignetes Heiratsopfer für sein Mündel zu suchen.

Rennison atmete erleichtert auf. Ihm selbst war das Thema Ehe seit seiner Jugend verhasst, und nun, da er sein seelisches Gleichgewicht auf den napoleonischen Schlachtfeldern hatte lassen müssen, mehr denn je. Zwar hatte er kaum eine sichtbare Narbe davongetragen, doch die verborgenen schienen ihm noch schlimmer zu sein als jene, die andere im Gesicht erlitten hatten.

Derer konnte man sich rühmen – seine waren peinlich.

Niemals würde er es einer Frau zumuten, sich an einen Mann zu binden, der es nicht einmal fertigbrachte, eine Nacht hinter sich zu bringen, ohne von grausigen Träumen gebeutelt zu werden und schreiend aufzuwachen.

Das Erscheinen des Butlers holte ihn aus seinen bitteren Gedanken.

»Schicken Sie mir bitte Miss Binghams Personal. Es gibt eine Menge zu besprechen«, ordnete Lady Margret tatkräftig an.

»Sehr wohl, Mylady.«

Als der Butler Miss Longtree und den Hauslehrer meldete, empfing sie die beiden mit einem gewinnenden Lächeln.

Sowohl Rennison als auch Thomas verließen den Raum, um seine Mutter nicht bei ihrer selbst gewählten Aufgabe zu stören. Rennison wollte sein Arbeitszimmer aufsuchen und Thomas entschied sich für einen Ausritt.

Einen Moment überlegte Rennison, ob er den Freund nicht begleiten sollte. Ein wenig Bewegung und frische Luft würden ihm nicht schaden, aber dann vergrub er sich doch lieber hinter seinem Schreibtisch, um kopfschüttelnd über sein Versäumnis nachzudenken.

Selbstverständlich war es seine eigene Schuld gewesen, dass er sich nicht mit den Details beschäftigt und das

Dokument, das er in Waterloo unterzeichnet hatte, nicht genauer durchgelesen hatte.

Andererseits – was änderte das schon?

Man hätte Alice Bingham ohnehin verheiraten müssen – ob früher oder später, konnte ihm letzten Endes einerlei sein. Aus der Nähe besehen war diese Entwicklung sogar noch wesentlich besser. Man würde bald schon einen Ehemann für sie finden, und seiner Verantwortung wäre Genüge getan, ohne dass er sich jahrelang damit herumschlagen müsste.

Der Spielplatz! Er musste umgehend den Bau einstellen lassen. Eine Schaukel war wohl das Letzte, was nun gebraucht wurde.

Wie absurd, gerade jetzt an so etwas zu denken. Als ob es kein dringlicheres Problem als ein Spielgerät gäbe.

Erleichtert hatte Alice den Salon verlassen und war dem Butler nach oben in ein helles, in freundlichem Gelb eingerichtetes Gästezimmer gefolgt. Ihr Gepäck hatte man bereits heraufgebracht und ein Dienstmädchen war dabei, die wenigen Sachen, die sie ihr Eigen nannte, in Schränken und Kommoden zu verstauen.

Peinlich berührt eilte sie auf das Mädchen zu. »Aber das kann ich doch selbst tun …«

»Miss, dafür ist das Personal da, wenn ich mir diese Anmerkung erlauben darf«, mahnte der Butler denn auch sofort.

Alice wandte sich zu ihm. »Oh … ja. Ich weiß, aber ich bin es nicht gewohnt, bedient zu werden, Mr. …«

»Ich bin Stearns, Miss.«

»Danke, Mr. Stearns.«

»Nur Stearns, Miss.«

»Gewiss«, antwortete sie verlegen. »Ich werde es mir merken. Danke, Stearns.«

»Miss.«

Alice spürte, wie sich ihre Wangen erhitzten. Sie war ohne Butler aufgewachsen. Zu Hause hatte es nie am Nötigen gefehlt, aber mehr als das war auch nicht verfügbar gewesen. Was man ihr im Umgang mit Dienstboten vor langen Jahren einmal beigebracht hatte, war in Vergessenheit geraten. Wenn das so weiterging, dann brauchte sie das unbedarfte Dummchen gar nicht vorzutäuschen. Sie war definitiv eines. Allerdings wurde ihr auch bewusst, dass sie ihre schnelle Zunge würde zügeln müssen. Wenn sie auch in Gegenwart der Herrschaften so spontan drauflos plapperte, dann würde sie unweigerlich auffallen.

Stearns ging und überließ sie sich selbst und dem Dienstmädchen, das eifrig hin und her lief und Ordnung in ihre Habseligkeiten brachte.

Alice konnte nicht umhin, mit einer gewissen Beschämung zu beobachten, wie wenig ihre Ausstattung zu der Umgebung passte, in der sie sich wiederfand. Verglichen mit dem Prunk, dem sie sich ausgesetzt sah, war alles an ihr geradezu ärmlich. Und doch – ihren winzigen Besitz hätte sie dafür hergegeben, wieder an der Seite ihres Vaters in ihrem trauten, kleinen Heim leben zu dürfen.

So wie es gewesen war, ehe er in diesen unseligen Krieg gezogen war.

Als das Dienstmädchen mit seinen Verrichtungen fertig war, trat Alice ans Fenster und sah neugierig hinaus. Der Anblick, der sich ihr bot, war ebenso atemberaubend wie der bei ihrer Ankunft.

Vor ihr erstreckte sich eine weite, gepflegte Rasenfläche, die von einzelnen alten Laubbäumen unterbrochen wurde. Den Teich vor dem Haus konnte sie von hier aus nicht sehen, aber ein Bach schlängelte sich durch das Gelände und verlor sich in einem kleinen Gehölz, das den Rasen nach Norden hin begrenzte. Kleine Gruppen aus niedrigen Büschen zierten abwechselnd beide Uferseiten. Unweit des Hauses führte eine geschwungene Holzbrücke hinüber auf die andere Seite. Ein breiter Weg, der in die Ferne wies, lud zum Spazieren ein. Eine tiefe Sehnsucht nach frischer Luft und Bewegung rührte sich in Alice, doch sie kämpfte sie nieder. Erst musste sie begreifen, wie ihre neuen Lebensumstände aussehen würden, dann konnte sie versuchen, wenigstens die eine oder andere ihrer lieb gewordenen Gewohnheiten wieder aufzunehmen wie beispielsweise lange Wanderungen durch ihre unmittelbare Umgebung.

Seufzend wandte sie sich vom Fenster ab und setzte sich auf den Rand des Bettes. Die Matratze war weich, die Bettwäsche seidig und schmeichelte ihrer Haut, als sie mit der flachen Hand darüberfuhr. Erst jetzt wurde Alice bewusst, wie müde sie war. Abgesehen davon, dass sie sehr früh aufgebrochen waren, hatte sie in der vergangenen Nacht vor lauter Aufregung kaum Schlaf gefunden.

Sie ließ sich zurücksinken und war gleich darauf eingeschlafen.

Wie lange sie geschlafen hatte, konnte Alice nicht abschätzen. Es war noch hell draußen vor den Fenstern, als jemand sie weckte. Im ersten Moment wusste sie nicht, wo sie sich befand, und sie kannte auch das Jungmädchengesicht nicht, das sich über sie beugte und breit lächelte. Dann, nachdem sie ein-, zweimal heftig geblinzelt hatte, fand sie ins Hier und Jetzt zurück.

Langton Abbey.

Der prunkvolle Landsitz des Marquess of Marlborough, der ab sofort ihr neues Zuhause sein sollte. Und das junge, rotwangige Ding, das eifrig knickste, hatte sie schon bei ihrer Ankunft vor dem Haus gesehen.

»Guten Tag, Miss, ich bin die Polly, Miss«, stellte das lebhafte Mädchen sich vor. »Ihre Ladyschaft hat mich als Ihre neue Zofe behalten, weil Sie ja nun keine Nanny mehr brauchen, Miss.«

»Nein … natürlich nicht«, murmelte Alice verwirrt. »Sehr erfreut, Polly. Ich … muss eingeschlafen sein.«

»Ach, das macht doch nichts, Miss. Das hätte jedem passieren können nach so einem anstrengenden Tag.«

So plapperte sie unverzagt vor sich hin, und Alice ließ sie gewähren. Auf diese Weise erfuhr sie, während sie aufstand und sich von Polly beim Frischmachen und Umkleiden helfen ließ – was ihr fremd und zutiefst unangenehm war –, dass Rose, Lady Margrets eigene Zofe, Polly in der

Zwischenzeit in die wichtigsten Pflichten einer guten Dienerin eingewiesen hatte.

»Und bitte, Miss, hoffentlich sind Sie nicht zu streng mit mir. Ich bin doch noch so unerfahren und das ist alles so viel und fürchterlich neu für mich …«

»Dann sind wir schon zu zweit, Polly«, beschwichtigte Alice, ein wenig überrumpelt von dem unbefangenen Redeschwall des Mädchens. »Du warst noch nie Zofe und ich hatte noch nie eine. Mir scheint, wir werden gemeinsam lernen müssen, was in so einem Fall zu tun ist.«

Kaum waren die Worte heraus, erschien als Antwort ein freudiges Strahlen auf Pollys Gesicht. Alice aber hätte ihre Äußerung am liebsten wieder zurückgenommen. Sie war unversehens aus der selbstauferlegten Rolle des Dummchens gefallen. Doch andererseits war es nur schwer vorstellbar, dass die Lordschaften das Personal zu ihrem Intelligenzgrad befragen würden.

»Die Herrschaften erwarten Sie im Salon zur Teestunde, habe ich gehört, Miss«, ließ Polly sie wissen, während sie Alice' Haar bürstete und erstaunlich geschickt hochsteckte. Offenbar hatte sie den Blick ihrer neuen Herrin richtig gedeutet, denn sie lachte geschmeichelt. »Ich habe immer schon die Haare aller meiner Schwestern frisieren müssen, Miss. Darum kann ich es recht gut«, erklärte sie, und ihre Wangen wurden rot wie ein reifer Apfel.

»Hübsch«, meinte Alice anerkennend. »So flink wie du war ich nie mit meinen Haaren.«

»Sollen Sie auch nicht mehr. Sie haben ja mich jetzt.«

»Ja, jetzt habe ich dich. Danke, Polly.«

Sie nahm das Schultertuch aus der Schublade, das noch von ihrer verstorbenen Mutter stammte und daher bereits reichlich schütter und fadenscheinig aussah. Doch sie liebte es innig und fühlte sich behütet, wenn sie es um sich gelegt hatte, obwohl dieser Gedanke der blanke Unsinn war. Aber die Aussicht, nun gleich den Lordschaften gegenüberzutreten und mit ihnen Tee zu trinken, stimmte sie nicht gerade zuversichtlich. Darüber hinaus hoffte sie, sich auf dem Weg zum Salon in den scheinbar endlosen Weiten dieses palastähnlichen Herrensitzes nicht zu verlaufen.

Kapitel 5

Glücklicherweise kam Alice schon beim ersten Versuch im richtigen Raum an, wo man sie zum Tee erwartete.

Trotzdem wurden sowohl ihr Mut als auch ihre Schauspielkunst auf eine harte Probe gestellt, als nicht nur Lady Margret, sondern auch der Marquess und dessen Freund Lord Thomas zum Tee anwesend waren und die Lady sie aufforderte, unter ihren Argusaugen den Tee einzuschenken und das Gebäck herumzureichen.

Alice schwitzte Blut und Wasser. Seine Lordschaft befand sich halb in ihrem Rücken und – wie sie nach einem kurzen, prüfenden Blick feststellen musste – beobachtete sie unter halb geschlossenen Lidern gelangweilt und unbeteiligt. Er machte sie nervös. Seine kalten dunklen Augen ruhten kritisch auf ihr und registrierten sicher jeden noch so kleinen Mangel in ihrem Benehmen.

Soviel dazu, dass er ihr keinerlei Aufmerksamkeit schenken würde, wenn sie sich nicht darum bemühte.

Alice schaffte es tatsächlich, alle Tassen zu füllen, ohne etwas zu verschütten, sowie den Zucker, die Milch und die Biskuits zu reichen, ohne dass etwas zu Boden fiel.

Als sie selbst den ersten Schluck Tee genommen hatte, atmete sie erstmals auf.

Insgeheim dankte sie ihrem Vater dafür, dass er immer darauf bestanden hatte, dass sie sich so verhielt, als führten sie ein großes, vornehmes Haus. So hatte sie wenigstens ein klein wenig Ahnung davon, was man hier von ihr erwarten mochte.

Sie verfolgte die Unterhaltung mit angespannter Aufmerksamkeit und versuchte, sich nicht anmerken zu lassen, dass sie bei jeder Frage zusammenzuckte, die an sie gerichtet wurde, und nur hoffte, dass dieses Beisammensein bald ein Ende finden möge.

Rennison hatte sich mit seiner Tasse Tee an den Kamin zurückgezogen. Von hier aus hatte er Miss Bingham im Blick, sie aber musste den Kopf wenden, um ihn anzusehen. Was sie auch mehrmals und mit zunehmender Unruhe tat, wie er feststellen konnte.

Während er langsam seinen Tee zu sich nahm, beobachtete er sie gedankenverloren, jedoch ohne das Wort an sie zu richten. Das erledigte Halsbury für ihn, der offenkundig gutmütig genug war, die junge Frau ins Gespräch einbeziehen zu wollen.

»Woher kommen Sie, Miss Bingham?«, eröffnete er die oberflächliche Konversation.

»Aus der Nähe von Carterton, Sir«, murmelte sie mit zartem Stimmchen und wagte kaum, die Augen zu heben.

»Das gehört noch zu Oxfordshire, nicht wahr?«

Sie nickte nur.

»Ich bin, meine ich, dort einmal durchgekommen – es lag auf meinem Weg von Oxford nach Northleach. Kann das sein?«

»Das … weiß ich nicht, Sir.«

Herrje. Thomas bemühte sich redlich, doch er erntete wenig Entgegenkommen. Er versuchte es noch weiter, aber sie hielt die Augen auf ihre Teetasse gesenkt, nippte gelegentlich daran und blieb wortkarg. Vermutlich interessierte sie sich weder für ihre Umgebung noch irgendetwas sonst jenseits der üblichen Handarbeiten. Oder womit sich junge Damen auch immer die Zeit zu vertreiben pflegten.

Ihre Kleidung war deutlich abgetragen. Aufmerksam betrachtete er ihre Hände, als sie die Tasse wieder für einen winzigen Schluck an den Mund führte. Sie sahen immerhin nicht so aus, als hätte sie bisher harte Arbeit verrichten müssen.

Lady Margret mischte sich ein. »Du wirst ab morgen Unterricht bei Lehrer Farthing haben, Alice«, verkündete sie resolut, und ihrem scharfen Blick entnahm er, dass seine Mutter kaum Hoffnung hegte, dass diese Maßnahme viel Erfolg zeitigen würde. Wozu auch.

»Danke, Mylady.«

»Deine neue Zofe dürftest du ja schon kennengelernt haben.«

»Ja, Mylady.«

Rennison war nahe daran, genervt die Augen zu verdrehen, als Thomas sich schließlich in dem Versuch, Antworten aus ihr herauszukitzeln, die länger als zwei Worte waren, nach ihren persönlichen Neigungen erkundigte.

»Mögen Sie Tiere?«

»Hunde, Sir«

»Haben Sie eine Lieblingsfarbe, Miss Bingham?«

Offensichtlich war er ebenso am Ende mit seinem Latein, wie er selbst es gewesen wäre, hätte er sich mit ihr unterhalten wollen. Denn – worüber? Statt ein wenig auftauen, wurde sie nur noch einsilbiger.

»Blau, Sir.«

Miss Bingham war durchaus hübsch, wenngleich auch auf jene engelsgleich entrückte, zarte, irgendwie blasse Weise, der er nie viel hatte abgewinnen können. Er liebte es rassig und temperamentvoll, dunkelhaarig und üppig. Nichts davon traf auf sein Mündel zu, im Gegenteil. Er war überzeugt, würde Miss Bingham vors Haus in den Sonnenschein treten, es wäre keinerlei Schatten zu sehen. Sie hatte keine Substanz und war offensichtlich tatsächlich alles andere als intelligent.

Hoffentlich behielt seine Mutter recht und dieser Umstand erleichterte es, einen passenden Ehemann für sie zu finden.

Hatte er sich noch kurz nach ihrer Ankunft etwas ratlos gefühlt, was die Anwesenheit einer jungen Frau in seinem Haus betraf, so war er nun sicher, dass er selbige kaum wahrnehmen würde. Dieses farblose Wesen würde vermutlich noch weniger auffallen als das Kind, das er erwartet hatte und das im Nebenflügel herangewachsen wäre. Irgendwann würde man Alice verheiraten und seine Aufgabe wäre erledigt.

Heiraten – er hegte nicht die geringste Absicht, eine

Ehe auch nur in Erwägung zu ziehen. Und er würde sicher keine Frau wählen, die für ihren Ehemann nur dümmliche Staffage war.

Woher diese Geisteshaltung rührte, konnte er nur vermuten. Lady Margret legte ihm offenkundig das Gegenteil dessen nahe, was sie selbst mit ihrem verstorbenen Gemahl, Rennisons Vater, in der Ehe gelebt hatte: die Begegnung beider Partner auf Augenhöhe.

Obwohl sie eine umschwärmte Schönheit gewesen war, hatte sich die Marchioness nie damit zufriedengegeben, nur die Zierde ihres Gemahls zu sein, sondern ihm in jeder Hinsicht Paroli geboten. Das wusste er aus Erzählungen und auch aus der eigenen Erinnerung an den Umgang, den seine Eltern miteinander gepflegt hatten. Das vorgelebte Beispiel hatte offensichtlich Spuren in ihm hinterlassen.

Für ihn käme niemals ein so farb- und emotionsloses Wesen wie Alice Bingham in Frage – bedauernswert die Männer, die sich ein solches Geschöpf an die Seite heirateten.

Wobei sich hier der Kreis für ihn wieder schloss.

Er würde sie ja nicht ehelichen müssen. Es bestand also keine Notwendigkeit, über den traurigen Umstand nachzugrübeln, dass ihre nach außen hin durchaus vorhandene Schönheit mit einem Wesen von so wenig Geist einherging.

Denn schließlich gab auch Thomas es auf, den er oft für seine unerschütterliche Geduld bewundert und die dieser soeben wieder unter Beweis gestellt hatte.

Bereits am nächsten Vormittag wurde Alice in das Ankleidezimmer Lady Margrets beordert und darüber in Kenntnis gesetzt, dass man eine Schneiderin erwarte.

»Da ich gestern feststellen musste, dass deine Garderobe zu wünschen übrig lässt, wird Seine Lordschaft dich neu ausstatten.«

»Aber – wozu denn?«, entfuhr es Alice schockiert, und beinahe hätte sie über dem Schreck vergessen, die quengelige Mädchenstimme hervorzuholen. Woher wollte die Lady wissen, wie es um ihre Garderobe bestellt war? Nur wegen des alten Schultertuchs konnte sie nicht auf den Rest ihrer Kleidung schließen.

Doch – beantwortete sie sich die Frage selbst.

Lady Margret konnte. Und sie hatte recht damit.

Erst gestern noch hatte sie sich selbst ihrer eigenen Armseligkeit geschämt.

»Aber ich habe doch alles Nötige und brauche weiter nichts, Mylady«, widersprach sie dennoch zaghaft und mit gesenktem Blick.

»Was du brauchst oder nicht, überlässt du besser mir«, ließ Ihre Ladyschaft sie streng wissen und betrachtete sie von oben herab, während Rose, die Zofe, sie frisierte. »Sieh dich nur einmal an – dein Kleid hat an der Seite einen Riss. Du wirst dich sofort umkleiden und dieses Gewand der Schneiderin überlassen, damit sie es repariert.«

»Ja, Mylady.«

»Auch, wenn es im Grunde die Mühe gar nicht mehr lohnt«, setzte Lady Margret halblaut hinzu.«

Alice biss sich auf die Lippe, um nicht noch einmal zu

widersprechen, aber innerlich bebte sie. Wie sollte sie unauffällig bleiben können, wenn sie neu ausstaffiert wurde?

Und wozu?

Sie schalt sich undankbar, betete aber gleichzeitig, sie möge nicht am gesellschaftlichen Leben ihrer neuen Familie teilnehmen müssen.

»Du hast dich so zu kleiden und zu benehmen, dass dein Vormund sich deiner nicht zu schämen braucht, hörst du?«, drang die herrische Stimme der Lady in ihre Gedanken.

»Aber ich bin noch in Trauer, Mylady«, wagte sie einen weiteren Einwand, doch auch diesen wischte Lady Margret mit einer ungeduldigen Handbewegung beiseite.

»Erstens sind wir nicht in London und zweitens bekommst du einstweilen gedeckte Farben. Es muss ja nicht gleich feuerrot sein.«

Alice gab es auf und nickte. »Wie Mylady wünschen.« Wenn sie noch länger auf ihrem Widerstand beharrte, würde Ihre Ladyschaft sicher nicht erfreut sein.

»Na also.« Diese wedelte mit der rechten Hand, und Alice wünschte sich einen Moment lang, dieselbe unbefangene Eleganz zu besitzen wie sie. Lady Margret musste ihren Sohn spät bekommen haben – ihr Haar war bereits silberweiß und sie hatte viele Falten um Augen und Mund, doch ihre Haut war makellos, ihre Stimme fest und ihre Haltung unerschütterlich. Dagegen fühlte Alice sich als das, was sie nun mal war: eine Landpomeranze.

»Wie du bereits bemerkt haben dürftest«, sprach Lady Margret weiter, »werden Polly als deine Zofe und Mr.

Farthing als dein Hauslehrer bleiben. Er hat ebenfalls eingewilligt, trotz der veränderten Umstände deinen Unterricht zu übernehmen.«

Alice konnte sich nur mit großer Mühe am Augenrollen hindern. Auf ihn hätte sie gern verzichtet.

Der lange, dürre Mann war ihr auf den ersten Blick unsympathisch gewesen. Er war gänzlich humorlos und im Vergleich zu dem guten Mr. Enfield auch reichlich ungebildet, wie sie einer kurzen Unterhaltung am späten gestrigen Nachmittag hatte entnehmen können. Dennoch nickte sie stumm. Sie würde sich irgendwie arrangieren müssen, wenn sie auch weiterhin nicht unangenehm auffallen wollte.

»Ich habe dich nicht verstanden«, tadelte Lady Margret schroff. »Bemühe gefälligst deine Lippen, wenn du mir antwortest.«

»Jawohl, Mylady«, beeilte sich Alice, hinzuzufügen.

»Darüber hinaus wirst du bei jeder Mahlzeit zugegen sein, die mein Sohn, Lord Halsbury und ich gemeinsam einnehmen. Da ich es für sinnvoll erachte, dich auf ein künftiges Leben als Ehefrau vorzubereiten, muss ich deine Tischmanieren und Konversationsfähigkeit sehen und gegebenenfalls korrigieren.«

Alice war es, als wiche alles Blut aus ihrem Kopf. Ihre Knie wurden weich. Die Worte der Lady machten ihr nun endgültig klar, dass all das hier noch viel schwieriger für sie werden würde, als sie angenommen hatte.

Dennoch wagte sie es nicht, Ihrer Ladyschaft zu widersprechen. Sie würde sich, so stand zu befürchten, daraufhin nur noch intensiver mit ihr beschäftigen, was Alice alles andere als lieb sein konnte. Alles Neue war unterhaltsam, und vielleicht würde Lady Margret das Interesse an ihr schon bald wieder verlieren und sich anderen, interessanteren Dingen zuwenden.

»Richte dich darauf ein, mich nächste Woche zu einem Dinner zu begleiten«, verkündete die Lady, als hätte sie ihre Gedanken gelesen und wollte sie eiligst widerlegen.

Alice erstarrte vor Schreck. »Nächste Woche? Aber was … aber wie … Ich habe doch gar nichts Passendes anzuziehen«, war das Erste, was sie spontan als Widerrede hervorbringen konnte.

»Bis dahin wirst du etwas haben, womit du mich nicht blamieren wirst, dafür werde ich sorgen«, verkündete Lady Margret ungerührt. »Und keine weiteren Fisimatenten, verstanden, Mädchen? Je schneller wir dich an den Mann bringen, umso besser ist es für uns alle.«

Alice schoss den Mund wieder, den sie schon für weitere Einwände geöffnet hatte, so entschieden klang die Lady. Es hatte wenig Sinn, darauf noch zu antworten. Die Entscheidung war gefallen.

Nach dem Besuch der Schneiderin, die ihre Maße genommen und gemeinsam mit Lady Margret Stoffe und Zubehör für ein Tageskleid, ein Nachmittagskleid, eine Robe für das bevorstehende Dinner und zwei Hauskleider ausgewählt hatte, wurde Alice sich selbst überlassen.

Verloren wanderte sie durch den Flur im Seitenflügel der Abbey und beschloss, sich umzusehen. Da niemand es ihr ausdrücklich verboten hatte, konnte es ebenso gut erlaubt sein, dass sie sich mit ihrem neuen Zuhause vertraut machte. Wie es aussah, würde sie im Gästezimmer wohnen bleiben – niemand sprach davon, dass das ihr offensichtlich zugedacht gewesene Kinderzimmer umgestaltet werden sollte.

Ihr war es lieb so. Das Gästezimmer befand sich im östlichen Anbau und lag damit weit entfernt von den Räumlichkeiten der Familie im Westflügel. Hier war es ruhig, und Alice vermisste das Lachen der Kinder im Enfieldschen Schulhaushalt, die manchmal polternde Stimme des Lehrers und die resolute, aber herzliche seiner Frau.

Am Ende des Flurs, zu dessen beiden Seiten jeweils drei Zimmertüren abgingen, lag ein hohes Fenster, das nach Norden wies. Die Aussicht entschädigte Alice ein wenig für die ungewohnte Stille.

Unter ihr dehnte sich eine gepflegte Rasenfläche, unterbrochen von verschieden großen Gebüschgruppen, sichelförmigen Beeten und langen Rabatten, in denen es noch immer üppig blühte. Etwas weiter in der Ferne hielt ein kleines Gehölz den Blick des Betrachters auf und schloss den Park zu einem ansteigenden Hügel hin ab.

Der Anblick beruhigte und dämpfte das Heimweh, das neben der noch immer schwelenden Trauer um ihren Vater das zweite starke Gefühl in ihr war, das es ihr schwermachte, sich wohlzufühlen. Eine Weile stand sie einfach da und sah hinaus, nahm die vielen verschiedenen Grünnuancen des Parks in sich auf und beschloss, dass sie noch ein wenig frische Luft brauchte, also suchte und fand sie einen Weg nach draußen.

Sanft prickelnde, warme Luft empfing sie vor der Tür. Alice sah sich um, in welche Richtung sie gehen wollte, doch es erschien ihr einerlei, der Park sah überall gleich verheißungsvoll aus. Eine Gruppe alter Buchen erregte ihre Aufmerksamkeit, und sie schlenderte in deren Richtung. Schon von Weitem sah sie die Schaukel, die an einem der starken Äste des sicher hundertjährigen Baums befestigt war, und beschleunigte den Schritt. Aus der Nähe erkannte sie auch einen mit Holzbrettern gefassten Sandkasten und eine Wippe.

Sie blieb stehen und nahm das Bild in sich auf.

Hier hätte das Kind, das ihr Vormund erwartet hatte, mit seiner Nanny spielen sollen.

Ein trauriges Lächeln stahl sich auf ihr Gesicht, als sie sich die Szene vorstellte, und fast beneidete sie das kleine Mädchen, das sie nicht war, um diesen Anschein an Geborgenheit. Das Bedürfnis nach ein wenig heiler Welt war so stark, dass Alice sich wie im Garten der Enfields auf der Schaukel niederließ und gedankenverloren hin und her schwang.

Hätte sie als Zehnjährige die Herzen der Dowager Marchioness und ihres Vormunds eher berühren können, als sie das jetzt vermochte? Immerhin hatte man für sie einen Spielplatz gebaut, denn dass alles neu war, zeigten ihr das noch helle Holz und der unberührte Sand in dem kleinen Geviert. Die Schaukel strahlte ebenfalls in unberührter Pracht. Das Sitzbrett war weiß gestrichen, und anstelle der Hanfseile, wie sie sie aus dem Garten der Enfields kannte, war diese hier mit stabilen Metallketten am Baum befestigt.

Ketten, die ihr mit einem Mal wie ein Sinnbild ihrer eigenen, traurigen Situation vorkamen. Sie glaubte zu spüren, wie sie sich hart und kalt um ihre Seele schnürten. Man wollte sie so schnell wie möglich verheiraten – ihr Herz in Ketten legen. Und sie selbst war auch angekettet – hier in diesem prunkvollen, palastähnlichen Anwesen, in dem sie dennoch nur ein Fremdkörper war. Und bleiben würde.

Als eine kühle Brise sie an die fortgeschrittene Nachmittagsstunde erinnerte, raffte sie sich auf und ließ die friedliche Oase schweren Herzens hinter sich.

Noch lagen ein paar Stunden bis zum Abendessen vor ihr, von denen sie nicht wusste, wie sie sie füllen sollte. Lady Margret hatte sie nicht ausdrücklich zum Tee beordert, also fühlte sie sich frei, die Zeit in ihrem eigenen Sinne zu nutzen. Auf gut Glück öffnete sie ein großes hölzernes Portal an der hinteren Front des Nebenflügels und fand sich in der Waschküche wieder. Durch die geöffnete Tür drang Stimmengewirr aus dem Nebenraum zu ihr und scheu trat sie näher. Als sie in die Küche der Abbey trat, verstummten die Gespräche und sie fand sich unerwartet im Zentrum der Aufmerksamkeit des Küchenpersonals wieder.

Alice brachte ein schüchternes Lächeln zustande. »Verzeihung, ich … wollte nicht stören, aber … könnte ich bitte eine Tasse Tee bekommen?«

Wenige Tage später schlug das Wetter um und wurde außerordentlich kühl für Mitte September. Der Kamin in der

Bibliothek war entzündet, der schwere lederne Ohrensessel davor platziert, ein Tischchen mit Karaffe und Glas stand daneben; es war alles dafür bereit, dem Hausherrn einen bequemen Abend zu offerieren.

Rennison war erst am späten Nachmittag von einem Besuch bei einigen seiner Pächter zurückgekehrt, so wie er es in den letzten Tagen zu seiner Gewohnheit gemacht hatte. Tage, die ihm viel Bewegung an frischer Luft, lange und anstrengende Gespräche sowie kurze Nächte bescherten.

Dennoch hatte er an diesem Abend erst gar nicht versucht, zu Bett zu gehen und zu schlafen. Er wusste, es würde ihm nicht gelingen. Die Anzeichen kannte er schon:

Er trank, ohne betrunken zu werden.

Er konnte seine kreisenden Gedanken auch im Brandy nicht ertränken.

Ebenso wenig konnte er sie beruhigen.

Sie ließen sich nicht einfangen und bändigen wie ein durchgegangenes Pferd. Sie waren eher wie ein Wildbach, der über ihn hereinstürzte und ihm die Luft zum Atmen nahm.

Er füllte sich das Glas erneut und stellte es auf das Tablett neben sich. Ohne einen klaren Gedanken zu fassen, starrte er in die Flammen und gedachte, diese Nacht wie so viele andere schlaflos in der Betrachtung des herunterbrennenden Feuers zu verbringen.

Seit er aus dem Krieg zurück war, fror er häufig. Er hasste das. Hasste sich selbst und diese Schwächen, die ihm die grauenvollen Erlebnisse beschert hatten.

Nichts fühlte sich mehr so an wie früher.

Mit Mühe hielt er sich selbst davon ab, das soeben gefüllte Glas zu greifen und in den Kamin zu schleudern. Sich gehenzulassen kam nicht infrage.

Niemals.

Die Stille, die ihn umgab, wurde nur durchbrochen vom leisen Knistern des Holzes, um das die heißen Zungen leckten, und dem lauten Schlagen einer Standuhr, die ihn als Kind schon gestört hatte.

Mitternacht.

Beinah hätte er den Ton überhört, doch als der Nachhall des Gongs allmählich verklang und das kleiner gewordene Feuer ebenfalls kaum noch ein Geräusch von sich gab, wurde er sich dessen gewahr: Ein leises Rascheln von Stoff, dann ein trockenes Schaben, als zöge jemand Bücher aus dem Regal und fügte sie wieder an ihren Platz zurück.

In einer raschen, fließenden Bewegung stand er lautlos auf, spähte in die Dunkelheit und fand dort ein flackerndes Licht, das zu seiner Überraschung ein Gesicht beleuchtete.

»Alice!«

Das Mädchen fuhr mit einem Schrei herum und musste die Kerze in der Luft fangen, die ihr aus der Hand gerutscht war.

»Mylord … Sie! Ich … ich dachte nicht …« Sie brach ab und richtete hastig die Augen zu Boden, als er um den Sessel herum kam und sich ihr näherte.

»Was suchst du hier?«, fragte er barsch, da es ihn ärgerte, in seinem dumpfen Brüten unterbrochen worden zu sein. »Warum schläfst du nicht schon längst?«

»Ich … wollte …« Alice hielt den Kopf gesenkt. Die Kerze zitterte so sehr, dass Rennison danach griff und sie ihr abnahm. »Ich wollte Sie nicht stören, Mylord. Ganz bestimmt nicht. Ich gehe sofort wieder.«

Sie machte einen Schritt nach dem anderen rückwärts und entfernte sich so vorsichtig von ihm, als sei er ein Raubtier, das sie jeden Moment anfallen könnte.

Es fehlte nicht mehr viel und sie hätte in wenigen Schritten die Tür erreicht. Offenbar dachte Alice dasselbe, denn sie wandte sich in einer raschen Bewegung um und hastete zum rettenden Ausgang.

Erst jetzt fiel ihm auf, dass sie die eine Hand krampfhaft hinter dem Rücken verborgen gehalten hatte. Irgendetwas hielt sie fest, von dem sie nicht wollte, dass er es sah.

»Bleib stehen, Alice.« Er konnte trotz des spärlichen Lichts erkennen, dass sie mitten in ihrer Bewegung innehielt und geradezu erstarrte, so scharf war seine Stimme gewesen. »Komm wieder hierher und erkläre dich. Was wolltest du hier drin? Und was versteckst du da vor mir?«

Mit sichtlichem Widerwillen drehte sie sich langsam um und kam mit gesenktem Kopf, die Hand immer noch auf dem Rücken, wieder zu ihm.

»Nun?«

Als sie nicht reagierte, wurde sein Ton eine Spur schärfer, seine Stimme gefährlich leise. »Alice, ich frage dich jetzt zum letzten Mal – was wolltest du hier in der Bibliothek und was verbirgst du vor mir?«

Er sah, dass sie tief einatmete. Sie hob zaghaft den

Blick. Riesengroße dunkelblaue Augen hefteten sich auf sein Gesicht. Herrisch streckte Rennison die Hand aus. Zögernd nahm Alice die Rechte von ihrem Rücken.

Zum Vorschein kam – ein Buch, das sie ihm übergab.

Er traute seinen Augen kaum, als er den Buchdeckel so drehte, dass die Kerzenflamme darauf fiel und er den Titel lesen konnte.

»Die Erstausgabe der Ilias? Was um alles in der Welt willst du damit?«

Was er in diesem Moment glaubte, sprach er nicht aus, doch es war seiner empörten Stimme wohl anzuhören, denn Alice senkte die Augen wieder und atmete schockiert aus.

»Ich wollte es mir nur ausleihen, Mylord.«

»Ausleihen? Wozu denn das?«

»Um es zu lesen.«

Rennisons Fassungslosigkeit steigerte sich um eine weitere Stufe. Lange schon hatte ihn niemand mehr so überrascht wie dieses farblose Geschöpf, das für ihn noch bis zu diesem Moment Geist und Esprit einer Zimmerpflanze besessen hatte. Und doch … langsam dämmerte ihm ein Verdacht. Es war nur eine vage Möglichkeit, aber …

»Du liest tatsächlich *Homer*?«

Kapitel 6

Das Herz schlug Alice bis zum Hals, und zugleich konnte sie nicht verhindern, dass angesichts des ungläubigen, ja fast beleidigenden Tonfalls Seiner Lordschaft Ärger in ihr aufwallte.

Natürlich hielt er sie für eine Idiotin, ein hirnloses Dummchen. Dafür hatte sie selbst in den letzten Tagen eifrig gesorgt. Dennoch sträubte sich noch immer alles in ihr gegen diese Rolle, die sie spielte, und sie wusste nicht, wie lange sie das Theater durchhalten würde.

Und wenn sie ehrlich war, hatte sie dazu auch nicht mehr die geringste Lust. Das Dasein in diesem Haus war eintönig. Bis auf die Mahlzeiten, die in der Regel ohne ihre Beteiligung an den Gesprächen abliefen, nahm tatsächlich kaum jemand von den Herrschaften Notiz von ihrer Existenz. Doch nun war sie ihrem Vormund höchstpersönlich in die Arme gelaufen, und unweigerlich erinnerte sie sich an die eindringlichen Schilderungen der Enfields.

Die Aussichten, die sie laut ihnen erwarten würden, wenn Seine Lordschaft ihren Ruf ruinierte, lockten sie allerdings noch viel weniger.

Daher zuckte sie für den Moment nur die Schultern und ließ den Kopf weiterhin hängen.

»Ich konnte nicht schlafen, Mylord.«

Sie hatte befürchtet, entdeckt zu werden, sich aber dennoch zu einem Besuch der Bibliothek verleiten lassen. Ihre Vorsicht hatte mehr den leeren und im Dunkel liegenden Fluren gegolten als ihrem Ziel. Damit, dass der Marquess sich zu dieser Stunde in der Bibliothek aufhalten könnte, hatte sie nicht gerechnet und beim Anblick des leise glimmenden Feuers nur angenommen, man hätte es einfach herunterbrennen lassen. Wie sich herausstellte, hatte sie sich mit dieser Annahme getäuscht. Ausgerechnet der wüste Marquess hatte sie zu nachtschlafender Stunde entdeckt.

»So. Du konntest also nicht schlafen. Und da liest du ausgerechnet die Ilias?«

Wie unvorsichtig von ihr, sich erwischen zu lassen. Wenn sie nicht zugeben wollte, dass ihre Lektüre weit über das einer jungen Frau zugestandene Maß an Intellektualität hinausging, würde es wohl tatsächlich so aussehen, als habe sie das Buch unrechtmäßig an sich nehmen wollen.

»Ich fand nichts anderes«, wich sie ungeschickt aus.

Kurz sah sie hoch und entdeckte ein Aufblitzen in den Augen des Marquess.

»Bitte, Mylord, bestrafen Sie mich nicht«, bat sie halbherzig in dem Versuch, ihn von der Lektüre an sich abzulenken. Was sollte er schon mit ihr anstellen? Er würde sie kaum verprügeln, wobei … so genau konnte man das bei Männern seines Standes wiederum nicht wissen. Schließlich war er ein …

»Warum sollte ich dich bestrafen, wenn du nicht vorhattest, das Buch zu stehlen?«, drang seine erstaunte Stimme in ihre Gedanken. »Habe ich dir denn verboten, zu lesen?«

»Nein, aber …«

»Aber was?«

»Es ist unpassend«, murmelte sie.

»Unpassend für eine junge Frau, allerdings. Und es erfordert einen gewissen Intellekt, Homer zu lesen, nicht wahr?«

Alice nickte und konnte sich ein leises Seufzen nicht verkneifen. »Sehen Sie …«

»Es interessiert mich nicht, was du liest und ob es sich für dich schickt oder nicht«, hörte sie ihn mit einer gewissen Arroganz in der Stimme sagen und sie sah kurz zu ihm hoch. »Aber ich wüsste doch gern, wer dich dazu bringen konnte, dich so dumm zu benehmen, dass ich annehmen musste, du würdest dieses Buch … na, du weißt schon.«

»Stehlen. Ja, ich weiß.« Alice konnte nicht verhindern, dass sie bitter klang. »Man hat es mir geraten.«

»Dir geraten? Was geraten?«

»Alles.« Was durchaus den Tatsachen entsprach. »Ganz besonders sollte ich vermeiden, Ihnen aufzufallen.«

»So.«

Ach, was gäbe sie jetzt darum, samt ihrem Homer still in ihrem Bett zu liegen und zu lesen, anstatt ihrem Vormund Rede und Antwort stehen und sich dennoch um die Wahrheit drücken zu müssen. Aber sie konnte ihm doch nicht gestehen, dass ihre Naivität nur Fassade war.

»Und wer sagt das? Der Lehrer, bei dem du bisher wohntest?« Es war keine Frage, eher eine Feststellung. Sie nickte wortlos. »Und was hat man dir noch verboten?«

Alice zuckte erneut die Schultern, ohne den Kopf zu heben, und der Marquess verlor die Geduld.

»Also, Mädchen, so kommen wir nicht weiter …«

Er klang so gereizt, wie sie ihn noch nicht gehört hatte, seit sie hier angekommen war, und Alice beschlich das Gefühl, dass sie den Bogen vielleicht ein wenig überspannt hatte.

»Oh, Mylord, bitte …«, platzte sie heraus und wunderte sich selbst darüber, dass sie den Mut aufbrachte, ihn so unverfroren zu unterbrechen. »Ich verspreche, keine Bücher mehr aus ihrer Bibliothek zu leihen, aber bitte – ich möchte nicht meinen Lebensunterhalt auf der Straße verdienen müssen.«

»Was?« Sie sah, wie er erstarrte. »Hältst du mich etwa für ein solches Ungeheuer? Alice, was, zur Hölle, hat man dir über mich erzählt?«

Rennison wurde bewusst, dass er immer noch die einzelne Kerze in der Hand hielt, die Alice in die Bibliothek mitgebracht hatte. Er wandte sich um, entzündete damit einige weitere in einem Kandelaber neben dem Sofa und drehte sich wieder zu ihr. Alice sah ihn abwartend an.

»Ich glaube, wir müssen uns über ein paar Dinge unterhalten.«

»Wenn Sie es wünschen, Mylord.«

»Ich wünsche es«, verkündete er ernst. »Und nun setz dich. – Hier aufs Sofa«, fügte er hinzu, als er sah, wie sie sich suchend umschaute.

Erneut gehorchte sie, doch sie drückte sich so in die Ecke des Möbels, als wollte sie damit verschmelzen. Noch immer folgten ihm ihre Augen, als sei sie auf der Hut vor ihm – ein Umstand, der ihn unangenehm berührte. Und wie schon zuvor hielt sie die beiden Hälften ihres Morgenmantels krampfhaft unter dem Kinn zusammen, als befürchte sie, das Kleidungsstück jeden Moment zu verlieren.

Rennison rückte sich den Sessel zurecht, in dem er gesessen hatte, bevor er aus seiner Ruhe gerissen worden war. Er saß ihr nun – mit einigem Abstand – gegenüber und schlug die Beine übereinander. Den Homer, den sich Alice aus dem Regal gefischt hatte, legte er auf das kleine Tischchen neben sich zu der Karaffe und dem Glas.

Was war in so einem Fall zu sagen?

»Alice«, begann er und fühlte sich merkwürdig unbeholfen. »Ich denke, es ist das Beste, wenn wir ehrlich zueinander sind. Ich will dir nicht verhehlen, dass es für mich eine schwierige Situation ist, plötzlich ein erwachsenes Mündel zu haben, um das ich mich kümmern soll.«

Er sah, wie sie unbehaglich mit dem Kragen ihres Morgenmantels spielte. Und erst in dieser Sekunde kam ihm die Situation an sich zu Bewusstsein. Würde jemand sie beide so antreffen, wäre wieder einmal ein Skandal um ihn perfekt und Alice ruiniert, noch ehe sie überhaupt begriffen hätte, wie ihr geschah. Nur gut, dass in diesem Haus niemand war, der daran Interesse haben konnte, und dass es keine Zeugen gab. Darüber hinaus war er sonderbar erleichtert, dass er sich an diesem Abend selbst noch nicht ausgekleidet hatte.

»Das tut mir leid, Mylord. Ich wollte ja auch lieber bei den Enfields bleiben und Sie nicht hier in Ihrem Zuhause stören.«

Er betrachtete den Homer auf dem Tischchen und dann wieder sie. Die Art, wie sie den Kopf gesenkt hielt, wie sie sich in die Ecke des Kanapees drückte, ihre einfältigen Antworten auf alle Fragen, die ihr gestellt wurden – und das, was sie offensichtlich las … es passte einfach nicht zusammen.

Kopfschüttelnd stützte er die Ellbogen auf die Armlehnen und legte die Fingerspitzen beider Hände aneinander. »Das glaube ich dir«, antwortete er ruhig. »Doch darum geht es mir nicht.«

»Nein?« Sie sah auf.

»Nein. Ich erwarte Ehrlichkeit von dir.«

»Aber … Mylord … ich bin ehrlich zu Ihnen.«

»Nein, bist du nicht.«

Sie sah auf und begegnete seinem strengen Blick, legte den Kopf etwas schief und betrachtete ihn prüfend. Etwas geschah mit ihr, das konnte er sehen. Sie überlegte noch einen Moment lang und schien dabei einen Entschluss zu fassen.

»Nun gut, Mylord«, sagte sie resigniert und atmete tief aus. »Ich sehe ein, dass Sie recht haben. Es hat ohnehin keinen Sinn, Ihnen weiter etwas vormachen zu wollen, also kann ich Ihnen auch ebenso gut die Wahrheit sagen, da Sie mich ja nun entdeckt haben.«

»Das wäre immerhin ein Anfang«, kommentierte er mokant.

Sie hatte sich verändert. Ihre Haltung war aufrechter geworden und ihr Blick offen und fest. Ihm fiel auf, dass sogar ihre Stimme einen anderen Klang annahm, während sie sprach. Nichts war mehr übrig von dem kindlich-monotonen Singsang, den sie bisher hatte hören lassen, wenn sie denn überhaupt einmal den Mund aufgemacht hatte.

»Mylord, man hat mir dringend eingeschärft, ich solle zurückhaltend und schweigsam sein. Ich solle keinesfalls Ihre Aufmerksamkeit erregen, denn andernfalls ...«

Sie stockte. Er wartete einen Moment ab und hob dann gebieterisch eine Hand, um sie zum Weiterreden aufzufordern. »Andernfalls ... *was?*«

»Andernfalls würden Sie mich kompromittieren und mein Ruf sei für den Rest meines Lebens ruiniert und ich müsse meinen Lebensunterhalt auf der Straße verdienen.«

Rennison hatte wohl nicht richtig gehört. »Das hat man dir gesagt?«

»Ja, Mylord.« Nun verzog sie das Gesicht zu einer geradezu komischen Grimasse. »Oh weh – das hätte ich lieber nicht verraten sollen.«

Nicht, dass es wichtig gewesen wäre, was dieses Geschöpf da auf seinem Kanapee von ihm halten mochte. Dennoch fühlte Rennison sich unangenehm berührt.

»Im Gegenteil«, sagte er scharf etwas von oben herab. »Es kümmert mich nicht im Geringsten, was ein Dorfschullehrer und seine Frau von mir denken.«

Da interessierte es ihn schon eher, was *sie* über ihn dachte. Ein erstaunlicher Gedanke.

»Hattest du deshalb Angst, als ich dich mit dem Buch ertappte?«

Alice nickte. »Ja, Mylord.«

»Und was genau hat man dir über mich erzählt?«

»Nun ja … man sagt, dass Ihre Reputation nicht die beste sei. Man nennt Sie einen …« Sie senkte etwas verschämt den Kopf.

»Wie nennt man mich?«, bohrte er aus einem ihm selbst unerklärlichen Grunde nach. Er wusste doch längst, was sie ihm darauf antworten würde. Und tatsächlich – es kam.

»Man nennt Sie einen … Wüstling, Mylord.«

Ihre Stimme war erneut zu einem Flüstern gesunken, dennoch meinte er, etwas wie Belustigung daraus zu hören. Er wusste selbst nicht warum, doch er lachte spontan laut los. So als hätte die Unschuld, mit der sie diese Bezeichnung aussprach, ihr die Härte der Verurteilung genommen.

»Und – weißt du auch, was das bedeutet?«, erkundigte er sich, als er wieder zu Atem gekommen war.

Die Frage verleitete sie zu einem verschmitzten Grinsen. Rennison erkannte es deutlich, als sie ihn mit blitzenden Augen ansah.

»Ich weiß, dass ich es nicht wissen sollte, Mylord, aber … Mr. Enfield ließ immer die Londoner Tageszeitungen kommen, und nachdem er sie gelesen hatte, vergaß er meist, sie wegzuräumen. So konnten Mrs. Enfield und ich heimlich darin stöbern. Gesagt hat man mir nur, Sie seien ein Mensch, der vor anderen und besonders Frauen keinen Respekt habe.«

Offenbar hatte sie seine sich verfinsternde Miene trotz des diffusen Kerzenscheins bemerkt und richtig gedeutet, denn sie beugte sich ein wenig vor und hob abwehrend die Hände.

»Oh, Mylord – das ist nicht, was ich von Ihnen denke. Verzeihen Sie mir – ich habe nur nachgeplappert, was ich gehört habe.«

»So. Was denkst du denn von mir?«

Woher seine gänzlich unpassende Neugier kam, konnte er nicht sagen. Vielleicht daher, dass er aufs Höchste überrascht war, einen so wachen und unbefangenen Geist hinter dem dümmlichen Mädchen zu finden, das Alice ihnen in den letzten Tagen vorgespielt hatte. Doch nach ihren Ausführungen begriff er, warum sie gedacht hatte, das tun zu müssen.

Ein schwaches Lächeln huschte über Alice' Gesicht. »Ich glaube, dass Sie ein sehr freundlicher Mensch sein können und ein großes Herz haben. Sonst hätten Sie der Bitte meines Vaters nicht Folge geleistet.«

»Das hat nichts mit Freundlichkeit oder Herz zu tun«, wies er sie zurecht – von ihrem schmeichelhaften Urteil merkwürdig berührt. »Das war eine Frage von Ehre und Anstand und somit unumgänglich.«

Sie schwieg einen Moment und sah ihn unverwandt an. Rennisons Unbehagen verstärkte sich – er ahnte, was nun kommen würde.

»Erzählen Sie mir, wie es war? Was er sagte … wie es ihm erging …« Ihre Stimme war leise geworden und zitterte leicht, aber Alice hielt den Kopf aufrecht und den Blick auf seinen geheftet.

»Ich bin nicht sicher …«, versuchte er auszuweichen.

»Bitte«, sagte sie leise, aber eindringlich.

»Möchtest du es wirklich hören? Es ist alles andere als … angenehm.«

Alice verzog den Mund zu einem schiefen Lächeln. »Das … nehme ich in Kauf. Aber … bitte, ich möchte es wirklich wissen, Mylord.«

Rennison atmete tief aus. Sie hatte ein Recht darauf, es zu erfahren, auch wenn es ihm denkbar schwerfiel, darüber zu sprechen.

»Der Militärarzt ließ mich ins Lazarett rufen. Man sagte mir, ein Sterbender habe nach mir verlangt«, begann er langsam und mit gedämpfter Stimme.

»Und Sie folgten dem Ruf«, ergänzte Alice ebenso leise, als er eine kurze Pause machte.

»Ja. Das tat ich.« Rennison überlegte, wie viel Elend, Blut und Dreck, wie viel Hölle auf Erden sie wohl ertragen könnte.

Und wie viel davon er selbst …

»Ich wurde zu einem Mann gebracht, der schwer verwundet war. Obwohl er starke Schmerzen haben musste, war er völlig klar im Kopf

und erwartete mich voller Ungeduld.«

»Warum gerade Sie, Mylord?«

»Er hielt mich für reich und ehrenhaft genug, mich der Aufgabe zu stellen. Alles andere war in jenem Moment völlig unwichtig, glaub mir.«

»Das kann ich mir vorstellen«, murmelte sie.

Rennison beobachtete die junge Frau scharf. Ihre Züge waren ernst, die Augen hielt sie gesenkt. Trotz des schummrigen Lichts konnte er sehen, dass sie bleich war. Als er das Schweigen ausdehnte, sah sie ihn fragend an.

Er nickte und fuhr fort. »Ich fand deinen Vater an der Schwelle des Todes, und seine einzige Sorge war, seine Tochter versorgt zu wissen. Er war umsichtig genug, bereits alle nötigen Dokumente bei sich zu tragen, es musste nur noch ein Name eingesetzt werden.«

»Ihrer.«

»Ja. Der Militärarzt fungierte als Zeuge, ein Notar war ja nicht verfügbar. So wurde ich als dein Vormund eingesetzt. Nachdem mein Name in allen nötigen Dokumenten stand, war dein Vater beruhigt. Er lehnte sich zurück, entspannte sich, schloss die Augen und lächelte sogar ein wenig.«

In Alice' Augen glänzte es verdächtig. Dennoch konnte Rennison nicht umhin, ihre Haltung zu bewundern. Er hatte befürchtet, sie könnte zusammenbrechen und ihm hysterisch etwas vorschluchzen, doch nichts dergleichen geschah. Nur eine einzelne Träne rann ihr über die Wange, die sie nicht einmal wegwischte.

»Sie sind bei ihm geblieben?« Ihre Stimme war ruhig und fest.

»Ja. Das bin ich.«

Rennison erinnerte sich an die wachsende Beklemmung, die sich seiner während der folgenden Stunden bemächtigt hatte. Stunden, in denen Earnest Binghams Lebenslicht langsam verloschen war. »Irgendwann in dieser Nacht schlief dein Vater friedlich ein«, fügte er hinzu, verbesserte sich aber sofort. »So friedlich, wie es in einem überfüllten und elendiglich stinkenden Kriegslazarett eben möglich ist.«

Warum er diesen letzten, schmerzhaften Hieb gesetzt hatte, wusste er nicht. Dennoch schien sie nicht schockierter, als es angesichts seiner bisherigen Schilderung angemessen war.

»Einen Moment. Ich habe etwas für dich.« Rennison stand auf und zog das Medaillon aus seiner Tasche. Es wunderte ihn selbst, dass er es stets bei sich getragen hatte. »Ich denke, es ist der rechte Moment, dir das hier zu geben.«

Alice' Finger näherten sich zaghaft, ein schneller Blick in seine Augen, als müsste sie prüfen, ob es ihr tatsächlich gestattet wäre, nach dem Schmuckstück zu greifen, dann endlich nahm sie es an sich.

Wiedererkennen in ihren Zügen.

Sie ließ es aufspringen, sodass es einer geöffneten Muschel gleich in ihrer Handfläche lag, und sah blicklos darauf. »Es … muss alles sehr schlimm gewesen sein«, sagte sie leise.

»Noch um ein Vielfaches schlimmer«, gestand er zu seiner eigenen Überraschung gepresst. Und noch mehr verwunderte es ihn, dass er weitersprach. »Ich habe so viel Tod und Elend gesehen, dass es für mehrere Leben reichen würde.«

Sie saßen eine Weile still da, das muntere Feuer war zu einem glimmenden Häufchen geworden. Zeit und Raum waren für einen Moment vergessen. Bedeutungslos, wer sie waren, wo sie waren.

»Ich musste töten«, stieß er hervor.

Schweigen.

War sie schockiert? Suchte Sie nach passenden Worten?

»Sie taten es für Ihr Vaterland. Sie sind ein Held, Mylord«, sagte sie schließlich schlicht, als gäbe es daran nichts zu rütteln.

Er schnaubte. »Ja, so verkauft man uns allen den Frevel.«

Nein, Menschen zu töten war nichts, was er als heldenhaft empfand. Es war nichts, wofür er Bewunderung verdiente. Schon gar nicht von diesem jungen, unschuldigen Geschöpf, das ihm da gegenübersaß.

»Mylord?«

Rennison zuckte zusammen und räusperte sich. »Dein Vater war weit mehr Held als ich. Sein letzter Gedanke galt dir«, antwortete er zusammenhanglos und hoffte, dass ihr nicht auffiel, wie verstört er war.

Kapitel 7

Der Marquess of Marlborough blinzelte in den Sonnenaufgang und schloss die Augen wieder.

Sicher träumte er nur, dass er erwachte und sah, wie die Sonne aufging, ihre sanften rötlichen Strahlen durch die halb geschlossenen Vorhänge in die Bibliothek schickte und zarte Streifen auf den Perserteppich malte.

Er beschloss einen erneuten Versuch, denn wenn er schlief und träumte, würde er die Ereignisse kaum willentlich steuern können.

Augen zu. Augen auf.

Blinzeln.

Gut, das funktionierte tatsächlich nach seinem Willen. Er schien also wach zu sein.

Er hatte geschlafen. Ohne Albtraum. Und das offensichtlich stundenlang, nach dem Stand der Sonne zu urteilen.

Rennison räusperte sich und setzte sich auf. Sein Nacken war ein wenig steif. Immerhin war sein Bett weitaus bequemer als dieser harte Ledersessel, aber was halfen ihm die weichsten Daunen, wenn er darin gar nicht oder nur mit nervenzerfetzenden Albträumen schlafen konnte?

Einen Augenblick lang blinzelte er irritiert. Was war da gewesen, ehe er eingeschlafen war? Dann fiel es ihm wieder ein und er sah sich hastig um.

Alice war fort. Natürlich.

Hatte er es sich nur eingebildet oder hatte sie wirklich diese Nacht auf dem Sofa gegenüber gesessen und ihm mit sanfter, aber ausdrucksvoller Stimme Homer vorgelesen?

Tatsächlich stand der Kandelaber mit den halb heruntergebrannten Kerzen auf dem Tischchen neben dem Kanapee und die Ilias lag ebenfalls da.

Ein sonderbares Gefühl der Leere und Einsamkeit machte sich in ihm breit. So als habe er etwas Tröstliches, Warmes gefunden, kurz in seiner Hand gehalten und dann gleich wieder verloren. Er fröstelte.

Rennison schüttelte diesen unliebsamen und gänzlich dummen Gedanken ab und stand auf. Natürlich war ihm kalt, denn der Kamin war längst erloschen. Er ärgerte sich einen Moment, dass er dem Personal untersagt hatte, ihn zu stören, sonst hätte jemand das Feuer schüren können. Er rollte die verspannten Schultern und verließ die stille Bibliothek, um Morgentoilette zu machen und sich für den neuen Tag umzukleiden.

Langsam tauchte Alice aus ihrem tiefen Schlaf. Sie schlug die Augen auf und lächelte.

Irgendetwas musste sie geträumt haben, was sie froh gestimmt hatte. Die ersten Nächte, die sie in diesem fremden Haus zugebracht hatte, waren leer, kalt und traurig gewesen und hatten gewiss nichts mit sich gebracht, was ihr ein Lächeln ins Gesicht hätte zaubern können. Allerdings wollte ihr der Traum nicht einfallen – je mehr sie darüber nachsann, umso mehr verflüchtigte sich das zarte Glücksgefühl, das sie ins Erwachen begleitet hatte, und ließ eine unterschwellige Irritation zurück.

Und dann kam die Erinnerung wieder.

Die unerwartete nächtliche Begegnung in der Bibliothek – der Homer.

Sie hatte dem Marquess vorgelesen. Lange hatte es allerdings nicht gedauert, und Seine Lordschaft war eingeschlafen. Alice hatte ihre Stimme gesenkt und noch eine Weile weitergelesen, dabei aber immer wieder das Gesicht ihres Vormunds betrachtet.

Im Schlaf hatten sich seine markanten Züge entspannt, waren weicher geworden. Einige Strähnen seines dunklen Haares waren ihm in die Stirn gefallen, und Alice hatte gerade noch an sich halten können. Sie hätte sie ihm gern mit vorsichtigem Zeigefinger zurückgestrichen, doch ihre Furcht, er könnte selbst bei dieser federleichten Berührung erwachen, war zu groß gewesen.

Und erst der Gedanke, dass er nur zu schlafen schien, in Wirklichkeit aber die Augen lediglich geschlossen hielt, um sich aufs Zuhören zu konzentrieren!

Wie peinlich wäre es für sie gewesen, hätte sie sich genähert und er hätte in genau dem Moment die Augen aufschlagen, in dem ihr ausgestreckter Zeigefinger nur eine Handspanne von seinem Gesicht entfernt gewesen wäre!

Seine schönen Züge hätten sich sofort wieder verfinstert ob ihres ungehörigen Verhaltens.

Dabei sah er durchaus anziehend aus, wenn seine Stirn sich glättete und der harte, unnahbare Ausdruck aus seinen Augen verschwand, wie es der Fall gewesen war, als er still dagesessen und einfach nur zugehört hatte … Und er sah auch keineswegs wie ein Wüstling aus. Zumindest nicht, wenn er schlief. Wobei Alice sich eingestehen musste, dass sie keine konkrete Vorstellung davon hatte, wie ein solcher auszusehen hätte. Seine Lordschaft jedenfalls verstärkte mehr und mehr seine Ähnlichkeit mit den griechischen Göttern aus den Sagenbüchern, die in ihres Vaters Bibliothek gestanden hatten.

Alice nahm ein spätes Frühstück ein. Der Marquess war nicht anwesend, nur Lady Margret begrüßte sie mit einem flüchtigen Kopfnicken und verließ das Frühstückszimmer bald darauf.

Als Nächstes stand der Unterricht bei ihrem Hauslehrer an. Mit großem Widerwillen betrat Alice die Schulstube. Mr. Farthing behandelte sie seit dem ersten Tag mit einer Herablassung, die sie nie in ihrem Leben kennengelernt hatte. Weder ihr Vater noch Mr. Enfield hatte je mit ihr gesprochen wie mit einem geistig zurückgebliebenen Kind oder gar blinden Glauben an das Gesagte von ihr verlangt.

Mr. Farthing hingegen tat es.

Dabei sah er auf den ersten Blick gar nicht aus wie jemand, der einen starken Willen und großes Durchsetzungsvermögen besaß. Allerdings stellte Alice sich durchaus die Frage, wie der junge Mann mit ihr umgehen würde, wäre sie ein Knabe gewesen. Aber dann wiederum säße sie nicht hier fest. Auch an diesem Tag war Mr. Farthing offensichtlich wild entschlossen, seiner Schülerin jede Freude an Bildung und Wissen zu verleiden. Er hatte sich für Naturkundeunterricht entschieden und stürzte sich mit Feuereifer auf die Welt der Insekten.

»Sie fliegen und sind stets um uns«, erläuterte er, »ob wir sie nun sehen oder nicht. Und wie viele Beine haben Insekten, Alice?«

»Kommt darauf an«, antwortete diese, verzweifelt darum bemüht, ein Gähnen zu unterdrücken.

»Ach – und worauf kommt es deiner Meinung nach an?«

»Ob ihnen nicht irgendein ungezogener Schuljunge bereits eins oder mehrere ausgerissen hat.«

Der Lehrer schnaubte genervt. »Dann gehen wir davon aus, das arme Tier wäre noch keinem solchen Subjekt in die Hände gefallen und besitze noch alle seine Beine. Wie viele hat es dann?«

»Sechs.« Alice hinderte sich mit Mühe daran, die Augen zu verdrehen aus lauter Langeweile.

»Genau. Sehr brav, Alice. Und weiter mit den Insekten. Wozu sind sie gut?«

»Sie dienen den Vögeln als Nahrung.«

»Was noch?«

»Sie fliegen von Blüte zu Blüte.«

»Auch das. Was noch?«

Alice hatte keine Ahnung, worauf er hinauswollte.

»Dann frage ich eben so: Welche Insekten kennst du?«

»Schmetterlinge, Libellen, Fliegen, Mücken ...«

»Was noch?«

»Bienen, Wespen ...«

»Was bekanntermaßen dasselbe ist. Und was tun Bienen und Wespen?«

»Nein, ist es nicht.«

»Widersprich mir nicht. *Natürlich* ist es dasselbe.«

»Aber nein – das ist es *natürlich* nicht!«

»Papperlapapp!« Das bislang farblose Gesicht des Lehrers nahm eine zartrosa Tönung an. »Es besteht keinerlei Unterschied zwischen Bienen und Wespen, außer dass die einen stechen können und die anderen nicht. Beide produzieren Honig, was sie sehr nützlich macht für uns Menschen ...«

»Wespen machen doch keinen Honig, Mr. Farthing«, platzte Alice heraus. Sie hörte selbst, dass ihr Tonfall jede Wertschätzung vermissen ließ, doch es war ihr unmöglich, sich zu zügeln. Dieser dumme Mensch maßte sich an, Dinge zu behaupten, die gänzlich ohne Hand und Fuß waren – wie sollte sie da nicht den Respekt verlieren?

»Und woher willst du das so genau wissen, du kleiner Grünschnabel?«, ereiferte er sich und seine Gesichtsfarbe verdunkelte sich noch ein wenig mehr.

»Vom Nachbarn der Enfields«, meinte sie mit gleichmütigem Schulterzucken. »Er ist Imker und ich durfte ihm oft bei seiner Arbeit zusehen und ihm helfen, den Honig zu schleudern. Ich habe dort nie eine Wespe gesehen, die Honig geben würde. Und stechen tun sie auch alle beide«, fügte sie noch trotzig hinzu.

»Tun sie eben nicht!«, ereiferte sich Farthing. »Bienen haben keinen Stachel.«

»Haben sie eben doch«, hielt Alice dagegen. Langsam hatte sie von diesem Hohlkopf aber wirklich genug. »Ich bin schon öfter als einmal von einer Biene gestochen worden. Sie haben einen Stachel, und die armen kleinen pelzigen Dinger müssen daran auch noch sterben.«

»Pelzig?«, donnerte Farthing. »Bist du noch bei Trost, Kind? Seit wann haben Insekten denn Haare?«

»Bienen und Hummeln haben eben doch welche.« Alice verschränkte trotzig die Arme vor der Brust.

»Das ist purer Unsinn. Ich muss schon sagen … so etwas Dummes habe ich ja in meinem Leben noch nicht gehört. Wie kannst du nur so etwas erzählen ...«

»Das ist die Wahrheit.« Alice funkelte ihn wütend an.

»Ich bleibe dabei: Das ist Unsinn ...«

»Ist es nicht!«

»Halt den Mund. Ich weiß, was ich sage, du nicht.«

Alice stützte sich mit beiden Händen auf ihrem Pult ab und beugte sich angriffslustig vor.

»Mr. Farthing, bei Bienen wissen Sie es eben nicht. Guten Tag.«

Mit einem lauten Schnauben drehte sie sich auf dem Absatz um, rauschte aus dem Zimmer und schlug die Tür zu.

Das kleine Studierzimmer lag in einem Nebenflügel des prachtvollen Anwesens, sodass sie durch ein nur von den Dienstboten benutztes Treppenhaus nach unten und in den hinteren Teil des Gartens gelangen konnte. So musste sie nicht befürchten, jemandem von den Herrschaften über den Weg zu laufen. Und sie würde sich auch nicht in einem der vielen Korridore verirren, deren Weitläufigkeit sie in den letzten Tagen schon mehrfach in Verwirrung gestürzt hatte.

Aufatmend drückte sie die Tür auf, von der sie wusste, dass sie tagsüber nie verschlossen war, und trat nach draußen.

Ein überraschend milder Tag empfing sie. Die Luft prickelte, die Sonne lachte vom Himmel, den nicht ein einziges Wölkchen zierte, und in einem nahen Gebüsch rechts von ihr zankten sich ein paar Spatzen. Zu ihrer Linken führte ein gekiester Fußweg um das Gebäude herum nach vorne zur Auffahrt und dem Haupteingang. Gerade vor ihr lag eine kleine Rasenfläche, dahinter ein Gewirr niedriger Buchsbäume, die offensichtlich eine Gartenanlage säumten.

Alice, die Klinke noch immer in der Hand, lauschte ins Treppenhaus hinein, ob Mr. Farthing ihr folgte, zog dann entschlossen die Tür zu und wandte sich zur Seite.

Wollte sich zur Seite wenden – doch im selben Augenblick, in dem sie sich in Bewegung setzte, prallte sie gegen etwas, das ein lautes, erschrockenes »Uff!« ausstieß.

»Hoppla«, sagte eine Stimme dann atemlos von weiter oben. »Wohin denn so eilig, junge Dame?«

Alice tat einen großen Schritt rückwärts. »Oh bitte – verzeihen Sie!« Sie hielt inne und sah von der beigen Hemdbrust hinauf zu einem jungenhaften Gesicht, aus dem sie zwei warme, braune Augen musterten. »Ich habe Sie nicht gesehen.«

»Das dachte ich mir bereits«, sagte der lächelnde

Mund. »Ich gehe nicht davon aus, dass es Ihre Angewohnheit ist, blindlings in andere Leute hineinzulaufen.«

»Ganz gewiss nicht«, bestätigte Alice und lächelte zurück. »Ich bin Ihnen hoffentlich nicht auf die Füße getreten.«

Der Mann, den sie gerammt hatte, schüttelte immer noch freundlich lächelnd den Kopf. »Nein, absolut nicht«, zerstreute er ihre Befürchtung.

Alice schätzte ihr Gegenüber auf ungefähr 30 Jahre. Sein Gesicht war von einem großen Filzhut überschattet, er trug dunkelbraune Kniehosen, beige Strümpfe und festes ledernes Schuhwerk. Die Weste hatte er der Wärme wegen offengelassen und auch die dunkelbraune Leinenjacke war nicht zugeknöpft. Er sah aus, wie sie sich einen Bediensteten des Marquess vorstellte, doch sie hatte diesen jungen Mann bisher noch nicht zu Gesicht bekommen. Das musste allerdings nichts bedeuten, denn die letzten Tage war sie keinen Schritt aus dem Haus gekommen.

»Arbeiten Sie hier?«, erkundigte sie sich ohne Umschweife, obwohl sie wusste, dass Mrs. Staunton ein solches Benehmen sicher nicht gutheißen würde.

»Oh, nun bin ich an der Reihe, Sie um Verzeihung zu bitten.« Er riss sich den Filzhut vom Kopf und verneigte sich. Dabei machte er einen etwas linkischen Eindruck, doch Alice fand das sympathisch. »Ich bin Stephen Godley, der Verwalter Seiner Lordschaft.«

Alice deutete einen höflichen Knicks an und neigte ebenfalls den Kopf. »Es freut mich sehr, Mr. Godley, Ihre Bekanntschaft zu machen. Ich bin Alice Bingham, das Mündel Seiner Lordschaft.«

»Ach, Sie sind das.« Es klang beinahe ein wenig bedauernd. »Ich habe bereits gehört, dass Seine Lordschaft ein tragisches Kriegsversprechen einzulösen bereit war.«

»Ja, ich bin das. Und ehe Sie sich jetzt wundern – ich war auf der Flucht vor meinem Hauslehrer.«

»Warum das, wenn ich fragen darf?«

»Wissen Sie, Mr. Farthing ist nicht nur fürchterlich langweilig und humorlos, er ist auch noch ...« Alice schüttelte den Kopf und suchte nach den richtigen Worten, »... sagen wir mal so: Er ist bei Weitem nicht so belesen, wie es einem Hauslehrer gut zu Gesicht stünde.«

Mr. Godley lachte. »Sie pflegen ein strenges Urteil, Miss Bingham. Ich hoffe doch sehr, dass es mich weniger hart treffen wird.«

»Warum sollte es Sie überhaupt treffen?«

»Immerhin habe ich Sie beim Ausbüchsen erwischt und mich als ein ernst zu nehmendes Hindernis erwiesen.«

»Wie kommen Sie darauf?«

»Nun – Sie sind immer noch hier und nicht dort, wohin Sie in all Ihrer Eile wollten.«

»Und was meinen Sie, wo das sein sollte?«

Mr. Godley hob die Hände. »Ich gestehe, ich weiß es nicht.«

»Sehen Sie – ich auch nicht. Ich wollte einfach nur nach draußen. Fort aus diesem fürchterlich langweiligen Unterricht. Ich wollte die Sonne spüren und frische Luft atmen. Ich bin es nicht gewohnt, immer im Haus zu sitzen. Da, wo ich herkomme, habe ich stets sehr viel Zeit im Freien verbracht. Das fehlt mir.«

»Das kann ich gut verstehen. Würde man mich von heute auf morgen dazu verdonnern, nur noch hinter einem Schreibtisch zu sitzen und nicht mehr die Arbeit tun zu dürfen, die ich jetzt mache, dann wäre das auch für mich schwer zu ertragen.«

Alice lächelte, erfreut über so viel Verständnis und glücklich, jemanden gefunden zu haben, der sie nicht mit nachlässigem Unterricht langweilte oder versuchte, sie zu einer respektablen jungen Dame zu machen.

Als hätte Mr. Godley ihre Gedanken gelesen, runzelte er die Stirn und sah besorgt auf sie nieder.

»Miss Bingham … ich … es freut mich, Ihre Bekanntschaft gemacht zu haben, aber … ich fürchte, was wir hier tun, ist äußerst unschicklich. Seine Lordschaft wäre sicher nicht erfreut, Sie hier in meiner Gesellschaft zu entdecken.«

Ärger stieg in Alice hoch. »Warum das, Mr. Godley? Schätzt er Sie und Ihre Tätigkeit denn nicht?«

Der junge Mann trat von einem Bein aufs andere. »Doch, ich denke, dessen kann ich mich durchaus rühmen, Miss Bingham. Aber … Sie sind eine feine Dame und ich … bin nur sein Angestellter. Und Sie sind allein und ohne Anstandsdame unterwegs.«

Fassungslos sah sie zu ihm auf und konnte sich gerade noch ein lautes Auflachen verbeißen, das ihn schnell zu einem anderen Urteil geführt hätte.

Sie – eine feine Dame?

Ihr fehlte schmerzlich die Möglichkeit, sich zu unterhalten, Gedanken auszutauschen und andere Ansichten zu hören. Mr. Enfield war in dieser Beziehung sehr offen mit ihr umgegangen, und ihr Vater …

Ihr Vater …

Alice schluckte eine massive Welle von Trauer hinunter. Ihr Vater hatte sie ernst genommen, als wäre sie ihm ebenbürtig. Nicht einfach nur ein Zierstück – ohne Verstand. Als Dekor taugte sie nicht viel, das hatte Alice bald begriffen und sich nicht mehr bemüht, ihren wachen Geist zu unterdrücken. Doch seit sie hier war, war dies ihr einziger Gedanke.

Wie lästig, unangenehm und anstrengend obendrein.

Obwohl … nach letzter Nacht war ihre Verstellung vermutlich nur noch lächerlich.

Das Personal im Haus behandelte sie mit Vorsicht und hielt Abstand, so als gehörte sie tatsächlich zur Herrschaft, Mrs. Staunton wachte mit Argusaugen über ihr Benehmen und Auftreten, Polly war harmlos und herzlich, aber einfältig, und Mr. Farthing schlichtweg inakzeptabel.

Alice reckte das Kinn und schenkte Mr. Godley ein – wie sie hoffte – aufmunterndes Lächeln. »Ich bin nur das Mündel Seiner Lordschaft, Mr. Godley. Ansonsten bin ich ein Niemand. Ich kann mir nicht vorstellen, dass mir mein Vormund ein wenig Unterhaltung untersagen würde, also … würde ich mich sehr über Ihre Gesellschaft freuen.«

Als Mr. Godley noch immer ein zweifelndes Gesicht machte, sah sie sich demonstrativ um. »Wo sind wir hier eigentlich? Ich nehme an, das dort drüben ist der Küchengarten. Waren Sie schon einmal dort?«

Das war zwar eine reichlich dumme Frage, aber ihr war in diesem Moment keine andere eingefallen, um den sichtlich zögernden Verwalter aus seinen Gewissensbissen zu locken.

Es half.

»Ja, ich kenne den Garten recht gut«, bestätigte er. »Ich habe der Köchin erst voriges Jahr dabei geholfen, ihn auf Vordermann zu bringen – er war ein wenig verwildert, wissen Sie?«

»Ich würde ihn mir gern ansehen – wollen Sie mich begleiten und ihn mir zeigen?«

Mr. Godley warf einen unschlüssigen Blick zurück zum Haus, doch da offensichtlich niemand gedachte, herauszustürmen und ihn eines Vergehens zu bezichtigen, stimmte er zu. Auf dem Kiesweg zu besagtem Garten war er allerdings darauf bedacht, genug Abstand zu Alice zu halten, um sie nicht versehentlich zu berühren.

»Sie sagten vorhin, sie seien vor ihrem Hauslehrer geflohen … Was hat er denn angestellt?«, suchte Mr. Godley erneut das Gespräch.

»Ach …« Alice machte eine wegwerfende Handbewegung, erzählte ihm aber dann in kurzen Worten die Geschichte von den Wespen, die angeblich Bienen sein sollten.

Godley lachte herzhaft. »Das war doch nicht sein Ernst, oder?«

»Nun, wenn es ein Scherz war, dann ein schlechter. Demnächst wird er noch versuchen, mir weiszumachen, die Erde sei eine Scheibe.«

Alice erfreute sich an der aufrichtigen Belustigung ihres Begleiters und musterte ihn verstohlen aus dem Augenwinkel.

Mr. Godley hatte seinen Hut nicht wieder aufgesetzt und die späte Vormittagssonne zauberte rötliche Reflexe auf sein braunes Haar. Sein Blick war offen und freundlich, seine Bewegungen sparsam, aber nicht plump, und er bediente sich während ihrer Unterhaltung einer durchaus gepflegten Sprache, als er auf Alice' Nachfragen hin erzählte, was seine Aufgaben auf dem Gut Seiner Lordschaft waren.

Seine Stimme war ihr angenehm, und unwillkürlich fragte sie sich, ob man den jungen Mann unter Umständen als geeigneten Ehemann für sie in Erwägung ziehen würde. Er war nicht von Stand, das würde also zu ihr passen. Und er hatte wohl bei Seiner Lordschaft eine gesicherte Anstellung, sodass er eine Frau und gegebenenfalls eine Familie würde ernähren können.

Während sie noch grübelte, wurde ihr bewusst, dass Mr. Godley sie erwartungsvoll ansah. Offenbar hatte er sie etwas gefragt und harrte nun einer Antwort.

»Verzeihen Sie – ich war in Gedanken.«

Godley lächelte verständnisvoll. »Ich fragte Sie, ob Sie sich hier wohlfühlen, Miss Bingham.«

Diese direkte Frage brachte Alice in Verlegenheit. Wenn sie ehrlich wäre, müsste sie verneinen, doch so angenehm ihr Mr. Godleys Gesellschaft auch war, so konnte sie dennoch nicht sicher sein, dass der Marquess oder seine Mutter nichts von ihrer ablehnenden Antwort erfahren würden. Andererseits wollte sie den Verwalter auch ungern beschwindeln.

»Oh, ich bin sicher, ich werde mich schnell hier eingewöhnen«, entschied sie sich für einen Kompromiss. Und vielleicht würde es ja auch so kommen. »Ich bin ja erst seit ein paar Tagen hier«, fügte sie hinzu, als sie an seiner gerunzelten Stirn erkannte, dass sie Mr. Godley mit ihrer ausweichenden Antwort nicht überzeugt hatte.

»Und warum sehen Sie dann so traurig aus?«, fragte er unvermittelt geradeheraus.

»Nun, ich ...« Alice fühlte sich überrumpelt. Bisher war ihr Gespräch ausschließlich innerhalb der engen Grenzen verlaufen, die ihnen die Konventionen vorgaben. Mit dieser erneuten und noch direkteren Frage hatte Mr. Godley sie eindeutig überschritten.

»Ich bin noch immer in Trauer um meinen Vater«, sagte sie ein wenig steif.

»Ja, natürlich – verzeihen Sie. Ich vergaß, dass Sie erst kürzlich Waise geworden sind«, sagte er zerknirscht und knetete die Krempe seines Huts mit den Händen. »Derlei Fragen stehen mir außerdem nicht zu, aber ich dachte ...« Er räusperte sich unbehaglich und blinzelte zum Himmel, als könnte er dort Hilfe aus seiner Verlegenheit finden.

»Das macht nichts, Mr. Godley«, beschwichtigte ihn Alice. »Lassen Sie uns lieber noch ein wenig über die Pflanzen hier plaudern. Was ist das dort drüben zum Beispiel für ein Gewächs – ich habe es noch nie gesehen ...«

Kapitel 8

Alice und Mr. Godley waren bereits wieder auf dem Weg zurück zum Haus, als hinter ihnen Hufgetrappel zu hören war. Erstaunt wandte Alice sich um und tat erschrocken einen Satz zur Seite.

Seine Lordschaft kam in scharfem Tempo angaloppiert. Was tat er hier? Die Stallungen befanden sich auf der anderen Seite der Gebäude und jenseits des Küchengartens.

Dicht vor ihnen zügelte er seinen Rappen und kam mit aufspritzendem Kies zum Halt.

Godley riss sich den Hut vom Kopf und verneigte sich respektvoll, aber furchtlos. Alice knickste. Das Herz schlug ihr bis zum Hals vor Schreck. Das unbestimmte Gefühl, die Ursache für den hoffnungslos finsteren Gesichtsausdruck Seiner Lordschaft zu sein, ließ ihre Kehle eng werden.

»Mylord«, hörte sie Godley sagen. »Ich wollte Sie gerade aufsuchen …«

»Später, Godley«, raunzte der Marquess unfreundlich. »Haben Sie nichts Besseres zu tun, als Kindermädchen zu spielen?«

»Mylord?«

Alice warf ihrem Begleiter einen vorsichtigen Blick zu. Trotz der irritierenden Barschheit seines Arbeitgebers blieb Mr. Godley die Ruhe selbst, als er sich mit einer Verbeugung zu ihr wandte.

»Es hat mich sehr gefreut, Miss Bingham, Sie kennenzulernen und mit Ihnen zu plaudern.«

Alice knickste. »Danke, Mr. Godley. Auch ich habe mich sehr gefreut.« Sie schenkte ihm ein aufrichtiges Lächeln und sah ihm hinterher, als er nach einem höflichen Gruß zu Seiner Lordschaft um die Hausecke in Richtung Stallungen verschwand.

Beunruhigung und Ärger hielten sich bei Alice die Waage. Was für ein ungehobeltes Benehmen der Marquess an den Tag gelegt hatte!

Dieser richtete nun seine Aufmerksamkeit auf sie. Seine Miene war noch immer finster.

»Können Sie reiten, Miss Bingham?«

Mit Befremden registrierte Alice mehrere Dinge auf einmal.

Seine Lordschaft sprach sie nicht mehr mit ihrem Vornamen an, obwohl niemand sonst anwesend war.

Seine Stimme zitterte, wohl von unterdrücktem Groll.

Und er sah hoch zu Ross noch viel mehr aus wie ein griechischer Gott, als er das zu Fuß ohnehin schon tat.

Wobei … Hatte es je einen griechischen Gott hoch zu Ross gegeben?

»Miss Bingham. Ich habe Sie etwas gefragt.« Seine

Lordschaft riss sie aus ihren Gedanken. »Können Sie reiten?«

»Leidlich, Mylord. Leider fehlte es mir stets sowohl an passender Garderobe als auch an Übung.«

»Beides lässt sich ändern.« Der Marquess wandte das Pferd. »Ich erwarte Sie in zehn Minuten in meinem Arbeitszimmer«, beschied er ihr noch über die Schulter hinweg, dann war er fort.

Alice sah ihm fassungslos hinterher. Nach der Vorlesestunde in der Bibliothek hatte sie das Gefühl gehabt, der Eispanzer, der den Marquess umgab, sei ein bisschen dünner geworden. Doch der Eindruck hatte sie wohl getrogen. Er war unnahbarer denn je.

Und offenkundig sehr verärgert.

Alice seufzte und kehrte ins Haus zurück. Über die Gründe des herrschaftlichen Unmuts nachzugrübeln, würde ihr nicht weiterhelfen, also schob sie den unangenehmen Gedanken beiseite und suchte mit einem Anflug schlechten Gewissens den Unterrichtsraum auf, den sie natürlich verwaist vorfand.

Einen Moment lang stand sie unschlüssig da. Sollte sie warten, ob Mr. Farthing noch einmal zurückkam? Aber nein, lieber nicht. Es reichte, wenn sie ihn morgen wieder zu Gesicht bekäme. Außerdem durfte sie Seine Lordschaft nicht warten lassen. Besser den Lehrer erzürnen als den Marquess.

Alice seufzte und wandte sich zur Tür. Sie tat gut daran, sich zu beeilen, wenn sie nicht verspätet bei Seiner Lordschaft eintreffen wollte.

Trotz ihrer Eile war sie über der vereinbarten Zeit, als sie schließlich in unziemlicher Hast vor dem Arbeitszimmer des Hausherrn eintraf. Dort wurde sie gerade noch Zeugin, wie Mr. Farthing mit gekränkter Miene eben dieses verließ und, ohne sie eines Blickes zu würdigen, an ihr vorbeistürmte.

Das Herz rutschte ihr in den Magen bei der Erinnerung an die unerlaubt abgebrochene Unterrichtsstunde. Sicher hatte sich Mr. Farthing über sie beschwert. Dazu die ohnehin schlechte Laune Seiner Lordschaft, die Begegnung in der Bibliothek, die ihr inzwischen wie ein verblasster Traum vorkam … Alice ermahnte sich dazu, dass es Zeit war, sich bemerkbar zu machen. Also klopfte sie zaghaft an.

Das donnernde »*Herein*«, das sofort danach ertönte, war alles andere als ermutigend, doch sie zwang sich resigniert, die Klinke niederzudrücken und einzutreten.

Beim Anblick der düsteren Miene Seiner Lordschaft hätte sie am liebsten sofort wieder kehrtgemacht – aber dann erwachte ihr Trotz.

Sollte er sie doch bestrafen, wofür auch immer. Mehr als ihre Furcht zählte der wieder erwachende Ärger über den rüden Tonfall des Marquess bei der Begegnung mit Mr. Godley vorhin. Alice straffte die Schultern und hob das Kinn.

Seine Lordschaft konnte finster dreinschauen?

Nun, dazu war auch sie fähig …

»Sie sind zu spät, Miss Bingham.« Rennison warf der jungen Dame einen strafenden Blick zu, um seine

Belustigung zu verbergen. Das Lamento des kleinkarierten Hauslehrers hatte bei ihm den gegenteiligen Effekt dessen bewirkt, was Mr. Farthing sich wohl erhofft hatte.

»Ich weiß«, antwortete Miss Bingham ein wenig steif und begegnete seinem Blick.

Trotzig? Fast war er geneigt, ihre Miene so zu deuten.

»Bitte verzeihen Sie, Mylord«, setzte sie hastig hinzu, als er sein Stirnrunzeln vertiefte.

»Setzen Sie sich.« Er wies mit einer knappen Geste auf einen der ledernen Stühle gegenüber von seinem Schreibtisch und nahm selbst ebenfalls wieder Platz.

»Danke, Mylord. Ich möchte lieber stehen.«

Alice Bingham legte artig die Hände vor dem Körper zusammen und nun senkte sie auch endlich den Blick, den sie bisher fest auf ihn gerichtet gehalten hatte. Dennoch – von der ängstlichen Unterwürfigkeit, die sie ihm und allen anderen noch bis gestern Abend gezeigt hatte, war keine Spur mehr zu erkennen.

Rennison konnte sich selbst nicht erklären, warum er diesen Umstand als erleichternd empfand. »Wie Sie wünschen«, sagte er und musterte sie nun ungeniert.

Miss Bingham war nachlässig frisiert, ein paar Strähnen hatten sich gelöst und umspielten unordentlich ihr Gesicht mit den leicht geröteten Wangen. Sie sah aus wie ein Bauernmädchen. Offensichtlich hatte bei ihrer gesamten Erziehung eine strenge Hand gefehlt, vor allem eine Mutter. Mr. Farthing würde daran auch nichts mehr ändern können, und er war darüber hinaus sicherlich die ungeeignetste Person.

Rennison räusperte sich.

»Ihr Lehrer hat sich über Sie beschwert, Miss Bingham. Er sagt, Ihr Gehorsam lasse ebenso zu wünschen übrig wie Ihre Aufmerksamkeit und Ihre Lernbereitschaft.«

Er sah ihre Mundwinkel zucken und sprach weiter.

»Mr. Farthing hat mich vor die Wahl gestellt, Sie entweder angemessen zu bestrafen oder künftig auf seine Dienste zu verzichten.«

Nun registrierte er mit Genugtuung, dass Miss Bingham ihre zur Schau getragene Gelassenheit verlor und den Blick zu ihm hochriss. Sie holte eilig Luft und öffnete den Mund, wohl um ihm leidenschaftlich zu widersprechen, als er die Hand hob und ihr Einhalt gebot. Alice schnaubte fast unhörbar, schwieg aber.

»Da ich annahm, dass diese Entscheidung auch in Ihrem Sinne wäre, habe ich sein Angebot akzeptiert, sich ein neues Betätigungsfeld mit dankbareren Schülern zu suchen, als Sie es sind.«

Alice' Augen wurden groß und verrieten, dass sie mit einer anderen Reaktion seinerseits gerechnet hatte. »Danke, Mylord«, antwortete sie mit hörbarer Überraschung in der Stimme. »Da Sie mich aber schon vorher zu sich gerufen haben, nehme ich an, dass es nicht das war, worüber Sie eigentlich mit mir sprechen wollten.«

Scharfsinniges Mädchen. »Das stimmt, denn von diesem leidigen Thema abgesehen muss ich Sie ernsthaft ermahnen.«

»Oh weh.« Sie zeigte sich halbherzig zerknirscht.

»Ich muss Sie dringend darauf hinweisen, dass das Personal dieses Hauses für Sie kein angemessener Umgang ist, Miss Bingham.«

Ihre freudige Überraschung über sein Zugeständnis bezüglich des Hauslehrers wich erst ungläubigem Erstaunen und dann sichtbarer Verärgerung. Sie hob den Kopf noch etwas höher und blitzte ihn an.

»Ach nein?«

»Nein«, bekräftigte er nun ebenfalls mit wiederkehrendem Groll.

Als er zuvor von seinem Ausritt zurückgekommen war und Alice zusammen mit dem Verwalter in trauter Unterhaltung im Küchengarten entdeckt hatte, war eine Welle von Aggression in ihm aufgestiegen, die nicht mit seinem besonnenen Gemüt vereinbar war. Er hatte sie vor sich selbst damit begründet, dass Alice seinen Angestellten von seiner Arbeit fernhielt und dieser die Gelegenheit zum Müßiggang genutzt hatte.

»Haben Sie es deshalb an jeglicher gebotenen Höflichkeit im Umgang mit Mr. Godley fehlen lassen?«, erkundigte sich Alice schmallippig.

»Wie bitte?« Rennison glaubte, nicht richtig gehört zu haben. Diese junge Frau wagte es tatsächlich, ihn zurechtzuweisen?

Sie hielt seinem Blick tapfer stand. »Ich weiß, Mylord, es steht mir nicht zu, Sie zu kritisieren. Aber Ihr Verwalter soll Sie in Ihrer Abwesenheit mit Loyalität und Verstand vertreten, meinen Sie daher nicht, dass es klüger wäre, ihn angemessen zu behandeln?«

Zur Hölle. Wie kam sie nur auf eine derartige Beweisführung?

»Mein Verhalten, Miss Bingham, steht nicht zu Ihrer Diskussion«, rettete er sich mit Autorität, da ihm kein schlagendes Argument dagegen einfiel. »Ich wiederhole: Mein Personal ist kein Umgang für Sie. Besonders nicht das männliche. Wollen Sie das also bitte zur Kenntnis nehmen.«

»Dann möchten Sie mir also allen Ernstes die Gelegenheit verbieten, mich mit freundlichen Menschen zu unterhalten, die noch dazu meinesgleichen sind?«, fragte Alice, und sowohl in ihrer Stimme als auch in ihrem Gesicht hielten sich Unglauben und Empörung die Waage.

Rennison spürte angesichts ihres furchtlosen Widerspruchs erneut diesen Ärger, von dem er sich nicht erklären wollte, woher er kam. Er war einfach da. »Miss Bingham«, begann er heftiger als beabsichtigt, »dazu ist zweierlei anzumerken. Erstens ist das Personal des Gutshauses nicht Ihresgleichen, und zweitens …«

Er holte tief Luft und atmete langsam aus. Wo um alles in der Welt war seine Gelassenheit geblieben?

Alice' Gesichtsausdruck hatte inzwischen zu Trotz gewechselt.

»Und zweitens«, fuhr er gefasster fort, »wollen Sie damit etwa andeuten, dass in diesem Haus nur das Personal freundlich zu ihnen wäre?« Er schluckte, weil der unterschwellige Vorwurf, sie werde in seinem Haus schlecht behandelt, ihn getroffen hatte.

Alice schoss ihm einen funkelnden Blick zu. Ihre gestrafften Schultern zeigten ihm deutlich, dass es sie Mühe kostete, klein beizugeben.

Etwas in ihrem Verhalten reizte ihn dazu, sie zu provozieren.

»Nun, Miss Bingham – wollen Sie mir nicht antworten?«

»Nein, lieber nicht, Mylord.«

»Ich bestehe darauf.«

Ihr Mund verzog sich, sie war verärgert.

Sei's drum. Er wollte eine Antwort.

»Miss Bingham?«

Sie rang noch immer mit sich, dann schnaubte sie wenig damenhaft. »Also schön. Sie haben es nicht anders gewollt, Mylord.«

Rennison hob die Brauen. »Ich fürchte mich ganz fürchterlich.«

Sie warf ihm einen schrägen Seitenblick zu. »Mylord, ich wollte damit nicht nur *andeuten*, dass ausschließlich das Personal freundlich zu mir ist, sondern ich wollte damit meine *Beobachtung* zum Ausdruck bringen. Es ist tatsächlich nur der *niedere Stand* freundlich zu mir, denn sowohl Sie als auch Ihre Frau Mutter oder Ihr Freund Lord Halsbury nehmen meine Anwesenheit kaum wahr.«

Rennison starrte sie reglos mit gefurchter Stirn an. »Noch etwas, Miss Bingham?«

»Ja. Die Frage, wer denn eigentlich *meinesgleichen* ist.«

»Und?« Warum nur war ihm schon vor ihrer Antwort klar, dass sie ihm auch hier Paroli bieten würde?

»Sie sind es sicher nicht, Mylord. Ich bin die Tochter eines ganz normalen Mannes, ohne Titel und Vermögen. Und ich fühle mich in der Gesellschaft ganz normaler Menschen weitaus wohler, als mir dies in derjenigen von sogenannten hochwohlgeborenen Personen gelingen mag.«

Rennison hörte aufmerksam zu. Fast ebenso wie Miss Binghams offene Worte faszinierte ihn die Tatsache, dass er sich über sie nicht erzürnte. Dabei hatte sich in seinem ganzen Leben noch niemand die Freiheit herausgenommen, so frei und unverschämt mit ihm zu sprechen.

Er ging sogar so weit zuzugeben, dass er Bewunderung für Miss Binghams Mut empfand.

Vermutlich hatte sie recht. Nein, sie hatte zweifellos den Nagel auf den Kopf getroffen. Bis zu der denkwürdigen Episode in der Bibliothek war er selbst ihr zumeist aus dem Weg gegangen; und seine Mutter kannte er gut genug, um zu wissen, dass menschliche Wärme ihr fremd war. Eine Tatsache, deren Angemessenheit er nie in Zweifel gezogen hatte.

»So. Ich bin also unfreundlich zu Ihnen«, sprach er seine eigenen Überlegungen aus.

»Nein … nicht direkt, Mylord«, gestand sie ein, was ihn verwunderte.

Er verschränkte die Arme vor der Brust. »Demnach indirekt.«

Alice wurde rot, hob aber das Kinn. »Ja, Mylord. Leider. Doch bitte missverstehen Sie mich nicht. Ich bin weit davon entfernt, mich über diesen Umstand zu beschweren, da es Ihr Recht ist, mich zu ignorieren, woran ich mich bereits gewöhnt habe.«

»Ach …« Nun wurde sie auch noch süffisant.

»Aber«, fuhr sie fort und ignorierte seinen scharfen Einwurf, »da wir nun bei diesem Thema sind, möchte ich im Gegenzug um die Erlaubnis bitten, weiterhin mit dem Hauspersonal sprechen und künftig auch mit diesem meine Mahlzeiten einnehmen zu dürfen …«

»Auf keinen Fall«, brach es aus ihm heraus, und er stand hastig auf. »Sie werden auch weiterhin Ihren Platz an unserem Tisch einnehmen.« Wie sonst sollte sie wenigstens so viel Schliff erhalten, dass man sie zumindest der hiesigen ländlichen Gesellschaft präsentieren konnte, ohne sich ihrer als sein Mündel schämen zu müssen.

Alice zog bei seiner temperamentvollen Reaktion unwillkürlich den Kopf ein, widersprach aber nicht.

Rennison räusperte sich. »Ich sehe allerdings davon ab, Ihnen eine Unterhaltung mit den Angestellten generell zu untersagen – Sie werden das rechte Maß an Vertraulichkeit schon einhalten.«

»Vielen Dank für Ihr Vertrauen, Mylord.«

War es Spott, der aus ihrer Stimme klang? Das Geplänkel hätte ihm gefallen können, wäre er nicht so verärgert gewesen. Nur über was? Oder … wen?

»Ach – noch etwas …« Er tat, als sei es ihm eben erst eingefallen, doch in Wahrheit beschäftigte ihn diese Sache schon seit dem Morgen.

»Bitte, Mylord?«

Er wandte sich zu seinem Schreibtisch und nahm den

Homer zur Hand, der neben ihm auf dem Tischchen gelegen hatte. »Warum haben Sie den nicht mitgenommen, als Sie in Ihr Zimmer zurückgekehrt sind?«

Alice presste für einen Wimpernschlag trotzig die Lippen aufeinander. »Ich wollte nicht riskieren, dass es nachher doch noch heißt, ich hätte ihn stehlen wollen, Mylord.«

Die Antwort verletzte ihn. Und sie bewies ihm, dass seine Verdächtigung der vergangenen Nacht sie mindestens ebenso getroffen hatte. Er hatte diese Retourkutsche verdient und brauchte sich nicht zu beschweren. »Sie sind ungerecht«, widersprach er dennoch nach einer Schrecksekunde.

Alice senkte den Kopf und lenkte ein. »Sie haben recht, Mylord. Verzeihen Sie. – Darf ich nun gehen?«, fragte sie, als er nicht sofort antwortete.

»Ja«, sagt er nach kurzem Überlegen leise. »Gehen Sie. Aber stellen Sie sich darauf ein, dass Sie demnächst mit mir und Lord Halsbury ausreiten werden.«

»Mylord …« Sie zögerte.

»Ja?«

»Bitte vergessen Sie nicht, dass ich kaum Übung auf dem Pferderücken habe«, bat sie und klang geradezu verzagt.

»Ach ja.« Das hatte sie ihm gesagt, und er hatte tatsächlich nicht mehr daran gedacht. »Ich werde dafür sorgen, dass Sie den nötigen Unterricht erhalten.«

»Ich danke Ihnen, Mylord.«

Er verbeugte sich knapp und entließ sie damit, doch das freudige Aufblitzen in ihrem Gesicht hatte er gerade noch wahrnehmen können.

Als Alice die Tür hinter sich geschlossen hatte, sah er ein paar Momente lang reglos aus dem Fenster, ohne etwas wahrzunehmen. Dann läutete er entschlossen nach dem Butler.

»Stearns, Miss Bingham braucht Reitunterricht. – Haben wir jemanden im Haus, der das übernehmen könnte?«

»Ich denke, Mylord, Mr. Godley würde sich eignen. Man sagt, er sei ein passabler Reiter.«

Schon wieder Godley.

»Gibt es denn keinen Stallburschen, der dazu in der Lage ist? Oder Mr. Brown?«

Der Stallmeister war ein bereits ergrauter Mann von mindestens fünfzig Jahren und, soweit Rennison wusste, mehrfacher Großvater.

»Mr. Brown leidet seit einigen Tagen an Hexenschuss, Mylord, und Sie wollen Miss Binghams Reitübungen doch sicher keinem der grünen Jungen von Stallburschen anvertrauen«, gab der Butler zu bedenken.

Und er hatte natürlich recht.

»Mr. Godley wird diese Aufgabe sicherlich gern übernehmen«, setzte Stearns hinzu, als gälte es, seinen Herrn von der Tauglichkeit seines Verwalters zu überzeugen.

Rennison seufzte. »Gut, dann setzen Sie Mr. Godley darüber in Kenntnis.«

Und ob der junge Mann diese Aufgabe gern übernehmen würde! Rennison hatte den Blick gesehen, mit dem Godley sich von Miss Bingham verabschiedet hatte. *Und* seine neue Verpflichtung würde ihn mehrere Stunden in der Woche von seinen eigentlichen Tätigkeiten abhalten – ärgerlich.

»Sehr wohl, Mylord.«

Nachdem Stearns gegangen war, blieb er noch ein paar Atemzüge lang mit auf den Arbeitstisch gestützten Händen stehen und atmete tief aus.

Ja, seine Mutter hatte recht, und zum Glück stand bereits morgen das erste gesellschaftliche Ereignis bevor – falls man das Dinner bei den Brewsters denn so nennen mochte. Je eher er Miss Alice Bingham erst unter Leute und dann unter die Haube brächte, umso besser …

Dennoch stellte er sich die gänzlich unpassende Frage, ob Alice auch an diesem Abend – oder besser gesagt, in dieser Nacht – wieder die Bibliothek aufsuchen würde. Schließlich mangelte es ihr noch immer an Lesestoff, da sie den Homer bei ihm zurückgelassen hatte.

Und er ertappte sich dabei, dass er tatsächlich darauf hoffte, sie würde kommen …

Kapitel 9

Den durchdringenden Blick der Dowager Marchioness spürte Alice bereits, als sie die Treppe in die Eingangshalle erst zur Hälfte herunter gekommen war.

Ihre Knie zitterten und ihre Handflächen waren feucht. Schließlich war es das erste Mal in ihrem Leben, dass sie eine solche offizielle Veranstaltung besuchen sollte. Die wenigen Einladungen zum Dinner bei seinen Freunden, zu denen ihr Vater sie mitgenommen hatte, zählte sie nicht, denn die waren stets zwanglos und freundschaftlich abgelaufen und hatten nicht das Ziel gehabt, sie mit irgendeinem der anwesenden Herren zu verheiraten. Heute hatte sie als Begleitung nicht ihren liebevollen, wohlwollenden Vater, sondern die gestrenge Mutter ihres Vormunds.

Am Fuß der Treppe angelangt, konnte sie die prüfenden Blicke beinahe körperlich spüren. Wie angekündigt, war die Schneiderin pünktlich zur Stelle gewesen mit einem dem Anlass angemessenen Kleid für sie. Es war von einem dunklen Blau und schlicht gearbeitet, ohne aufwendige Stickereien oder Verzierungen. So hatte man dem

Umstand Rechnung getragen, dass sie noch immer um ihren Vater trauerte, und Alice machte es nichts aus, dunkle Farben zu tragen, im Gegenteil. Sie waren entschieden praktischer.

Lady Margret nickte knapp. »Zumindest was deine Garderobe angeht, kann man sich mit dir heute Abend sehen lassen«, ließ sie verlauten, was Alice nicht gerade ermutigte.

Aus der geöffneten Tür zum Salon drangen die Stimmen Seiner Lordschaft und Lord Halsburys, die sich näherten.

»Und was alles andere betrifft … so hast du uns also alle hinters Licht geführt.«

Alice senkte den Kopf. »Ja, Mylady«, gestand sie kleinlaut.

Ein glucksender Laut ließ sie wieder hochschauen. Lord Halsbury hatte inzwischen die Halle betreten und kam auf die beiden Damen zu. Er versuchte, sein Lachen hinter einem Hüsteln zu kaschieren, was ihm nur leidlich gelang. Eigentlich gar nicht.

Schließlich gab er es auf und lachte herzhaft los. »Was für eine amüsante Geschichte, die mir Rennie da vorhin erzählt hat«, meinte er und nahm einen Schluck von seinem Brandy. »Ich finde das fabelhaft. Diese … Diese …« Er wedelte mit dem Zeigefinger in Richtung von Alice' Hals. »Diese fürchterlich naive Sprechweise passte für mich absolut nicht zu Ihrem äußeren Erscheinungsbild, Miss Bingham.«

Offenkundig wusste schon das ganze Haus Bescheid

über ihre unwürdige Scharade. Obwohl Alice nicht sicher war, wie diese Bemerkung zu verstehen wäre, warf sie ihm einen dankbaren Blick zu, den er mit seinem gewohnt freundlichen Lächeln beantwortete.

»Glaubtest du denn wirklich, Kind, man würde dich auf die Straße werfen, um dort dein Geld zu verdienen?«, fragte Lady Margret streng, nachdem sie Sir Thomas einen strafenden Blick zugeworfen hatte.

Alice spürte, dass ihre Ohren zu brennen begannen. »Ja, das glaubte ich tatsächlich«, gab sie widerstrebend zu.

»So eine schändliche Verhaltensweise dem Menschen zu unterstellen, der dich aus deinem Unglück gerissen und dir ein neues, sorgloses Leben geboten hat, grenzt an Unverschämtheit.«

»Aber woher sollte ich denn ahnen, dass diese Verdächtigungen nicht der Wahrheit entsprechen?«, verteidigte sich Alice zaghaft. »Ich selbst wusste doch gar nichts über Seine Lordschaft.«

»Außer, dass ich ein Wüstling bin, nicht wahr?«, kam es von der Tür her. Der Marquess hatte ebenfalls den Salon verlassen und sich zu ihnen gesellt.

Vor lauter Scham hätte Alice am liebsten in Ohnmacht fallen mögen. Doch das war ihr noch nie passiert, warum sollte es ausgerechnet jetzt geschehen, wenn es ihr gelegen käme?

»Auch das noch?« Erneut konnte Lord Halsbury seine Belustigung nicht verbergen. »Rennison«, wandte er sich an den Freund, »ich muss mich wundern, dass das arme Mädchen nicht unterwegs aus der Kutsche gesprungen ist aus lauter Verzweiflung. Sie muss ja geglaubt haben, geradewegs im Fegefeuer zu landen.«

Wohl eher in einem Sündenpfuhl.

Herrje, beinahe wäre ihr diese Dreistigkeit tatsächlich entschlüpft.

»Ich kann mir durchaus vorstellen, mit welchen Schauergeschichten über mich und mein skandalöses Treiben man versucht hat, Miss Binghams Furcht zu schüren«, sagte der Marquess, doch wenigstens klang seine Stimme nicht so verärgert, wie Alice befürchtet hatte.

»Wenigstens haben wir es bei dir tatsächlich nicht mit einem hirnlosen Dummchen zu tun, wie du uns hast glauben machen wollen, Alice.« Noch immer klang Lady Margrets Stimme missbilligend. »Ich verabscheue dumme Menschen mehr als alles andere.«

»Ich bitte um Vergebung, Mylady.«

»Ich werde dich trotzdem auch weiterhin Alice nennen«, verkündete Lady Margret mit einem vielsagenden Seitenblick auf ihren Sohn. »Mögen dich andere nun mit Miss ansprechen – ich tue es nicht.«

»Das ist auch nicht nötig, Mylady.«

»Hm. Sehe ich ebenso. Komm jetzt, wir brechen auf. Guten Abend, die Herren.« Damit rauschte Lady Margret erhobenen Hauptes durch die Halle und aus dem Eingangsportal.

Alice bemühte sich, hinter ihr Schritt zu halten und die distanzierten Blicke des Marquess zu ignorieren, den sie den ganzen Tag nicht zu Gesicht bekommen hatte. Nur Lord Halsbury gönnte ihr einen kurzen Abschiedsgruß.

Während der Fahrt im repräsentativen Landauer des Marquess herrschte eisernes Schweigen. Alice hielt den Blick gesenkt und fühlte sich von Lady Margrets durchdringendem Blick beobachtet. Als sie es einmal wagte und aufsah, erkannte sie aber in der beginnenden Dämmerung, dass die Augen der gestrengen Dame gar nicht auf ihr, sondern der Landschaft ruhten.

Tatsächlich schenkte ihr Lady Margret keinerlei Beachtung während der gesamten Fahrt, nicht einmal, um sie zu ermahnen oder zu instruieren. Entweder hielt sie es nicht für nötig oder sie hegte keine Hoffnung, dass es noch etwas nützen könnte.

Erst als das Gefährt eine gekieste Auffahrt entlangfuhr und langsamer wurde, wandte sie sich an sie. »Sir Jasper ist Baron, die Brewsters gehören also der Gentry an. Niederer Landadel, daher passend für jemanden wie dich.«

Alice nahm die Worte gefasst auf, denn es war nichts Verletzendes an ihnen. Sie konnte sich keinesfalls mehr erhoffen.

»Sie haben zwei Söhne. Jay, der Ältere der beiden, ist bereits verheiratet, Clifford sucht noch eine Braut. Als vorlauter Blaustrumpf hast du wenig Chancen auf dem Heiratsmarkt, wie du wissen dürftest, also kann es nicht schaden, wenn du heute Abend noch einmal das naive Dummchen gibst. Darin bist du ja sehr überzeugend.«

»Ja, Mylady«, murmelte Alice erstickt. Abgesehen von der kaum verhohlenen Beleidigung dieser Ansage widerstrebte es ihr zutiefst, sich schon wieder verstellen zu müssen. Am liebsten wäre sie in der Kutsche sitzen geblieben und wieder umgekehrt, doch nun war sie hier und es gab kein Entrinnen mehr. Also fasste sie sich ein Herz und stieg hinter Lady Margret aus.

Das Haus der Brewsters war wie die Abbey aus dem gelben Sandstein der Cotswolds erbaut. Doch hier endeten die Gemeinsamkeiten auch bereits, denn es hätte von den Dimensionen her in der Abbey mehrmals Platz gefunden. Die Fassade war schlicht und ohne Verzierungen, lediglich zwei halbrunde Erker jeweils an den Ecken des Hauses lockerten die geradlinige Strenge ein wenig auf. Dennoch – oder gerade deswegen – empfand Alice den Anblick in seiner Nüchternheit als anziehend, ja geradezu anheimelnd.

Soweit das schwindende Tageslicht ein Urteil erlaubte, umgab ein kleiner Park auch dieses Anwesen, und vor dem Haus wucherte und grünte es üppig in breiten Rabatten, die sich an den Mauern entlang zogen.

Eine halbrunde Treppe führte zum breiten Eingangsportal hinauf, das weit offen stand. Ein Lakai erwartete die Gäste in der Tür und verneigte sich tief, als Lady Margret hoch aufgerichtet an ihm vorbeirauschte, ohne ihn auch nur eines Blickes zu würdigen.Alice folgte ihr mit zitternden Knien.

Auch im Inneren des Hauses waren die Dimensionen auf angenehme Weise begrenzt. Manches Mal hatte sie sich in den scheinbar endlosen Weiten der Abbey geradezu verloren gefühlt. Dieses Haus hier erinnerte sie an ihr eigenes Zuhause, was ihr die anfängliche Scheu ein wenig nahm. Sie wurden von Lord und Lady Brewster, zwei einigermaßen korpulenten Herrschaften, aufs Herzlichste begrüßt und es stellte sich heraus, dass man nur noch auf sie beide gewartet hatte, um zu Tisch zu bitten.

Nachdem Alice den übrigen Gästen vorgestellt worden war, begab man sich in den Speisesalon. Lord Brewster nahm den Platz an der Stirnseite der Tafel ein, die für vierzehn Personen gedeckt war. Lady Margret hatte man rechts von ihm, seine Gemahlin links von ihm platziert. Alice wurde der Platz zur Rechten der Dowager Marchioness zugedacht und – aus welchem Zufall auch immer – saß ihr der jüngere Sohn Clifford gegenüber.

Alice schätzte ihn auf Mitte zwanzig. Er hatte ein freundliches Durchschnittsgesicht und etwas zu lange dunkle Haare. Seine oberen Schneidezähne standen vor, und so erinnerte er sie an das dunkelbraune Kaninchen Piff, das sie als kleines Mädchen einmal besessen hatte. Sie hatte das Tierchen sehr geliebt, vielleicht lag es daran, dass der ehrenwerte Clifford Brewster ihr auf Anhieb sympathisch war.

Die Namen der anderen Gäste hatte sie sich bei all den vielen neuen Gesichtern, denen sie sich gegenübergesehen hatte, nicht merken können. Sie erinnerte sich nur, dass Cliffords älterer Bruder nicht anwesend war, weil seine hochschwangere Frau in Kürze ihr zweites Kind erwartete.

Zu den Dinnergästen zählten, soweit sie sich erinnerte, unter anderem der Dorfpfarrer, der Apotheker, ein weiterer Baron – jeweils mit Gattin – sowie der Dorfarzt, der allein gekommen war.

Während sie auf ihrem Stuhl Platz nahm, fragte Alice sich irritiert, weshalb die so standesbewusste Lady

Margret sich überhaupt herabließ, sich mit all den anderen »normalen« Menschen an einen Tisch zu setzen, doch dann wurde das Essen aufgetragen und darüber vergaß sie den Gedanken wieder.

Die Suppe wurde serviert, und nachdem sie ein unsicheres Lächeln ihres Gegenübers ebenso bescheiden beantwortet hatte, hielt Alice vorsichtshalber den Blick auf ihren Teller gesenkt und versuchte, so elegant wie möglich ihre Suppe zu löffeln.

In diesem Moment war sie froh darüber, dass sie an den gemeinsamen Abendmahlzeiten im Haus des Marquess teilgenommen hatte. Solch elendig tiefe Löffel hatten sie zu Hause nicht besessen, wie sie offenkundig die feinere Gesellschaft bevorzugte. In diese passte die dreifache Portion des Gewohnten an Flüssigkeit hinein, und anfangs fiel es Alice schwer, die Suppe in den Mund zu bekommen, ohne ein unakzeptables Schürfen hören zu lassen.

Aber sie meisterte diese Herausforderung und musste nicht befürchten, Lady Margret oder gar ihren abwesenden Vormund schon bei der Vorspeise zu blamieren.

Sie war froh, dass auch ihr Tischnachbar zur Rechten gänzlich damit beschäftigt war, sich zu sättigen, und nicht versuchte, sich mit ihr zu unterhalten. Der ältere Herr mit den schütteren weißen Haaren war ihr als Doktor Martin Gutteridge vorgestellt worden.

Oder verwechselte sie ihn gerade mit dem Apotheker?

Lady Margret beantwortete die Fragen, die Lord Jasper an sie richtete, mit einer an Unhöflichkeit grenzenden Kürze, was aber offenkundig weder ihm noch seiner

Gattin aufzufallen schien, die sich den Tischregeln gemäß nur hin und wieder an ihren Sohn wandte und Alice zwischendurch mit einem wohlwollenden Blick bedachte.

Natürlich. Man wusste, warum sie hier war. Es ging ausschließlich darum, sie zu präsentieren und einen Mann für sie zu finden. Unter normalen Umständen und in London wäre es Lady Margret gewiss nicht einmal im Traum eingefallen, mit dem niederen Adel oder gar der bürgerlichen Gesellschaft das Brot zu teilen. Hier blieb ihr nichts anderes übrig. Und sicher betrachtete sie es als Opfer, das sie ihrem Sohn brachte, um ihn möglichst bald von seiner Verpflichtung zu befreien.

Die Suppenteller wurden abgetragen, der nächste Gang serviert. Der Fasan war zart und wieder achtete Alice konzentriert darauf, nichts verkehrt zu machen. Immerhin sollte sie wenigstens durch gutes Betragen dafür sorgen, die Bemühungen Ihrer Ladyschaft nicht schon im Keim zu ersticken.

Erleichtert registrierte sie etwas später, dass man endlich beim Pudding angekommen war und keine weiteren kulinarischen Herausforderungen mehr ihrer harrten.

Alice blickte an sich herab. Das Kleid war noch immer makellos sauber. Weder Soßenfleck noch Puddingrest könnten dafür sorgen, dass man sie aus dem Haus werfen würde. Ihr war immer noch der kritische Blick Ihrer Ladyschaft in bester Erinnerung, als diese vor der Ankunft der Schneiderin ihre Kleidung inspiziert hatte. Nichts von dem, was Alice mitgebracht hatte, hatte vor ihren Augen Gnade gefunden. Und natürlich konnte auch nichts davon auch nur im Entferntesten mit Lady Margrets erlesener Garderobe mithalten.

Vor dem Hintergrund, dass man sie offenbar wie auf einem Wochenmarkt anzupreisen gedachte, wunderte sich Alice nicht mehr darüber, warum ihr Vormund bereit war, Geld für ihre Ausstattung auszugeben, ohne mit der Wimper zu zucken. Sie hatte die Stoffe gesehen, die den verwöhnten Augen der Lady vorgelegt wurden. Weniger kostbar hätte für Alice auch ausgereicht. Doch Lady Margret hatte ihren versuchten Einwand mit einer Handbewegung abgetan, mit der sie wohl auch die sprichwörtliche lästige Fliege fortgescheucht hätte.

Alice mit angemessener Garderobe auszustatten und so ihre Heiratschancen zu erhöhen, war immer noch billiger, als vielleicht jahrelang für ihren Unterhalt aufkommen zu müssen.

Momentan sah für Alice alles danach aus, als ob sie eine Weile hierbleiben würde. Auf jeden Fall aber so lange, bis man einen passenden Ehemann für sie gefunden hätte. Und da sie weder von Adel war, noch sonst etwas zu bieten hatte, stand zu befürchten, dass dieses Unterfangen nicht einfach werden würde.

Sie warf einen raschen Seitenblick zu Lady Margret, als die Tafel aufgehoben wurde. Zumindest wirkte die vornehme Dame nicht so gequält, wie Alice es befürchtet hatte. Sogar die Andeutung eines Lächelns lag um ihren Mund, als sie ein Glas Sherry entgegennahm, das ein Lakai ihr reichte. Als ebendieser Diener mit seinem Tablett auch vor Alice ankam, warf diese einen fragenden Blick zu Ihrer Ladyschaft und las das angedeutete Kopfschütteln richtig. Sie lehnte dankend ab und wurde mit einem bestätigenden Senken der Lider belohnt.

Alice wandte sich unangenehm berührt ab.

War sie schon so weit gekommen, dass ein wortloser Austausch von Blicken und Gesten mit der gestrengen Lady ausreichte, sie und ihr Benehmen zu dirigieren? Sie fühlte sich mit einem Mal wie eine Puppe, an deren Fäden gezogen wurde und die sich benahm, wie andere es wünschten.

Sie kämpfte die Tränen nieder und trat an eins der Fenster.

Ja, offensichtlich war sie an genau diesem Punkt angelangt. Ihr Vater hatte nie auf blindem Gehorsam bestanden, doch ihr Vater lebte nicht mehr. Und sicher hatte er das Beste für sie gewollt, als er ihr den Marquess zum Vormund bestimmt hatte. Doch wäre er zufrieden, wenn er sie nun sehen könnte?

Sie schluckte ihr Selbstmitleid mühsam hinunter und hob das Kinn. Es würde nichts an ihrer Situation ändern, wenn sie hier stünde und anfinge zu heulen, im Gegenteil, alles würde nur noch schlimmer werden.

»Gestatten Sie mir, Ihnen ein Glas Limonade zu holen, Miss Bingham?«, riss eine Männerstimme sie aus den traurigen Gedanken.

Alice wandte sich um und sah sich Clifford Brewster gegenüber. Sie schluckte noch einmal und nickte. »Ja danke, gern«, sagte sie leise und hoffte, dass ihre Stimme nicht tränenerstickt klang.

Der Sohn des Hauses kehrte binnen weniger Momente mit einem Glas voller orangefarbener Flüssigkeit wieder, das er ihr reichte, und sie bedankte sich artig dafür.

»Haben Sie das Dinner genossen, Miss Bingham?«, führte Clifford das Gespräch ein wenig ungelenk fort.

»Ja, das habe ich. Danke der Nachfrage«, antwortete Alice ebenso hölzern.

»Sie sind also das Mündel des Marquess«, kam ihr Gesprächspartner gleich auf den Punkt.

Alice nippte an der Limonade. Sie schmeckte nach Orange und war ein wenig zu süß. »Dann wissen Sie ja bereits alles, was es über mich zu erfahren gibt.«

»Oh, ich wollte Ihnen keinesfalls zu nahe treten«, entschuldigte sich Clifford Brewster. Offensichtlich war er feinfühliger, als sie vermutet hatte, denn er spürte die Bitterkeit in ihren Worten.

Nun erst sah Alice von ihrem Limonadenglas auf und suchte seinen Blick. Clifford Brewster hatte dunkle, ein wenig zu eng stehende Augen, lange dunkelbraune Koteletten, und überhaupt war alles an ihm in irgendeiner Form braun und unauffällig. Bis auf die Zähne.

Dennoch tat es ihr leid, ihn brüskiert zu haben. »Das taten Sie auch nicht«, beeilte sie sich daher, ihm zu versichern. »Es ist nur tatsächlich so, dass es über mich nicht viel zu berichten gibt.«

Sein Gesicht erhellte sich, und sein Lächeln zeigte seine Nagezähne überdeutlich, doch Alice bemühte sich, diesen optischen Makel nicht zu aufdringlich anzustarren. Er konnte ja nichts dafür. Dennoch fiel es ihr schwer, ihn ernst zu nehmen, da sie ständig an ein Kaninchen denken musste.

»Ich wollte Sie zwar nicht ausfragen, aber ich denke doch, dass es mehr über eine junge Dame zu erfahren gibt als nur das«, antwortete er ihr mit etwas unsicherer Stimme.

»Ja? Zum Beispiel, dass das unauffällige Mündel des wüsten Marquess auf der Suche nach einem Bräutigam ist?«

Clifford Brewster starrte sie entgeistert an und Alice begriff, dass sie genau das Gegenteil getan hatte, was Lady Margret noch in der Kutsche von ihr gefordert hatte. Ihr wurde schlagartig heiß vor Verlegenheit.

»Entschuldigen Sie bitte, Mr. Brewster«, murmelte sie erstickt. »Ich wollte Sie ebenso wenig erzürnen wie Sie mich.«

Zu ihrer Verwunderung entblößte er seine Hasenzähne erneut mit einem breiten Grinsen.

»Sie reden nicht lange um den heißen Brei herum, Miss Bingham.«

Alice senkte schuldbewusst den Kopf. »Einer meiner größten Fehler«, murmelte sie.

»Einerlei«, entschied Mr. Brewster. »Immerhin haben Sie recht. Der Grund, aus dem Lady Margret, die erlauchte Dowager Marchioness, heute Abend unser Dinner mit ihrer Anwesenheit beehrt, lässt sich leicht erraten. Hätte sie nicht vor, Sie in unsere bescheidenen gesellschaftlichen Kreise einzuführen, hätten wir sie wohl kaum als Gast begrüßen dürfen.«

»Warum wurde dem Marquess dann überhaupt eine Einladung zugestellt?«, erkundigte sich Alice mit frisch erwachter Neugier.

»Weil Seine Lordschaft in früheren Jahren tatsächlich gelegentlich gern solche Veranstaltungen besucht hat. Zumindest, soweit man den Erzählungen meiner Eltern Glauben schenken darf. Er leidet weitaus weniger unter Standesdünkel als seine Mutter.«

»Aha.« Mit dieser Information hatte er Alice verblüfft. Sie tat sich schwer, sich Seine Lordschaft als leutseligen Gesellen vorzustellen.

»Nun ja«, schränkte Mr. Brewster ein, »die Zeiten ändern sich. Wir haben den Marquess schon lange nicht mehr in unserer Mitte empfangen. Aber niemand käme auf die Idee, seinen Namen von der Einladungsliste zu streichen.«

»Er hat auf dem Festland gekämpft, soweit ich weiß. Vermutlich wurde er in der Schlacht verwundet und besucht deshalb keine Gesellschaften mehr«, wandte Alice ein und fragte sich im selben Moment, warum sie sich bemüßigt fühlte, Seine Lordschaft zu verteidigen.

»Ja, sein Einsatz ist hinreichend bekannt. Er soll sich auch durch große Tapferkeit hervorgetan haben, was man so hört.«

»Erzählt man sich das?«

Mr. Brewster nickte. »Doch, ja. Aber lassen Sie uns das Thema wechseln und über etwas Erquicklicheres sprechen als die Schrecken des Krieges.«

Alice nahm seinen Vorschlag gern an. Schließlich

hatte sie befürchtet, sie müsste ihm Rede und Antwort stehen, wie es dazu gekommen war, dass der Marquess ihr Vormund geworden war. Sie verspürte nicht das geringste Bedürfnis, über diese traurigen Umstände zu berichten. Da hörte sie schon lieber zu, wie er über seine Leidenschaft für die Botanik sprach und ihr die Unterschiede zwischen gegenständigen und wechselständigen Blattanordnungen bei Laubbäumen erklärte. Mr. Brewster versäumte es allerdings, im rechten Moment mit seinem Referat zum Ende zu kommen, und ermüdete sie daher nach einiger Zeit. So bedauerte es Alice nicht besonders, als Lady Margret ihre Unterhaltung unterbrach.

»Wir brechen auf, Alice. Verabschieden Sie sich von dem Gentleman.«

Die Dowager Marchioness klang geradezu wohlwollend, doch Alice wunderte sich nicht darüber. Es war ja klar, was hier vor sich ging: Sie hatte den ersten potenziellen Verehrer gefunden. Die erste Schlacht war also geschlagen und gewonnen.

»Auf Wiedersehen, Mr. Brewster. Danke für die interessanten Einblicke in Ihr Hobby.«

»Auf Wiedersehen, Miss Bingham, und ich hoffe auf sehr bald«, ließ Clifford Brewster verlauten und beugte sich über ihre Hand zu einem etwas ungeschickten Handkuss. Dennoch schaffte er es, ihren Handschuh nicht zu berühren, sondern wahrte die gebührende Distanz.

»Wir erwarten Sie in der Abbey«, verkündete Lady Margret ohne Umschweife, und Alice senkte peinlich berührt ob dieser Direktheit den Blick.

Sie verabschiedete sich gehorsam von Lady und Lord Brewster sowie all den anderen Gästen, mit denen sie kaum ein Wort gewechselt hatte, und folgte Lady Margret nach draußen.

Kapitel 10

Nun trödeln Sie nicht so herum. Rasch, ins Bett mit Ihnen.«

Mrs. Staunton wedelte mit den Händen, als müsste sie eine Schar Gänse zur Nachtruhe in den Stall scheuchen, um sie vor dem Fuchs zu bewahren.

In einer Mischung aus nervöser Belustigung und ratloser Verzweiflung dachte Alice, dass der Vergleich gar nicht so weit hergeholt wäre, wenn Witwe Winifred wüsste, was sie tatsächlich an diesem Abend noch vorhatte. Sie hatte gehofft, dass ihre Anstandsdame bereits zu Bett gegangen wäre, wenn Lady Margret und sie nur spät genug vom Dinner zurückkehrten, doch es war noch nicht einmal Mitternacht und Mrs. Staunton hatte auf sie gewartet.

Alice zögerte ihr Zubettgehen noch weiter hinaus, indem sie ihr Haar mit einer Ausdauer bürstete, die nicht einmal Rapunzel aufgebracht hätte. Sie tat außerdem so, als müsste sie noch etwas in ihrem Tagebuch notieren – starrte auf die Seiten, aus dem Fenster hinaus und erneut auf das Papier. Doch nichts half.

Mrs. Staunton war offenbar wild entschlossen, Alice'

Schlafzimmer erst dann zu verlassen, wenn diese im Nachtgewand brav unter der Bettdecke läge.

Dabei zog es sie in die Bibliothek, nur dass sie darauf vertraut hatte, dieses Mal noch angezogen dort erscheinen zu können. Andererseits konnte es durchaus auch Vorteile haben, bereits für die Nacht zurechtgemacht zu sein. So gab sie schließlich seufzend nach.

»Und denken Sie immer daran, sich unauffällig zu verhalten«, wiederholte Mrs. Staunton ihre Ermahnung genau so, wie sie diese vom ersten Tag unter diesem Dach für sie bereitgehalten hatte.

Alice wünschte sich nur, es würde ihrer Aufpasserin bald ebenso langweilig werden wie ihr selbst, immer die gleichen Dinge wiederkäuen zu müssen.

»Ja, Mrs. Staunton. Das wissen Sie doch«, meinte sie lahm, als sie endlich unter die Decke schlüpfte.

»Das will ich Ihnen auch geraten haben. Ihr Vater und die Enfields haben sich nicht deshalb so um Ihre Reputation bemüht, dass Sie sie in einem Haus wie diesem einfach so wegwerfen. Sie verstehen, was ich meine.«

»Natürlich, Mrs. Staunton. Machen Sie sich keine Sorgen.«

»Meine Aufgabe ist es aber, mir Sorgen zu machen.«

»Das ist völlig unnötig.«

»Oh nein. Unter demselben Dach mit einem Mann wie … *ihm*! Da kann man sich gar nicht genug Sorgen machen.«

Alice zog sich die Decke bis zur Nase, um das Grinsen zu verbergen. Wenn Mrs. Staunton wüsste …

»Der Marquess ist ein durch und durch anständiger Mensch«, behauptete sie frech und mit todernster Stimme.

»Er ist ein Wolf im Schafspelz«, zeterte die Witwe mit erhobenem Zeigefinger, und Alice wartete nur darauf, dass sie sich auch noch bekreuzigen würde. »Der Verführer persönlich in Menschengestalt.«

»Davon habe ich bisher noch nichts bemerkt«, insistierte Alice und hatte Mühe, ernst zu bleiben. Dabei entsprach ihre Behauptung durchaus der Wahrheit: Sie hatte bisher an ihrem Vormund noch nichts beobachten können, was seinen üblen Ruf gerechtfertigt hätte. Nun ja … sie sah ihn auch nicht sehr oft.

»Gott gebe, dass Ihnen diese Unschuld auf ewig erhalten bleibe«, antwortete Mrs. Staunton inbrünstig.

Hoffentlich nicht!

Alice hatte sich den Ausruf gerade noch verbeißen können. Es würde zu nichts führen außer dazu, dass Witwe Staunton noch länger in ihrem Schlafzimmer herumwuselte. Je später es würde, umso geringer wäre die Wahrscheinlichkeit, den Marquess in der Bibliothek anzutreffen. Wenn sie nicht bis dahin der Mut, sich dorthin zu schleichen, verlassen haben würde …

An diesem Abend hatte Rennison darauf verzichtet, den Kamin anheizen zu lassen. Nicht, weil ihm warm gewesen wäre, sondern einfach nur deshalb, weil er nicht daran gedacht hatte, es zu veranlassen.

Stattdessen saß er in angespannter Haltung in einem der beiden Ohrensessel in der Bibliothek und wartete –

nach vorn gebeugt, die Unterarme auf den Oberschenkeln liegend und den Homer in den Händen. Vorsorglich hatte er bereits zwei Kandelaber entzündet, damit genug Licht wäre, wenn Alice sich hinzugesellte.

Falls sie überhaupt auftauchte.

Dessen war er sich nicht mehr so sicher, wie er es noch kurz zuvor gewesen war. Er hatte gehört, wie seine Mutter und Miss Bingham von ihrer Dinnereinladung zurückgekehrt waren. Der Abend war fortgeschritten, doch als Miss Bingham das erste Mal in die Bibliothek geschlichen war, war es später gewesen als heute. Außerdem ging er davon aus, dass sie dieselbe Freude daran gefunden hatte, die Ilias zu deklamieren, wie er, ihr dabei zuzuhören.

Und noch etwas ließ ihn hoffen, nein, ließ ihn wünschen, dass sie tatsächlich kommen und weiter vorlesen möge: Er wollte überprüfen, ob es ein Zufall gewesen war, dass er dabei eingeschlafen war und keinen Albtraum gehabt hatte wie sonst jede verdammte Nacht.

Doch Miss Bingham ließ auf sich warten.

Entschlossen stand er schließlich auf und holte Luft, um die Kerzen zu löschen und den Raum zu verlassen, als ein leises Geräusch ihn innehalten und sich umdrehen ließ.

»Miss Bingham!«

Sie stand vor ihm wie aus dem Boden gewachsen.

»Guten Abend, Mylord.« Sie klang atemlos. »Ich bin spät dran, bitte verzeihen Sie, aber ich konnte mich den wachsamen Augen von Mrs. Staunton nicht früher entziehen. Sie passt auf mich auf wie ein Schießhund.«

»Guten Abend. Ich … hatte Sie heute Abend keineswegs erwartet«, behauptete er, von ihrer Lebhaftigkeit überrumpelt. Niemals hätte er zugegeben, dass er ihrem Auftauchen aus unerfindlichen Gründen geradezu entgegengefiebert hatte. »Schließlich waren Sie auswärts und sind sicher müde.«

Sie schien tatsächlich enttäuscht zu sein. »Ach – nein? Störe ich Sie etwa? Wollten Sie sich gerade zurückziehen?«

Er ließ seinen Blick flüchtig an ihrer schmalen Gestalt hinuntergleiten. Sie war wie schon am Vorabend im Nachtgewand, den schweren Morgenrock züchtig bis zum Hals geschlossen. Sie folgte seinen Augen und schaute ebenfalls an sich hinab. Im Schein der Kerzen erkannte er, dass ihr die Röte in die Wangen schoss, als sie sah, was er wahrnehmen musste.

»Es ist … unangemessen, im Nachtgewand herumzulaufen, nicht wahr?«

»Es ist skandalös«, bestätigte er knapp und musste sich ein Lächeln verbeißen. »Aber nur, wenn man uns entdeckt.«

»Ich dachte, wenn jemand mich unterwegs erwischen würde, könnte ich immer noch behaupten, ich hätte nicht schlafen können und sei auf dem Weg in die Küche, um mir etwas zu trinken zu holen«, erklärte sie mit entschuldigendem Schulterzucken. Doch sie hatte instinktiv schon wieder mit beiden Händen den Kragen gefasst und hielt ihn krampfhaft geschlossen, genauso, wie sie es auch am Vorabend getan hatte.

Rennison wusste nicht, ob er wegen dieser Geste beleidigt oder belustigt sein sollte. Was dachte sie von ihm? Dass er ihr hier in seiner Bibliothek das Nachthemd vom Leib reißen würde?

Die Belustigung siegte über die Irritation und er gestattete sich nun doch ein Schmunzeln. »Nun ja, das wäre im Ernstfall mit Sicherheit eine glaubwürdige Erklärung gewesen. Doch natürlich ist es besser, dass niemand Sie gesehen hat.« Kurz überlegte er, gab dann aber seiner Neugier nach. »Haben Sie sich gut amüsiert, Miss Bingham?«

»Mr. Clifford, der jüngere Sohn der Brewsters, hat sich lange mit mir unterhalten, falls Sie das meinen, Mylord«, antwortete sie ohne Umschweife und erinnerte ihn wieder daran, dass die Zeiten des Dummchens in seinem Haus vorüber waren.

Er räusperte sich. »Natürlich. Ich vergaß, dass Sie die Dinge gern beim Namen nennen. Er wird also vermutlich vorsprechen.«

»Diese Möglichkeit besteht, Mylord.« Sie sah zu Boden, als wäre ihr die Sache peinlich. »Somit hat sich Ihre Investition zumindest in eins meiner neuen Kleider vielleicht bereits gelohnt.«

Er hob pikiert die Brauen. »Ich wünsche das Thema Ihrer Ausstattung nicht mit Ihnen zu erörtern, Miss Bingham.«

»Natürlich nicht, Mylord«, antwortete sie leise, doch er hatte den Eindruck, dass sie ein Schmunzeln unterdrücken musste.

»Da Sie nun schon mal hier sind …« Er wies mit einer

sparsamen Geste auf das Tischchen mit dem Buch. »Steht Ihnen der Sinn nach Homer?«

»Weitaus mehr als nach einer Unterhaltung über meine Garderobe, Mylord.« Sie hob den Kopf und lächelte ihn schelmisch an. »Aus keinem anderen Grunde bin ich hier.«

Er nickte zufrieden. Das ließ ihn tatsächlich vermuten, dass sie diese heimlichen Lesestunden ebenso genießen könnte wie er.

Natürlich. Warum sonst hätte sie das nicht unerhebliche Risiko auf sich nehmen und nachts durch das dunkle Haus in die Bibliothek schleichen sollen, wenn nicht deswegen?

»Dann fangen Sie an … hier, das Buch.«

Er nahm es auf und reichte es ihr, setzte sich wieder in seinen Sessel und beobachtete Alice dabei, als sie sich in die Ecke des Sofas kuschelte, das Buch aufschlug und zu lesen begann.

Also stürmten die Troer und Danaer gegeneinander mordend, nicht hier noch dort der verderblichen Flucht sich erinnernd; Haupt an Haupt drang alles zur Feldschlacht; wie die Wölfe tobten sie. Froh nun schaute die jammererregende Eris:

Denn sie allein war noch der Unsterblichen unter den Streitern; und kein anderer Gott gesellte sich; sondern geruhig saßen sie all' in den eigenen Behausungen, dort wo für jeden prangt' ein schöner Palast, auf den steigenden Höhen des Olympos ...

Rennison schreckte hoch, als ihre Stimme verstummte. Konnte es möglich sein? War er schon wieder kurz vor dem Einschlafen gewesen? Gänzlich versunken; ohne sich jagende Gedanken; ohne nagende Angst vor den Albträumen, die in den Schatten hinter den Büchern und in den Zimmerecken bereits auf ihn lauerten.

Versunken weniger in die Worte, die sie ihm vortrug, als vielmehr in den ruhigen und warmen Klang ihrer Stimme, die ihn einlullte und forttrug.

Alice hatte das Buch sinken lassen und schaute zu ihm herüber. »Aber finden Sie das denn nicht auch verabscheuenswert?«

Etwas musste ihm entgangen sein. »Wie? Was meinen Sie?«

»Na, das Verhalten der Götter.«

»Was ist damit?«, erkundigte er sich verwirrt. Was um alles in der Welt wollte sie damit sagen?

»Es ist zutiefst unehrenhaft«, postulierte sie entrüstet. »Ich gehe sogar so weit, es schändlich zu nennen.«

Rennison starrte die junge Frau, nein, dieses Mädchen im biederen, züchtigen Nachthemd fassungslos an.

Sie war in einem Alter, in dem ihre adeligen Geschlechtsgenossinnen entweder schon verheiratet waren oder nur daran dachten, schnellstmöglich zu heiraten. Die nichts anderes im Sinn hatten als die Farbe ihrer Kleider, Bänder und Handschuhe und den korrekten, ach was, verführerischsten Sitz jeder einzelnen Locke. Die am liebsten übereinander herzogen und jedes lautere oder unlautere Mittel nutzten, einen als geeignet erachteten Mann in den Hafen der Ehe zu locken.

Und hier auf seinem prachtvollen Brokatsofa saß ein mittelloses Mädchen ohne jede Koketterie und forderte von ihm mit leuchtenden Augen eine Diskussion über Homers Götter.

»Schändlich?«, wiederholte er dümmlich.

»Genau das. Es ist ihrer absolut unwürdig und ich finde es verachtenswert.«

»Haben Sie die Güte, mich über Ihre Gründe für dieses harte Urteil aufzuklären?«, bat er, als sie Luft holte und offenbar auf seine Zustimmung wartete.

»Finden Sie es denn richtig, den göttlichen Händel auf dem Rücken und auf Kosten unschuldiger Menschen auszutragen?«, fragte sie und legte in Erwartung seiner Antwort den Kopf schief.

Rennison setzte sich aufrecht hin und musste sich eingestehen, über diesen Aspekt der alten Sagen noch nie nachgedacht zu haben. Eigentlich hatte er in seinem Leben überhaupt noch nicht über Homer, seine Dichtungen, alte Götter und deren Befindlichkeiten nachgedacht.

»So ist das nun mal mit Sagen und Mythen«, wich er lahm und noch immer ein wenig verschlafen aus. »Sie haben ihre Licht- und Schattenseiten und dienen als Lehrstück für die Leser.«

»Ein Grund mehr, gut auf ihren Inhalt zu achten. Wie soll der Mensch etwas lernen, wenn die Götter tadelnswerter handeln als er selbst?«

»Aber diese Götter sind doch nichts anderes als das literarische Spiegelbild der Menschen. Sie stehen stellvertretend für die Stärken und Schwächen der Menschheit.«

»Wenn sie nur Stellvertreter sind, dann sollten sie aber auch ihren Streit und ihre Eifersüchteleien nur untereinander austragen. Stattdessen ist es doch genau andersherum: Sie machen die Menschen zu ihrem Werkzeug und lassen sie an ihrer statt sterben und ins Verderben laufen. Das kann doch nicht richtig sein.«

»Was sollten sie denn Ihrer Meinung nach tun, Miss Bingham?«

»Sie sollten ihre Unstimmigkeiten untereinander austragen und sehen, wo sie bleiben. Zeus hat Streit mit Ares, dieser mit Athene, jene mit Apollon – und Hera mit allen. Sollen sie sich doch gegenseitig die Köpfe einschlagen.«

»Götter sind ihrem Wesen nach unsterblich. Was sollte das also bringen?«

»Eben! Sie sagen es.« Alice war auf dem Sofa nach vorne gerückt, hatte beide Hände gehoben und sah ihn triumphierend an. »Sehen Sie? Genau das meine ich. Es hätte keinerlei schlimme Folgen. Niemand käme zu Tode. Kein Hektor, kein Achilles und auch nicht die anderen unzähligen tapferen Krieger, die ihren Königen in diese sinnlose Schlacht gefolgt sind. Stattdessen schicken diese unfehlbaren Götter einen tapferen Helden nach dem anderen in den Hades. Welche Verschwendung!«

Mit einer Mischung aus Amüsement, Faszination und Nachsicht betrachtete Rennison ihre geröteten Wangen und leuchtenden Augen. Konnte es sein, dass sie die alten Sagen etwas zu wörtlich nahm?

»Miss Bingham«, sagte er in mildem Tonfall, »halten Sie sich bei aller Empörung bitte stets vor Augen, dass auch diese alten Mythen nichts weiter als von Menschen geschaffene Schriftwerke sind, die belehren und anleiten sollen.«

»Natürlich sind sie nicht mehr als das«, antwortete sie beinahe verwundert, so als fände sie es merkwürdig, dass er das einer Erwähnung wert erachtete. »Aber was, meinen Sie, sollen wir daraus lernen? Dass es erlaubt ist, zu lügen und zu betrügen, wie es einem gerade in den Kram passt? Dass jener gewinnt, der die geschicktesten Intrigen zu spinnen versteht? Wo bleibt da die Moral? Wo bleiben Ehre und Anstand?«

Rennison hatte Mühe, nicht laut loszulachen, so sehr belustigte ihn ihre aufrichtige Entrüstung.

»Da haben Sie allerdings nicht unrecht«, pflichtete er ihr schließlich mit erstickter Stimme bei, und sich selbst gestand er ein, dass er ihr damit tatsächlich nicht nur recht zu geben geneigt war, sondern sich darüber hinaus aufs Köstlichste unterhalten fühlte. Er hatte nie gedacht, dass es so erfrischend sein könnte, mit einer Frau derartige Gespräche zu führen.

Tatsächlich war ihm in seinem ganzen Leben noch nie eine Frau begegnet, die sich dafür auch nur im Entferntesten interessiert hätte.

Und es gefiel ihm. Sogar sehr.

»Na also«, konstatierte sie zufrieden und riss ihn aus seinen Überlegungen. »Da wir uns hier demnach einig sind, lassen Sie uns weiterlesen …«

Kapitel 11

»Ich gedenke, Sie und Miss Bingham zum Ball bei den Harwoods nächste Woche zu begleiten, Mutter«, verkündete der Marquess am nächsten Vormittag, als er sich zu Alice, Lady Margret und Lord Thomas in den Frühstücksraum gesellte.

Wieder war er während ihres Vortrags eingeschlafen, und wieder hatte Alice nach einer Weile, in der sie ihre Stimme immer weiter gesenkt hatte, ganz mit dem Lesen aufgehört.

Ein wenig war sie noch sitzen geblieben und hatte ihn betrachtet in der Erwartung, dass er erwachen und sie zum Weiterlesen auffordern könnte, doch nichts dergleichen war geschehen. Also hatte sie sich irgendwann lautlos zurückgezogen und war zu Bett gegangen.

Sie fragte sich bei seinem Anblick, ob er etwa die Nacht in der Bibliothek zugebracht hätte, obwohl nichts darauf hindeutete, dass er unausgeruht wäre.

Alice schaute verblüfft zu ihm auf. Und nicht nur sie war erstaunt, wie sie an den hochgezogenen Brauen Ihrer Ladyschaft deutlich erkannte. Auch Sir Thomas verschluckte sich an seinem Tee und gab einen erstickten Laut von sich. »Du willst *was*?«

»Rennie – höre ich denn richtig? *Du* willst einen Ball besuchen?«

»Einen Ball, Mutter«, entgegnete der Marquess mit gelangweilter Stimme.

»Und nächste Woche schon. So sind meine Ermahnungen also doch nicht auf gänzlich unfruchtbaren Boden gefallen.«

»Offensichtlich.«

»Die Schneiderin muss noch einmal kommen, um Alice ein Ballkleid anzufertigen«, überlegte Ihre Ladyschaft.

Alice sah keine Notwendigkeit, sie mit weiteren teuren Stoffen auszustaffieren und setzte zu einem Widerspruch an. »Aber …«

Eine ungeduldige Handbewegung genügte, um sie zum Schweigen zu bringen. Sie hatte schon nach diesen wenigen Tagen unter dem Dach des Lords erkannt, dass es keinen Sinn hatte, Widerworte zu verschwenden, wenn Lady Margret diese Miene aufgesetzt hatte.

Alice war sicher, dass sogar Napoleon es sich zweimal überlegt hätte, von Elba zu fliehen, wenn er Ihrer Ladyschaft in so einem Augenblick vollster Entschlossenheit gegenübergestanden hätte.

Also schluckte sie ihre Bedenken hinunter und nahm sich vor, stattdessen auf den gesunden Menschenverstand Seiner Lordschaft zu vertrauen und ihn zu bitten, diese unsinnigen Ausgaben in Grenzen zu halten.

»Sie haben völlig freie Hand, Mutter«, bestätigte Seine Lordschaft und war die Ruhe selbst. »Was auch immer Sie für nötig erachten, soll genau so geschehen. Das wird sicher auch Miss Bingham einsehen.«

Er warf ihr einen mahnenden Blick zu, sodass Alice sich fragte, ob er wohl ihre Gedanken gelesen hätte. Offenkundig hatte er ihre Reaktion vorausgesehen und bereits im Keim ersticken wollen.

Als sie etwas später in ihr Schlafzimmer zurückkam, traf sie Mrs. Staunton an, die vor Alice' Bett stand und etwas betrachtete, das diese selbst nicht erkennen konnte, da die Frau ihr die Sicht darauf versperrte. Doch ihre gesamte Haltung strahlte deutliche Missbilligung aus. Als sie neben ihre Gesellschafterin trat, erkannte sie den Grund dafür.

Ein Reitkostüm lag auf ihrem Bett bereit. Verblüfft hob sie es hoch. Es war von dem tiefen Rot, das der Wein gestern Abend im Glas des Marquess gehabt hatte, schlicht geschnitten und ohne nennenswerte Verzierungen. Trotzdem – oder vielleicht gerade deshalb – wirkte es sogar in ihrer Hand bereits ungeheuer elegant, und Alice wünschte sich, sie könnte dem kostbaren Kleid durch bessere Fähigkeiten auf dem Pferderücken wenigstens ein bisschen Ehre erweisen.

Seufzend legte sie es zurück auf das Bett.

Woher mochte es kommen in dieser kurzen Zeit? Die Schneiderin hatte es sicher nicht neu gemacht, das war ausgeschlossen.

»Wozu soll das denn gut sein?«, erkundigte Mrs. Staunton sich in strengem Tonfall bei Alice.

»Seine Lordschaft hat gesagt, ich solle demnächst mit

Ihm und Lord Halsbury ausreiten«, antwortete sie wahrheitsgemäß. »Und ich sagte ihm, dass ich weder angemessene Kleidung noch die nötige Übung dafür besäße. Und …«

»Eitelkeit – nichts als Eitelkeit«, murrte Mrs. Staunton. »So etwas gehört sich nicht, das ist gänzlich unangemessen. Ein Mann, der einer Dame Kleider schenkt …« Sie unterbrach sich und – errötete? »Jedenfalls sollten Sie keinesfalls so viel Zeit mit diesem Halunken verbringen. Haben Sie denn schon vergessen, was die guten Enfields Ihnen gesagt haben?«

»Aber Sir Thomas wird doch auch dabei sein«, wandte Alice ein. »Und er ist mein Vormund. Das ist schließlich etwas anderes, als wenn er ein wildfremder Mann wäre, oder nicht?«

»Es ist dennoch höchst unschicklich, finde ich.«

Herrje! Wenn die gute Frau wüsste, dass sie nun schon zwei Abende hintereinander mit dem Marquess in der Bibliothek verbracht hatte, nur mit Homers Mythengestalten als Gesellschaft und das auch noch *höchst* unschicklich gekleidet, sie würde vermutlich einen Herzschlag erleiden. Stand nur zu hoffen, dass sie es niemals erfuhr.

Alice wandte sich unschlüssig zu ihr um. »Aber was soll ich denn tun? Seine Lordschaft lässt sich von mir nichts sagen und folgt nur seinem eigenen Willen. Und Lady Margret ebenfalls.« *Oder gar noch mehr*, setzte sie in Gedanken hinzu.

Mrs. Staunton brummte unwillig, doch sicher war ihr selbst klar, dass eine namenlose junge Frau in keiner

Weise Einfluss auf Menschen wie den Marquess und seine Mutter ausüben konnte.

»Es will mir eben einfach nicht gefallen«, insistierte sie dennoch. »Ich kann nicht glauben, dass Seine Lordschaft nur hehre Absichten hegt.«

»Aber meine liebe Mrs. Staunton – was sollte der Marquess sich denn davon versprechen, ausgerechnet einen Niemand wie mich in den Ruin zu treiben?«

Alice war aufrichtig ratlos. Nach den letzten Begegnungen mit ihrem Vormund hatte sich das Bild, das man ihr vom wüsten Marquess gezeichnet hatte, mehr und mehr verflüchtigt. Sie hatte das Gefühl der Bedrohung, das sie anfangs gehabt hatte, schon beinahe vergessen.

Eigentlich kam es ihr so vor, als würde es sich um zwei verschiedene Personen handeln, von denen die Rede war. Die eine war das Schreckgespenst des wüsten Mannes, der sich um nichts und niemanden scherte, außer um seine eigenen Vergnügungen; und die andere der Mann, als den sie ihren Vormund bisher kennengelernt hatte: Ein ruhiger, zurückhaltender, fast abweisender Mensch, der eine Aura tiefer Traurigkeit um sich her trug.

»Woher soll ich das denn wissen?«, fragte Mrs. Staunton zurück. »Einfach weil er es kann? Wer weiß denn schon, was in den Köpfen solcher Männer vorgeht? Er ist als Wüstling bekannt, warum sollte er seine schändliche Zügellosigkeit aufgegeben haben? Und wer ist schon hier außer Ihnen? Wenn er kein anderes Opfer findet …«

Mrs. Staunton stockte und beendete den Satz nicht, doch Alice wusste auch so, was sie damit sagen wollte.

»Nun ja«, meinte sie scheinbar leichthin. »Da haben Sie wohl recht.«

Mrs. Staunton war rot angelaufen und tat geschäftig mit dem Reitkostüm und Alice ahnte, dass ihr die Worte peinlich waren, die ihr entschlüpft waren.

Und sie? Zum ersten Mal in ihrem Leben spürte sie so etwas wie Scham darüber, ein Niemand zu sein.

Natürlich war dieses Gefühl völliger Unsinn. Und unangebracht. Und sinnlos. Aber es war dennoch für einen kurzen Moment da gewesen.

Alice war erleichtert, als die Tür aufflog und Polly aufgeregt in den Raum stürzte.

»Oh Miss«, rief sie, kaum dass sie im Zimmer war. »Sie müssen sich gleich anziehen, ich habe gerade gehört, dass Sie zum Reitunterricht bei Mr. Godley sollen.«

Alice hob verwundert die Brauen, doch dann fiel ihr ein, dass sie selbst gestern den Marquess darauf hingewiesen hatte, dass sie im Reiten nicht besonders geübt sei. Und insgeheim musste sie sich eingestehen, dass es sie freute, den freundlichen Verwalter so schnell wiederzusehen.

Immerhin war es auch sehr rücksichtsvoll von Seiner Lordschaft, auf ihre Bedenken einzugehen und sie nicht der Blamage auszusetzen, gleich beim ersten gemeinsamen Ausritt mit ihm und Lord Thomas vom Pferd zu fallen. Nicht, dass sie Angst vor einem Sturz gehabt hätte – das war ihr schon einmal passiert und sie hatte sich nicht verletzt dabei. Es hätte aber ihrem Stolz nicht gutgetan, vor den beiden Herren eine derart schlechte

Figur abzugeben. So eitel war sie nun immerhin doch. Aber diese Gefahr schien ja nun gebannt zu sein.

Während Mrs. Staunton noch immer missbilligend vor sich hin grummelnd Alice' Schlafzimmer verließ, half Polly ihr, das Reitkostüm anzulegen. Wundersamerweise passte das Kleidungsstück wie angegossen, und Alice fragte sich erneut, woher man es so schnell gezaubert hatte.

Ihr Haar wurde zu einem strengen Knoten gefasst, wobei sie Polly anwies, darauf zu achten, dass ihr keine Strähnen in die Augen fallen konnten, weil sie absolut freie Sicht haben wollte.

Sie waren noch nicht ganz fertig mit der Toilette, als es an der Tür klopfte und ein Diener die Botschaft überbrachte, die Polly bereits vorweggenommen hatte: Miss Bingham werde gebeten, sich auf dem Reitplatz einzufinden. Sie werde dort von Mr. Godley erwartet.

Dankenswerterweise war Polly geistesgegenwärtig genug, sich danach zu erkundigen, wo der Reitplatz denn zu finden sei, sodass Alice nicht fragen musste.

Wenige Augenblicke später eilte sie in einer Mischung aus Nervosität und Vorfreude die Treppe hinab, durch dieselbe Seitentür hinaus, vor der sie gestern ebendiesen Mr. Godley angetroffen hatte, an den Nebengebäuden vorbei und um die Ecke. Vor ihr öffnete sich ein gepflasterter Platz, an dessen anderem Ende die Stallungen lagen.

Tatsächlich erwartete Mr. Godley sie bereits und sah ihr lächelnd entgegen. »Guten Morgen, Miss Bingham.«

Sie lächelte zurück. »Guten Morgen, Mr. Godley.«

»Ich hatte nicht erwartet, Sie so schnell wiederzusehen.« Er klang erfreut.

»Ich auch nicht«, sagte sie ebenso zufrieden. »Da aber Seine Lordschaft angeordnet hat, ich solle mit ihm und Lord Thomas ausreiten, und mir bedauernswerterweise die nötige Übung dazu fehlt, hat er sich offensichtlich entschlossen, dem abzuhelfen.«

»Das halte ich für sehr vernünftig. Nicht auszudenken, wenn Sie vom Pferd stürzen und sich verletzen würden.«

Alice antwortete nicht, sondern nickte nur. Er hatte ja recht.

Sie folgte ihm in den Stall, wo zwei Stallburschen bereits mit den gesattelten Pferden auf sie warteten. Es handelte sich um einen großen Braunen und einen etwas kleineren Grauschimmel. Beide Tiere sahen ihnen ruhig entgegen.

»Sie haben doch keine Angst vor Pferden?«, erkundigte sich Mr. Godley besorgt.

»Oh nein, nicht im Geringsten. Im Gegenteil, ich mag sie und habe durchaus auch Reiten gelernt. Mir fehlt nur leider die Übung. Das war es, was ich Seiner Lordschaft mitgeteilt habe.«

»Ich habe mir sagen lassen, dass *Wondergirl*, die graue Stute, sehr umgänglich sein soll, aber das werden wir ja bald herausfinden. Ich schlage vor, dass wir uns zuerst nur auf dem Reitplatz hinter den Stallungen aufhalten. Wenn es Ihnen genehm ist und Sie sich dazu in der Lage fühlen, können wir eine kleine Runde durch den Park absolvieren.«

»Das ist eine ganz wunderbare Idee«, stimmte Alice zufrieden zu. »Und die beiden hier sind wirklich sehr hübsch.«

»Nun, Miss Bingham«, ergriff Seine Lordschaft das Wort, als sie an diesem Abend wie üblich zu viert beim Dinner saßen. Ein Umstand, an den Alice sich allmählich zu gewöhnen begann. »Wie war die Reitstunde heute Nachmittag?«

Seine Miene war ungerührt wie immer, doch die steile Falte zwischen seinen Brauen war tief.

»Oh ganz wunderbar, Mylord, danke der Nachfrage.«

Zu Alice' Erleichterung gab es an diesem Abend keine Suppe – also auch keine abgrundtiefen Löffel auszuschlürfen –, sondern eine leichte Pastete zu Beginn des Dinners.

»Sind Sie mit der Wahl Ihres Lehrers zufrieden?«

Sie sah erstaunt auf. Was meinte er mit dieser Frage? Wenn er sich nach dem Pferd erkundigt hätte, würde sie sein Interesse verstehen, aber was hatte der Lehrer damit zu tun?

Der Marquess konnte doch unmöglich wissen, dass Mr. Godley, als er sich von ihr verabschiedet hatte, noch ein äußerst sonderbarer Satz entschlüpft war, der Alice vermuten ließ, dass sie dem jungen Verwalter nicht vollkommen gleichgültig war.

»Wie bedauerlich, dass Sie bereits so gut reiten, Miss Bingham«, hatte er da gesagt, und Alice hatte ihn einen Moment lang perplex angesehen.

»Es ist ein Zeugnis Ihrer Lehrbegabung, das alte Wissen so mühelos aus mir herauszukitzeln«, hatte Alice mit trockenem Mund geantwortet, und dabei hatte ihr Herz heftig zu klopfen angefangen.

»So aber wird Seine Lordschaft sicher darauf bestehen, dass Sie möglichst bald mit ihm ausreiten.«

»Ach – meinen Sie?«

Mr. Godley hatte die Schultern gezuckt und sie entschuldigend angesehen. »Ich weiß natürlich, wo mein Platz ist«, hatte er gemurmelt und dann hatte er geschwiegen, bis sie sich endlich ein wenig befangen voneinander verabschiedet hatten.

Nein, Seine Lordschaft konnte nichts davon wissen.

Trotzdem fühlte Alice sich irgendwie ertappt. »Sie meinen Mr. Godley, Mylord?«, fragte sie dümmlich, weil ihr nichts anderes einfiel.

»Hatten Sie denn einen anderen Reitlehrer?« Der Marquess klang gereizt.

Aus dem Augenwinkel fing Alice einen Blick auf, den Lord Thomas seinem Freund zuwarf, und war nun vollends verwirrt.

»N-nein, Mylord.«

»Na also. Und? Sind Sie zufrieden oder nicht?«

»J-ja, natürlich. Selbstverständlich, Mylord. Absolut zufrieden. Und ich finde es äußerst großzügig von Ihnen, mir überhaupt diese Gelegenheit zu geben. Und *Wondergirl* ist ein fantastisches Pferd. Und das Reitkostüm ist überaus kostbar und viel zu gut für mich …«

»Merk dir eins, Mädchen«, mischte sich Ihre

Ladyschaft ein, die dem Disput mit strengem Blick gefolgt war. »Du bist das Mündel eines Marquess und hast dadurch gewisse gesellschaftliche Verpflichtungen zu erfüllen. Dazu gehört auch die korrekte Bekleidung zu jeder Gelegenheit.«

»Sehr wohl, Mylady«, stimmte Alice zu. Aber dann konnte sie es sich doch nicht verkneifen, noch einen Einwand zu äußern. »Allerdings – ich werde doch nur mit dem Marquess und Lord Halsbury ausreiten. – Verzeihen Sie, Sir. Ich wollte damit nicht sagen, dass Sie …« Sie warf Sir Thomas einen hilflosen Blick zu, als sie merkte, das sie sich einem Fettnäpfchen genähert und ihren großen Zeh bereits hineingetaucht hatte.

Der lachte nur und winkte ab. »Was auch immer Sie tragen, Miss Bingham, ich bin sicher, Sie werden darin zauberhaft aussehen.«

Der Marquess machte ein Gesicht, als hätte er auf eine Zitrone gebissen. »Gibt es bereits Fortschritte, was Ihre Fähigkeiten betrifft?«, erkundigte er sich knapp.

Alice war versucht, die Schultern zu zucken, unterließ es aber. »Ich habe mich ganz leidlich geschlagen«, urteilte sie bescheiden. »In der Manege ging es einigermaßen, und den anschließenden Ausritt durch den Park konnte ich ebenfalls ohne größere Probleme hinter mich bringen.«

»Das freut mich zu hören. Demnach werden Sie sich sicher in der Lage fühlen, Sir Thomas und mich schon bald zu begleiten.«

»Ja, bald«, stimmte Alice zu.

Hoffentlich nicht zu bald!

»Morgen Nachmittag also«, entschied seine Lordschaft und Alice' Gabel blieb in der Luft stehen.

Entsetzt sah sie ihn an. Das konnte er doch nicht ernst meinen. »Oh, aber nein, Mylord, das …« *ist viel zu früh*, hatte sie sagen wollen, doch der Marquess warf ihr einen derart scharfen Blick zu, dass sie den Mund wieder schloss.

»Wenn Sie in der Lage sind, sich leidlich im Sattel zu halten, Miss Bingham, dann sehe ich keine Notwendigkeit, warum Sie die kostbare Zeit meines Verwalters über Gebühr strapazieren sollten.«

»Aber kann ich denn nicht von einem der Stalljungen unterrichtet werden?«

»Kommt nicht in Frage, Miss Bingham.« Damit wandte Seine Lordschaft die Aufmerksamkeit wieder seinem Teller zu und würdigte sie keines Blickes mehr.

Offenkundig hatte Alice ein so verzweifeltes Gesicht gemacht, dass Sir Thomas ihr beschwichtigend zuzwinkerte.

»Keine Sorge, Miss Bingham. Wir werden unsere Route und Geschwindigkeit in jedem Fall Ihren Möglichkeiten anpassen. Kommen Sie doch morgen einfach mit, dann können wir beide Ihre Fähigkeiten direkt beurteilen und uns darauf einstellen.«

Alice beantwortete das Angebot mit einem aufrichtig dankbaren Aufatmen. Dennoch konnte sie ihren Widerspruch nicht hinunterschlucken. Es ging nicht an, dass auch Lord Halsbury auf sein Vergnügen verzichtete, nur weil der Marquess seinen Willen durchsetzen wollte.

»Das ist ganz reizend von Ihnen, aber ich möchte Sie und Mylord noch nicht mit meiner fehlenden Übung im Sattel belasten. Sie wollen sicher nicht Kindermädchen für einen Niemand wie mich spielen.«

Oh weh! Da hatte sich ungewollt das minderwertige Gefühl des Vormittags in dieser Aussage Bahn gebrochen. Und tatsächlich herrschte für einen winzigen Moment Schweigen am Tisch, ehe Lord Halsbury lauthals und unbefangen loslachte.

»Junge Dame, sie sind von einer so charmanten Bescheidenheit, dass es mich beinahe erstaunt. Und tatsächlich gebe ich Ihnen recht – ein Kinder*mädchen* möchte ich nicht sein. Aber ich leiste Ihnen nichtsdestotrotz gern Gesellschaft, und wenn Rennison sich auf seinem schwarzen Teufel von Hengst verausgaben möchte, so können wir beide immer noch in aller Ruhe unseren Ausritt beenden, wie und wo wir es für richtig halten. Nicht wahr, Rennie?«, wandte er sich an den Marquess.

Der nickte nur stoisch. »Natürlich.«

»Na also«, verkündete Lord Halsbury zufrieden. »Dann werden Sie also morgen mit uns ausreiten.«

Kapitel 12

Am späten Vormittag saß Rennison hoch konzentriert an seinem Schreibtisch und überprüfte einige lange Zahlenkolonnen, die Mr. Godley ihm vorgelegt hatte. Bei aller Sorgfalt, die er aufwendete, konnte er nicht den leisesten Rechenfehler darin finden. Er nickte zufrieden, als es an der Tür klopfte. Es war sein Butler, der eintrat und sich höflich verneigte.

»Ja, Stearns, was gibt es?«

»Mylord, Mr. Clifford Brewster bittet darum, Gehör zu finden.«

Schon? Der junge Mann vergeudete wahrlich keine Zeit.

»Führen Sie ihn herein, Stearns.«

»Sehr wohl Mylord. Soll ich eine Erfrischung reichen lassen?«

»Wenn es nötig ist, biete ich dem Gentleman einen Brandy an.«

»Sehr wohl, Mylord.« Dem Gesicht des Butlers war keine Regung zu entnehmen, als er den Gast hereinbat.

Rennison erhob sich und musterte den jungen Mann,

den er – soweit er sich erinnerte – als Halbwüchsigen zuletzt gesehen hatte. Auch damals waren seine vorstehenden Schneidezähne bereits das auffälligste Merkmal in seinem ansonsten durchschnittlichen Gesicht gewesen. Das Heranreifen hatte seiner Erscheinung allerdings gutgetan.

Rennison neigte den Kopf zum Gruß und Clifford Brewster verbeugte sich in aller Form. Er wartete gesittet darauf, näher gebeten zu werden, und etwas an der leicht unterwürfigen Art des jungen Mannes erregte Rennisons Übermut, daher ließ er ihn ein paar Atemzüge lang an der Tür stehen, ehe er mit einer einladenden Geste auf den Sessel auf der anderen Seite seines Schreibtischs deutete und sich ebenfalls wieder setzte.

»Mr. Brewster.«

»Mylord. Ich danke Ihnen vielmals, dass Sie sich die Zeit nehmen, mich zu empfangen.«

Rennison neigte noch einmal gnädig den Kopf, hatte aber keine Lust, zu antworten, was seinen jungen Besucher aber nicht besonders zu beeindrucken schien.

»Wir haben Sie und die Ihren lange nicht mehr gesehen, Mylord, und ich soll Ihnen von meiner Mutter bestellen, dass sie vor Freude ganz aus dem Häuschen war, weil Ihre Ladyschaft unser Dinner mit ihrer Anwesenheit beehrt hat.«

»Ich werde es Lady Margret ausrichten«, entgegnete Rennison würdevoll und hoffte insgeheim, die arme Gastgeberin hätte sich in der Zwischenzeit wieder gefasst. »Meine Mutter wird sich sicherlich freuen zu hören, dass Sie den weiten Weg hierher unternommen haben, um uns an Mrs. Brewsters Begeisterung teilhaben zu lassen.«

»Ja, auch mein Vater war hocherfreut, das können Sie mir glauben.«

»Ich zweifle keinen Moment an der Aufrichtigkeit Ihrer Worte, Mr. Brewster.«

»Ja, eigentlich waren alle ganz fürchterlich begeistert, denn wie Sie vielleicht wissen, waren auch der Pfarrer und der Arzt anwesend. Aber der hatte seine Gemahlin zu Hause gelassen.« Er beugte sich etwas vor. »Ein Notfall, sagte er.«

»Das ist außerordentlich interessant«, bestätigte Rennison mit gelangweiltem Unterton.

»Interessant, ja. Es war wirklich ein äußerst interessanter Abend, Mylord, und wissen Sie, warum?«

Und ob er das wusste! »Nein, Mr. Brewster, ich kann es mir wirklich nicht vorstellen. Etwa wegen des Notfalls?«

»Welcher Notfall?«

»Zu Hause – beim Doktor.«

»Ach so«, das Hasengesicht wehrte lachend ab. »Nein, Mylord, obwohl ich schon gern gewusst hätte, was da so wichtig war, denn Mrs. Gutteridge lässt sich sonst nie ein Dinner bei uns zu Hause entgehen, dafür isst sie viel zu gern.«

»Aha.« Rennison hinderte sich nur mit Mühe daran, die Augen zu verdrehen. Stattdessen erhob er sich. »Ich werde Lady Margret die Grüße Ihrer Frau Mutter übermitteln.«

Sein Gast sprang ebenfalls auf und sah ihn irritiert an.

Ein unsicheres Lächeln umspielte seinen Mund und entblößte die vorstehenden Nagezähne zur Gänze.

»Äh … Mylord … Ich komme aber noch mit einem anderen Anliegen zu Ihnen.«

Rennison hob provokativ die Brauen, als habe er keine Ahnung, was er auf dem Herzen haben könnte. »Ein Anliegen?«

»Ja, Mylord. Also … ich meine, der Grund, warum dieser Dinnerabend so besonders interessant war. Das meinte ich. Nicht den Notfall im Haus der Gutteridges.«

»Aha.« Rennison presste die Lippen aufeinander. Clifford Brewster mochte zwar aussehen wie ein erwachsener Mann, aber er hörte sich nicht so an, als habe er alle Sinne beisammen. Was ihn daran verwunderte, war die Tatsache, dass Miss Bingham darüber keinerlei Bemerkung gemacht hatte. Sie hatte doch sonst eine scharfe Beobachtungsgabe und eine spitze Zunge. »Und was wäre das, Mr. Brewster?«

»Miss Bingham!«, rief er aus, und Rennison konnte sich gerade noch daran hindern, sich umzudrehen und nachzusehen, ob sie etwa leibhaftig hinter seinem Stuhl stünde.

»So. Miss Bingham also ist Ihr Anliegen.«

»Ja, Mylord.« Mr. Brewster zog unbehaglich die Schultern hoch, als hätte er einen Lausbubenstreich begangen.

»Hm. Und welcher Art genau ist nun Ihr Anliegen?« Als ob er das nicht wüsste.

»Mylord, ich bitte um die Erlaubnis, Miss Bingham meine Aufwartung machen zu dürfen.«

Rennison senkte den Kopf, legte die Hände auf dem Rücken ineinander und tat so, als müsste er intensiv nachdenken. Er schritt ans Fenster und sah hinaus. »So. Sie wollen also meinem Mündel den Hof machen.«

»Oh ja, Mylord. Und ich kann Sie der absoluten Aufrichtigkeit meiner Absichten versichern.«

Rennison warf einen prüfenden Blick über die Schulter zurück. Der Anwärter hatte nervöse Flecken auf den Wangen und wippte mit einem Fuß. Als er sah, dass der Marquess den Blick an ihm hinabgleiten ließ, hielt er still, doch er konnte seine Selbstbeherrschung nicht lange aufrechterhalten, und fing schon nach wenigen Augenblicken wieder damit an.

Rennison rief sich zur Raison. Er war es sich und seiner Verantwortung schuldig, das Ansinnen vernünftig abzuwägen.

Clifford Brewster hatte als zweiter Sohn eines Barons aus der Nachbarschaft keine Aussichten auf irgendeinen Titel oder ein Vermögen. Normalerweise würde ein Mann wie er sein Heil beim Klerus suchen und irgendwo eine Pfarre übernehmen, die ihm sein Einkommen sicherte. Zwar sah er abgesehen von seinen schiefen Zähnen einigermaßen passabel aus, doch er hatte den Verdacht, dass der junge Mann auf eine großzügige Mitgift hoffte und weniger an Miss Bingham selbst als an Geld interessiert war.

Außerdem war er viel zu temperamentlos, um es mit Miss Bingham aufnehmen zu können. Wenn er sich nur vorstellte, wie sie mit Mr. Brewster über die Moral griechischer Götter diskutierte!

»Ich sollte Sie wohl noch einmal daran erinnern, Mr. Brewster, dass Miss Bingham nur mein Mündel und nicht meine Tochter ist.«

»Natürlich, Mylord«, beeilte sich der junge Mann, mit einer knappen Verbeugung zu bestätigen. »Dieser Umstand ist mir bekannt.«

»Gut, nun denn, dann wird es Sie auch nicht wundern, zu hören, dass es sich bei ihr um eine mittellose Waise handelt, die auch von meiner Seite nur mit einer mageren Mitgift zu rechnen hat«, erklärte ihm der Marquess freiweg. »Sehen Sie, ich war schon immer sparsam und habe nicht die Absicht, ein mir völlig fremdes Mädchen allzu üppig mit wirtschaftlichen Gütern auszustatten.«

Das entsprach zwar keineswegs der Wahrheit, denn für einen geeigneten Kandidaten würde er Miss Bingham durchaus entsprechend ausstatten.

Es erfüllte seinen Zweck. Mr. Brewsters Gesichtsausdruck zeugte von einer gewissen Ernüchterung.

»Ich … verstehe, Mylord. Und Sie tun sicher gut daran, mit Ihren Mitteln hauszuhalten. Aber ich schätze die junge Dame ja nicht wegen ihres Vermögens. Also, des nicht vorhandenen, meine ich. Was ich sagen will …« Er kratzte sich linkisch hinter dem Ohr. »Ich wüsste es durchaus zu schätzen, wenn Sie mir gestatten würden, die junge Dame in der nächsten Zeit hin und wieder hier in der Abbey aufzusuchen. Nicht allzu oft natürlich.«

»Ich denke nicht, dass ich meine Meinung diesbezüglich ändern werde, Mr. Brewster.«

»Nein, natürlich nicht, Mylord. Ich verstehe durchaus und bedaure diesen Umstand zutiefst.«

»Ich auch, glauben Sie mir.«

»Und ich möchte natürlich auch niemandem zur Last fallen mit meinen Besuchen, das ist sonnenklar, darum … hätten sie sich auch in überschaubarem Rahmen gehalten.«

»Sonnenklar.«

»Aber, ich meine … wir dürfen Sie und Ihre gnädige Frau Mutter doch sicher wieder einmal zu einem Dinner laden, Mylord?«

»Oh, aber selbstverständlich, Mr. Brewster. Und ich wäre Ihnen und Ihrer Familie sehr verbunden, wenn diese Einladung auch Miss Bingham einschließen würde.«

Clifford Brewster lachte ein wenig zu laut. »Aber natürlich, wie können Sie nur etwas anderes annehmen, Mylord.«

Er rieb sich ratlos den Hinterkopf und Rennison beschloss, ihn zu erlösen. »Bestellen Sie bitte Ihren Eltern meine besten Wünsche.«

»Das werde ich, Mylord, vielen Dank.«

Rennison nickte knapp. »Mr. Brewster. Ich danke für Ihren Besuch.«

»Mylord.«

Dass er auf dem Weg zur Tür nicht über seine eigenen Füße stolperte, wunderte Rennison. Er sah ihm grimmig hinterher.

Hatte er es doch gewusst.

Mr. Brewster hatte sich nur so lange hartnäckig gezeigt, wie es der Anschein erforderte. Er verließ die Abbey vermutlich in der tröstlichen Überzeugung, an Miss

Bingham kein großes Vermögen verloren zu haben, weshalb er gut darauf verzichten konnte, ihr weiterhin seine Aufmerksamkeit zu widmen.

Nein, einen Mitgiftjäger hatte sie in der Tat nicht nötig. Wenigstens hatte der verhinderte Verehrer nicht allzu lange so getan als ob. Noch mehr Widerstand zu überwinden, wäre ihm lästig gefallen.

Natürlich musste Miss Bingham verheiratet werden, je eher, desto besser. Aber der zweite Sohn eines Barons war zu unbedeutend und zu mittellos. Überhaupt war Clifford Brewster zu jung und nicht Mann genug – kurzum, er war schlichtweg ungeeignet, um als Ehemann für Miss Bingham in Frage zu kommen.

Als ihr Vormund trug Rennison schließlich die Verantwortung für ihr künftiges Wohlergehen, also oblag es ihm, die möglichen Kandidaten auf Herz und Nieren zu prüfen. Und dieser Aufgabe war er mit aller gebotenen Sorgfalt nachgekommen und würde das auch in Zukunft so halten.

Obwohl das Übungsreiten mit Mr. Godley am Vortag durchaus zufriedenstellend verlaufen war, empfand Alice eine nicht zu leugnende Nervosität, als sie sich an diesem Nachmittag vereinbarungsgemäß bei den Stallungen einfand.

»Ah, da sind Sie ja.« Die Stimme Seiner Lordschaft klang kühl und abweisend und seine Miene war düster. »Und ausnahmsweise sogar pünktlich.«

»Ausnahmsweise?«, erkundigte sich Sir Thomas verständnislos. »Miss Bingham war bisher noch nie unpünktlich, Rennie.«

Für einen kurzen Moment kreuzten sich ihre Blicke und Alice erkannte an dem unwilligen Mundwinkelzucken und der finster gerunzelten Stirn Seiner Lordschaft, dass es ihm unangenehm war, sich verplappert zu haben. Natürlich konnte und durfte außer ihnen beiden niemand davon Kenntnis haben, dass Seine Wüstheit, der Marquess, seine Bemerkung auf ihr Erscheinen in der Bibliothek bezogen hatte.

Sie gestattete sich den Anflug eines unsicheren Lächelns, doch der Marquess wandte den Blick ab und bedeutete ihr mit einer Geste, sie solle sich von dem Stallburschen in den Sattel helfen lassen.

Alice zog den Kopf ein und tat, wie ihr geheißen, doch fragte sie sich bereits jetzt, warum sie sich auf dieses zweifelhafte Vergnügen eingelassen hatte, mit den beiden Herren auszureiten. Auch wenn ihr Reitkostüm edel war und gut saß – sie hätte sich an diesem Nachmittag in einem der Erkerzimmer im Nebenflügel mit einem Buch oder sogar mit Stickzeug in der Hand wohler gefühlt als in der unverbindlichen Gesellschaft der Gentlemen.

Was mochte sie wohl falsch gemacht haben, dass der Marquess sie schon wieder weitgehend ignorierte?

Und wieder war es Sir Thomas, der die Situation rettete, indem er sich gänzlich unbefangen mit beiden unterhielt und Alice schließlich beinahe vergessen ließ, dass sie sich unbehaglich fühlte.

Sie hielt sich wacker im Sattel, und es gab während des gesamten Ausritts keine Situation, die sie in nennenswerte Nöte gebracht hätte. Im Gegenteil. Sir Thomas lobte ihre

Haltung, und nicht einmal der Marquess hatte etwas an ihr auszusetzen. Das war immerhin etwas.

Auf diesem Ausritt bekam Alice zudem einen weiteren Eindruck von der Schönheit und Weitläufigkeit der Ländereien, die zur Abbey gehörten und die sie bisher nur als Blick aus diversen Fenstern kannte. Alice war überwältigt und nahm sich vor, ab sofort jede Gelegenheit zu nutzen, möglichst viel Zeit im Freien zu verbringen. Es musste ja nicht unbedingt auf dem Rücken eines Pferdes geschehen – sie war gut zu Fuß.

Seine Lordschaft blieb während des gesamten Ritts einsilbig und war meist damit beschäftigt, den schwarzen Teufel von Hengst zu bändigen, den er ganz schnörkellos *Black* nannte und der sicher einer wertvollen Zucht entstammte. Hin und wieder hatte Alice die Muße, auf den Rücken seines Reiters zu starren, die breiten Schultern, die in schmale Hüften übergingen und dann wiederum in muskulöse Schenkel mündeten.

Wie lange würde sie noch hier sein? Mr. Brewster hatte angedeutet, dass er vorsprechen wolle – wenn Seine Lordschaft dem Anliegen stattgäbe, dann … könnte sie unter Umständen schneller verheiratet sein, als sie je erwartet hätte, und würde die Abbey verlassen.

Der Gedanke versetzte ihr einen schmerzhaften Stich, doch sie gab sich Mühe, ihn zu ignorieren und Sir Thomas ein unbefangenes Lächeln zu schenken, als der Pfad sich wieder weitete und er sein Pferd neben ihres lenkte. Danach verwickelte er sie in ein Gespräch über ihre Zeit bei den Enfields, und sie drängte ihre aufsteigende und für sie selbst unerklärliche Traurigkeit in den Hintergrund.

Der Marquess blieb weiterhin wortkarg und unnahbar. Auch mit seinem Freund sprach er nur wenig, was diesen aber nicht zu verdrießen schien. Doch Alice war beinahe froh, als sie von einem sanften Hügel herab die Abbey in all ihrer baulichen Pracht unter sich liegen sahen und Seine Lordschaft verkündete, er müsse *Blacks* Ungestüm nun endlich nachgeben und ihn laufen lassen.

Kaum hatte er seine Absicht ausgesprochen, gab er dem Hengst auch schon die Zügel frei, was dieser richtigerweise als Aufforderung verstand und ohne das geringste Zögern mit einem gewaltigen Satz davonstürmte.

Sie sah dem Marquess hinterher, ganz in den Anblick seiner Gestalt versunken, die im rasenden Galopp auf dem Pferderücken mit der wehenden Mähne seines Tieres verschmolz. Das Stakkato der Hufe verklang allmählich, wurde vom Wind davongetragen, Pferd und Reiter wurden immer kleiner, bis sie schließlich nur noch einen dunklen Punkt erkennen konnte, der die Talsohle entlangflog.

»Miss Bingham.«

Alice riss den Kopf herum. »Ja?«

Der drängenden Stimme ihres Begleiters entnahm sie, dass Lord Halsbury sie nicht zum ersten Mal angesprochen hatte, und sie spürte, wie sich ihre Wangen mit glühendem Rot überzogen.

»Wir sollten dann auch langsam den Rückweg antreten«, meinte er sanft, klang beinahe brüderlich dabei, und für einen halben Herzschlag durchtoste sie der Gedanke, wie es wohl gewesen wäre, wenn dieser ihr Vormund und Seine Lordschaft dessen Freund gewesen wäre. Doch dann verbot sie sich dergleichen Albernheiten – nichts, gar nichts würde sich ändern. Außer vielleicht die Tatsache, dass der wüste Marquess mit ihr schon lange kurzen Prozess gemacht hätte.

Schließlich wäre sie immer noch ein Nichts im Vergleich zu ihm. Aber darüber hinaus ein Nichts, für das er keinerlei Verantwortung trug und das für ihn daher sicher nicht mehr als Freiwild wäre.

»Ja, das sollten wir tatsächlich«, antwortete sie mit belegter Stimme und nickte heftig ihre Zustimmung.

»Dann kommen Sie.« Sir Thomas machte eine aufmunternde Kopfbewegung und brachte sein Pferd in Schritt.

Schweigend trottete Alice auf ihrer kleinen Stute neben Lord Halsbury den Hügel hinunter und tausend verwirrende Gedanken kreisten in ihrem Kopf. Fragen, die sie nicht stellen, und Dinge, die sie nicht sagen durfte.

Allen voran aber Gefühle, die sie nicht empfinden sollte.

»Sie mögen ihn, nicht wahr?«, erkundigte sich Lord Halsbury mit neutraler, aber dennoch warmer Stimme so unvermittelt, dass Alice zusammenzuckte.

»Aber nein, auf keinen Fall«, widersprach sie heftig, ehe sie noch nachdenken konnte, dass es diese Antwort auch nicht besser machen würde. Das wurde ihr erst bewusst, als sie die hochgezogenen Brauen ihres Begleiters wahrnahm. »Doch, natürlich«, ruderte sie zurück. »Aber selbstverständlich nur wie eine Tochter.«

»Selbstverständlich«, bestätigte er entgegenkommend,

und dann sagte auch er nichts mehr, bis sie sich in der Halle voneinander verabschiedeten.

Herrje!

Was war nur in ihn gefahren?

Er verhielt sich sogar seinem besten – und nebenbei bemerkt, einzigen – Freund gegenüber wie ein Idiot, indem er wortkarger war als sonst. Unausstehlich geradezu.

Und das nur, weil ihn der Anblick seines Mündels in Reitkleidung zugegebenermaßen außerordentlich verwirrt hatte.

Alice Bingham wurde in seinen Augen immer mehr, ohne dass er sagen konnte, wie und warum dies geschah, zu einer anderen Person als der, die er kannte. Oder erwartet hatte. Oder sehen wollte.

Das perfekt passende Reitkleid lag eng an ihrem Körper, und auch, wenn er die Tatsache bis zu diesem Moment verdrängt haben mochte – das Wesen, das ihm über den Platz vor den Stallungen entgegengekommen war, war eine Frau. Eine richtige, reife und mit allen Attributen ausgestattete Frau, deren körperliche Vorzüge nichts zu wünschen übrig ließen. So viel hatte ihm die elegante Garderobe verraten.

Er verfluchte sich für den Einfall, ihr das Reitkostüm bringen zu lassen, das einst für eine längst verflossene Geliebte angefertigt worden war. Auch diese war eine Frau von fast perfektem Wuchs gewesen. Zumindest hatte er das damals so empfunden. Hätte er geahnt, wie gut seinem unschuldigen Mündel das verdammte Kleidungsstück passte, hätte er es eher in einem der Kamine der Abbey in Flammen aufgehen lassen, als es ihr zu schicken.

So allerdings war er es, der in Flammen stand. Aber immerhin zeigte ihm Miss Binghams Auftritt eines: Man würde sie ohne größere Schwierigkeiten verheiraten können. Wenn schon er selbst auf ihre fraulichen Reize reagierte, und er besaß wahrlich einen erlesenen Geschmack diesbezüglich, wie leicht würde sie dann einen der hiesigen jungen Männer in Brand setzen?

Er selbst hatte sich natürlich im Griff und würde diese völlig unangemessene Begierde schnell überwunden haben. Bei der jungen Frau handelte es sich um seine Schutzbefohlene. So verderbt konnte nicht einmal der wüste Marquess sein, dass er sich an einer Frau vergriff, die de facto praktisch seine Tochter war.

Nein. Niemals.

Schließlich hatte er seinem an diesem Nachmittag unausstehlichen Hengst dessen Willen gelassen. Während er auf dem Rücken des Pferdes dahingeflogen war, hatten seine Gedanken mit den wirbelnden Pferdehufen um die Wette gejagt.

Alice hatte untertrieben. Tatsächlich war sie eine passable Reiterin. Keine geübte, das natürlich nicht. Aber sie hatte ihr Licht eindeutig unter den Scheffel gestellt und brauchte keineswegs noch weitere Unterrichtsstunden bei Mr. Godley, egal, wie sehr sie ihn anhimmeln mochte.

Und das tat sie zweifellos.

Sein junger Verwalter seinerseits verehrte das Mädchen und sie … nun ja. Sie kannte vermutlich kaum

Männer im Erwachsenenalter, die diese Bezeichnung verdienten, und war leicht zu beeindrucken. Bei einer so unerfahrenen Frau brauchte es dazu nicht viel. Sicher könnte auch er, wenn er nur wollte …

Nein. Niemals.

Und doch war er schon wieder an diesem Punkt angelangt.

Als Rennison kurz zuvor die kleine Reitergruppe angeführt hatte, war er sicher gewesen, dass er Alice Binghams Blicke in seinem Rücken gespürt hatte. Hätte er sich umgedreht – eine Blöße, die er sich natürlich nicht gegeben hatte –, dann hätte er sich bestimmt davon überzeugen können.

Unsinn, schalt er sich selbst, während er für einen Moment Mühe hatte, im Sattel zu bleiben. Das war Unsinn, und er wusste es. Da sie hinter ihm ritt – wohin sollte sie wohl schauen, wenn nicht auf den Reiter vor ihr? Und was den Verwalter betraf – er passte eindeutig gut zu Miss Bingham, sowohl vom Stand als auch vom Alter her.

Der Schwarze warf den Kopf hoch und schnaubte wütend. Sicher war ihm die heutige Unausgeglichenheit seines Reiters nicht entgangen, und so war Rennison an diesem Tage froh, ungeschoren davongekommen zu sein und die heimischen Stallungen auf dem Pferderücken, anstatt zu Fuß zu erreichen. Eine kleine Unaufmerksamkeit hätte genügt, und der ungebärdige Hengst hätte die Gelegenheit genutzt und sich seiner entledigt.

Kapitel 13

Nach dem Essen hielt Lady Margret Alice auf, ehe diese sich mit einem gemurmelten Gruß in ihr Zimmer verabschieden konnte.

»Ich schlage vor, die Herren ziehen sich nun zu ihrer Zigarre zurück. – Begleite mich in den kleinen Salon, Alice«, verlangte sie.

Mit einem mulmigen Gefühl nickte Alice und folgte ihr nach nebenan.

»Schenke uns beiden einen Sherry ein«, ordnete Lady Margret an und setzte sich auf das mit dunkelrotem Brokat bezogene Sofa in der Zimmermitte.

Es brannte kein Feuer im Kamin, sodass Alice ein wenig fröstelte, als sie tat, was man von ihr verlangte. Sich selbst goss sie nur gerade so viel ein, wie einen Fingerhut kaum gefüllt hätte.

»Was ist das?«, forschte Lady Margret prompt und deutete auf die in Alice' Trinkgefäß kaum sichtbare Menge an goldener Flüssigkeit.

»Sherry, Mylady. Wie Sie wünschten.«

»Ich erinnere mich nicht, gewünscht zu haben, dass du nur daran riechen sollst. Schenke dir ordentlich ein und trinke eine angemessene Menge.«

»Aber Mylady, ich bin es nicht gewohnt, zu trinken.«

Gespitzte Lippen sowie missbilligendes Kopfschütteln waren die Reaktion auf Alice' Bedenken. »Natürlich nicht. Darum habe ich dir auch beim Dinner bei den Brewsters den Sherry verwehrt, falls du gedenkst, dich daran zu erinnern. Wenn du aber weiterhin an Gesellschaften und Bällen teilnehmen sollst, dann ist es dringend geraten, dass du wenigstens ein Glas Sherry oder Port verträgst, ohne sofort deinen klaren Verstand zu verlieren.«

Ach – da wäre also der klare Verstand nun doch von Vorteil? Alice biss sich auf die Zunge, um eine ungehaltene Erwiderung im Keim zu ersticken. »Ich habe nicht vor, bei diesen Veranstaltungen zu trinken, Mylady«, wehrte sie stattdessen ab.

Lady Margret würdigte sie keiner Antwort, sondern sah sie nur ungerührt an. Sie wies mit dem Zeigefinger auf das Tischchen in der Ecke neben dem Kamin, wo diverse Karaffen standen, und regte sich erst wieder, nachdem Alice mit einem unterdrückten Seufzen aufstand und ihrem unausgesprochenen Befehl nachkam. Sie füllte sich das Glas ordentlich und setzte sich schließlich ans andere Ende des Kanapees.

»Was du vorhast, ist in diesem Zusammenhang vollkommen unwichtig«, teilte die Lady ihr in strengem, wenn auch nicht wirklich unfreundlichem Ton mit. »Es reicht bereits, wenn dir ein sogenannter Gentleman eine Tasse Punsch bringt, die mit mehr Alkohol als nötig versetzt wurde.«

»Aber Mylady, wozu sollte das jemand tun?«

»Tu, was ich dir sage, und nötige mich nicht zu einer unsinnigen Diskussion, Mädchen.«

»Und das alles nur, um mich zu verheiraten«, murrte Alice unwillig vor sich hin. »Ich bin nicht von vornehmer Geburt, ich besitze nichts und ich habe Mühe, mich angemessen zu benehmen. Wer soll mich schon heiraten wollen?«

Lady Margret nahm einen Schluck Sherry. »Einer wie Mr. Brewster? Ein anderer zweiter oder dritter Sohn? Ein Bürgerlicher aus der Umgebung? Mein Sohn wird dich selbstverständlich mit einer angemessenen Mitgift ausstatten, sodass es durchaus Kandidaten geben wird, die dich als eine gute Partie ansehen werden, ungeachtet deiner sonstigen Mängel.«

Da! Da war es wieder. Dieses Gefühl, minderwertig zu sein und nicht wert, dass man sich mit ihr beschäftigte. Alice sackte in sich zusammen. Ohne Frage wäre es gut, wenn sie schnell jemanden fände, damit seine Lordschaft sie bald loswürde.

»Mein Sohn kann es sich fraglos leisten, ein wenig Geld in deine Mitgift zu stecken«, dozierte Lady Margret weiter. »Er hat in seinem bisherigen Leben schon so unsagbar hohe Beträge für Frauen ausgegeben, dass es auf das bisschen für dich auch nicht mehr ankommt.« Lady Margret schürzte die Lippen. »Nun mach kein so schockiertes Gesicht. Warst nicht du selbst es, die ihn als Wüstling bezeichnet hat?«

Alice' Ohren brannten. »So viel dazu, dass ich mich zu benehmen weiß, Mylady.« Sie konnte es ebenso gut aufgeben, den Konventionen Genüge tun zu wollen.

»Gewöhne dir an, wenn du in Gesellschaft bist, deine Zunge im Zaum zu halten, nur das rate ich dir. Erstaunlicherweise scheint Seine Lordschaft Gefallen an deiner vorlauten Art gefunden zu haben, und das ist mir nur recht. Aber hüte dich davor, ihn in Gesellschaft anderer zu blamieren.«

Alice traute ihren Ohren nicht. Seiner Lordschaft gefiel ihr loses Mundwerk? Doch mehr als alles andere hörte sie aus diesen Worten heraus, wie intensiv die Gefühle Ihrer Ladyschaft trotz aller zur Schau getragenen Gleichgültigkeit für ihren Sohn waren. Für sich selbst hatte Alice noch nicht begriffen, wie Lady Margret ihr gegenüberstand, aber immerhin sah es nicht so aus, als wollte sie ihr das Leben unnötig schwermachen.

»Trink«, kam es scharf von Lady Margret. »Es geht nicht an, dass du keinerlei Alkohol verträgst und schon beim ersten Schluck davon die Kontrolle über dich und deine Sinne verlierst. Es gibt leider immer wieder Halunken, die das absichtlich provozieren und die Situation danach schamlos auszunutzen versuchen.«

Und als sie Alice' bestürzten Blick sah, setzte sie noch eine Erklärung hinzu. »Ja, auch hier auf dem Land. Nicht nur im lasterhaften London.«

Zwar fragte sich Alice vage, was die Dowager Marchioness damit bezweckte, sie dergestalt auf jene haarsträubenden Halunken vorzubereiten, von denen sie gesprochen hatte, doch der Gedanke gelangte nicht so weit, ausgesprochen zu werden. Stattdessen folgte sie dem Beispiel Ihrer Ladyschaft, die das Glas elegant mit spitzen

Fingern zum Munde führte und ansetzte.

Alice konnte es für eine Schrecksekunde kaum glauben, als Lady Margret den gesamten goldfarbenen Inhalt beherzt in einem Zug hinunterstürzte und sie dann auffordernd ansah.

Ergeben schloss sie die Augen und tat es der Hausherrin gleich.

Rennisons leise Vorfreude auf eine weitere Lesenacht mit Miss Bingham wich langsam einer dumpfen Enttäuschung, als diese sich nicht zeigte. Einer Ernüchterung, die er sich zuerst nicht eingestehen wollte, die jedoch hartnäckig an seiner zuvor noch einigermaßen passablen Laune gezehrt hatte und sich irgendwann nicht mehr leugnen ließ.

Himmel noch eins – wie kam er nur darauf, dass die junge Frau ebenso erpicht darauf war wie er, sich dem riskanten Zeitvertreib zu widmen?

Schließlich – was hatte sie schon davon? Er war beide Male darüber eingeschlafen, als sie gelesen hatte, und konnte das sicherlich nicht als schmeichelhaft empfunden haben. Andererseits konnte und wollte er ihr auf keinen Fall eröffnen, dass dieses Einschlafen für ihn wie Balsam auf seiner wunden Seele war und er sonst gar nicht oder nur von Albträumen gequält schlief.

Als Mitternacht schließlich vorüber war und er akzeptieren musste, dass er vergeblich wartete, stand er verärgert auf und warf das Buch auf den leeren Sessel.

Verärgert vor allem deshalb, weil er verärgert war.

Er machte einen Schritt in Richtung Tür und just in diesem Moment öffnete sich diese einen Spalt und ein dunkler Schatten huschte herein, schloss sie beinahe lautlos wieder und kam näher.

»Miss Bingham«, sagte Rennison und versuchte, die unangebrachte Zufriedenheit in seiner Stimme durch Missbilligung zu überdecken. »Sie haben schon wieder auf sich warten lassen.«

»Psst – sprechen Sie doch leiser«, mahnte sie viel lauter als er und legte mit beschwörender Miene einen Zeigefinger auf ihre gespitzten Lippen. »Sonst hört sie uns noch!«

Ihre Augen glänzten, und er stutzte: Schwankte sie etwa?

Nein, er musste sich getäuscht haben.

»Wer kann uns hören? Wen meinen Sie, Miss Bingham?«, erkundigte er sich irritiert.

»Na, Ihre Mutterschaft, wer sonst? Ähm, ich meine Ihre Ladylord … Nein, auch nicht. Ach herrje … Na, Lady Margret natürlich.«

Sie trat in den Lichtschein der Kerzen, und nun erkannte er auch ihre rot blühenden Wangen. Als ob das jetzt einsetzende Kichern und der wirre Satz zuvor nicht schon genügt hätten, roch er einen schwachen Hauch von Sherry oder Portwein, als Alice unerwartet nah an ihn herantrat und vertrauensselig zu ihm hoch lächelte.

»Miss Bingham«, sagte er streng. »Sie sind ja betrunken!« Wie war das möglich? Sie hatte doch zum Abendessen ihr Glas kaum angerührt.

»Oh das … ist nicht sooo schlimm, wie es vielleicht scheinen mag, mein Mylord«, säuselte sie und kicherte wieder. »Das dient nur der Vorbereitung auf meine Hochssseit.«

Wie bitte?

»Sie …« Rennison schüttelte ratlos den Kopf. »Welche Hochzeit?«

Wovon redete sie da? Hochzeit? Es gab doch noch gar keinen neuen Bewerber um ihre Hand – oder war ihm etwas entgangen?

Plötzlich fiel es ihm wie Schuppen von den Augen.

»Godley!« Natürlich. Da hatte sich hinter seinem Rücken etwas zugetragen, von dem er nichts wusste.

»Was?« Alice sah ihn aus großen Augen an, blinzelte dann mehrmals, schüttelte den Kopf und fuhr sich mit dem Handrücken über die Stirn. »Nein, das ist er nicht.«

»Wer dann?« Was da gerade in ihm hochstieg, hätte er in jedem anderen Fall für eine Welle heißer Eifersucht gehalten, doch hier bestand ja schließlich kein Anlass dazu, sich über irgendetwas – oder jemanden – zu ereifern. Wenn sein Mündel heiraten wollte, dann umso besser. Aber wen? »Oh nein. Doch nicht etwa Thomas! Er will Sie heiraten?«

»Lord Halssury?« Alice kicherte los. »Naaain. Nicht doch. Wer hat denn etwas von heiraten gesagt?«

»Na – Sie reden doch dauernd davon! Außerdem … wie kommen Sie dazu, sich dermaßen zu betrinken?«

»Daran ist nur Mutter Margret … ach herrje, nein. Ihre Lady …« Alice legte beide Handflächen an ihre glühenden Wangen und seufzte theatralisch. »Mir ist so heiß, Mylord.

Würden Sie bitte ein Fenster schließen?«

»Öffnen, meinten Sie wohl«, korrigierte der Marquess knurrig.

Was zum Teufel war hier los? Das Mädchen war betrunken und schwafelte wirres Zeug. Dennoch ging er und riss einen der Fensterflügel auf, die zum Park hinausführten.

Alice hatte sich in der Zwischenzeit in den Sessel fallen lassen, auf dem er vorher gesessen hatte, und fächelte sich mit der Hand Luft zu. Als er neben sie trat, warf sie ihm von schräg unten einen koketten Blick zu.

»Wollen wir wieder lesen, Mylord?«

Das war es, was er sich gewünscht hatte, ehe sie vollkommen beschwipst hier aufgetaucht war. Und dieser Blick! Wenn sie alle Männer, die sie künftig noch kennenlernte, so ansähe, dann könnte sie sich bestimmt bald nicht mehr retten vor lauter Verehrern.

Der Gedanke missfiel ihm.

Nein, das tat er natürlich nicht. Er beruhigte ihn, denn so brächte er sie bald unter die Haube und hätte sie vom Hals.

Rennison räusperte sich. »Ich denke, Miss Bingham, Sie sind heute Abend nicht in der Verfassung, zu lesen.«

»Ach, aber nun setzen Sie sich doch, Myloord – ich bekomme ja Nackenschmerzen, wenn Sie so baumlang hier neben mir stehen.«

Seufzend und mit erneutem Kopfschütteln tat er, was sie wollte, und setzte sich in den Sessel ihr gegenüber. Sprang sofort wieder auf, als er etwas Hartes unter seinem Allerwertesten spürte, und pflückte den Homer vom

Polster, den er vorhin dorthin geworfen hatte.

»Oooh – da isser ja!«, rief Alice, als sie das Buch in seiner Hand entdeckte. »Ich dachte schon, Sie hätten ihn gestohlen.«

Wieder lachte sie herzhaft, so als wären ihre Worte das Witzigste gewesen, was sie seit langer Zeit gehört hätte.

Er spürte, dass etwas wie Belustigung an seinen Mundwinkeln zupfte, als ob seine Lippen lachen wollten, er ihnen aber die Erlaubnis dazu noch nicht gegeben hätte.

»Es ist mein Buch, ich brauche es demzufolge nicht zu stehlen«, belehrte er sie trotzdem steif.

»Ach, aber das weiß ich doch, Sie Dummerchen.« Alice winkte großzügig ab. »Ich nehme Ihnen das auch gar nich übel.« Wieder lachte sie.

Wenn er davon absah, dass sie beschwipst war, dann handelte es sich um das ansteckendste Lachen, das er seit langer Zeit gehört hatte. Es war klar und glockenhell, aber ohne aufdringlich zu sein.

Und es machte ihm tatsächlich Lust, mitzulachen. Doch er hatte sich im Griff und schaffte es, ernst zu bleiben.

»Das freut mich, vielen Dank. Und nun erklären Sie mir bitte, unter welchen Umständen Sie an so viel Alkohol gekommen sind.

Sie hob in einer ungeduldigen Geste beide Hände. »Aber das sagte ich Ihnen doch schon«, schmollte sie. »Ihre Mutter ist daran schuld. Sie hat mich zum Trinken …«, sie senkte verschwörerisch die Stimme, beugte sich ein wenig näher und ließ einen Finger in die Luft fahren, »… gezwungen.«

»Meine Mutter?«

»Aber natürlich.« Sie ließ sich zurückplumpsen und nickte entschieden. »Sie sagt, wenn ich heiraten will, muss ich trinken können. So. Ich kann.« Wieder stieg ihr Finger gebieterisch gen Himmel. »Hab ich bewiesen. – und nu lassen Sie uns lesen, Mylord. Das find ich viiiel interessanter, als dauernd über Alkohol reden zu müssen.« Ihr Arm fiel schwer auf die Lehne und sie schaute ihn herausfordernd an.

Auf irgendeine sonderbare Weise war er wohl nicht mehr Herr seiner Sinne, wenn ihn dieser nutzlose Disput amüsierte. Dabei war eindeutig sie es, die ein wenig aus dem Ruder lief. Und doch … so sehr er sich auch bemühte, er konnte ihr dieses Benehmen nicht übel nehmen.

»Meine Mutter also …«

Alice nickte und streckte die Hand nach dem Buch aus.

»Ja, Mylord. Und nun seien Sie ein braver Junge und geben mir den Homer, ja?«

Etwas, das wie ein Räuspern klang, gluckste in seiner Kehle hoch, und er verbarg das Buch hinter seinem Rücken.

»Oh nein, Miss Bingham«, wehrte er mit zitternder Stimme ab. Zitternd, weil sich darin die Strenge, die er hineinlegen wollte, mit dem Lachen, das dagegen ankämpfte, die Waage hielt. »Sie sind heute absolut nicht mehr in der Verfassung für die Ilias.«

»Sagt wer?« Sie zog die Brauen hoch, was ihre jugendlich glatte Stirn kaum kräuselte. Das machte ihm wieder bewusst, wie jung sie in Wirklichkeit war.

»Sagt Ihr böser Vormund«, entfuhr es ihm mit übertriebenem Pathos.

»Ach ja, stimmt.« Wieder kicherte sie los. »Sie sind ja der wüüüste Marquess. Wie konnt ich das nur vergessen.«

Und ehe er den Vorwurf parieren konnte, beugte sie sich nach vorn und fixierte ihn mit interessiertem Blick. Hätte er es nicht besser gewusst, hätte er geglaubt, dass sie schlagartig nüchtern geworden wäre.

»Wie kam es dazu, Mylord?«

Er verstand nicht sofort. »Wie kam es wozu?«

»Dass Sie ein Wüstling wurden.«

Rennison starrte sie einen Atemzug lang fassungslos an. Der rasche Schwenk von der Ilias zu seinem Ruf kam etwas … unerwartet.

»Das geht Sie nichts an«, wiegelte er schließlich ab, als er sich von seiner Überraschung erholt hatte.

»Nein? Aber Sie sind doch nun fast so etwas wie ein … Vater für mich oder so ähnlich«, argumentierte sie listig. »Und ich muss schließlich auf meinen Ruf achten, oder nicht? Da muss eine Tochter doch wissen, wie es um die Reputation ihrer Familie bestellt ist.«

»Das wissen Sie doch«, wich er aus. »Meine Reputation ist schon lange beim Teufel.« Warum, zur Hölle, schickte er sie nicht einfach zu Bett, goss sich einen Brandy ein, oder zwei oder drei, und starrte für den Rest der Nacht in den kalten Kamin?

Weil dieses kleine Wortgefecht mit ihr weitaus kurzweiliger war?

»Ja, aber warum ist sie das? Niemand wird doch als Wüstling geboren, oder?«, bohrte sie gnadenlos weiter.

Herrgott – warum klang dieses üble Wort aus ihrem Mund wie eine Liebkosung? Sie sprach es aus, als bereite es ihr Freude. Und ihm selbst war es ein sonderbarer, schmerzlicher Genuss, es sie sagen zu hören.

»Es passiert einfach«, hörte er sich antworten. »Außerdem – wenn Sie sich Sorgen um Ihren Ruf machen, dann dürfen Sie sich auch nicht mit mir allein in einem geschlossenen Raum aufhalten. Hat man Ihnen das nicht gesagt?«

»Oh doch. Es vergeht kein Tag, an dem Mrs. Staunton mich nicht mehrmals darauf hinweist.«

Ach! »Und warum scheren Sie sich nicht darum? Wenn unsere Lesestunden am Kamin offenkundig werden, dann sind Sie auf alle Zeit ruiniert.«

»Oh, keine Sorge – ich sage es keinem«, gluckste sie. »Sie müssen also keine Angst haben, Sie könnten mit mir Ihren Ruf als Wüstling auffrischen.«

Da – schon wieder hatte sie es gesagt. »Das hatte ich auch nicht vor.«

»Eben. Aber Sie lenken ab. Wie ist es nun. Sagen Sie es mir?«

»Was möchten Sie wissen?«

»Wie es dazu kam.«

»Wie es wozu kam?«

Insgeheim schloss Rennison eine Wette mit sich ab:

Würde Alice auf diese Frage das bestimmte Wort noch einmal gebrauchen, dann sollte es so sein und er würde ihr die Geschichte erzählen, auch auf die Gefahr hin, dass sie ob deren Langweiligkeit enttäuscht wäre. Falls sie es aber nicht noch einmal ausspräche, dann … wäre er seinerseits enttäuscht, gestand er sich ein.

Er *wollte* es ihr erzählen. Auch wenn er selbst nicht gerade heldenhaft dabei wegkam.

»Wie es dazu kam, dass Sie Ihren Ruf ruinierten«, erklärte sie, und tatsächlich stieg eine völlig irrationale Ernüchterung in ihm auf. »Was haben Sie so Schlimmes getan, dass man Sie ungestraft einen Wüstling nennen darf?«

Dieses Mal hinderte er das Lächeln nicht daran, von seinem Gesicht Besitz zu ergreifen, sondern ließ es gewähren.

»Ich habe mich verliebt«, antwortete er schlicht und beobachtete ihr Mienenspiel bei dieser lapidaren Aussage.

Alice hatte die Augen erwartungsvoll auf ihn gerichtet, saß leicht vorgebeugt und wartete offenkundig auf den skandalösen Paukenschlag, der jedoch ausblieb. Als er nicht weitersprach, lehnte sie sich wieder zurück und hob fragend die Hände.

»Und? Mehr nicht? Nur verliebt?«

»Genügt das denn nicht?«

»Aber nein! Natürlich nicht. Und wenn es wirklich nur das war, dann waren Sie hoffentlich wenigstens unsterblich, unwiderruflich, unheilbar und absolut unsagbar verliebt. Bis zum Irrsinn verliebt. Waren Sie das?«

Rennison hatte schon den Mund geöffnet, um ihre

aberwitzige Frage zu bejahen, da schloss er ihn wieder. Wie war das damals gewesen? Er erinnerte sich kaum.

»Bis zum Irrsinn?«, sagte er schließlich. »Ja, vielleicht. Zumindest glaubte ich das damals. Ich war überzeugt, ich müsste sterben, wenn ich diese Frau nicht bekäme.« Wie um alles in der Welt kam er dazu, diesem Grünschnabel von einem Mädchen so offenherzig davon zu erzählen? Er sprach niemals mit jemandem darüber.

»Oh ja.« Alice schloss schwärmerisch die Augen. »So muss es sein. Genau *so*. Oh bitte, erzählen Sie weiter, Mylord.«

Da! Wieder dieser Augenaufschlag.

Genau das war ihm damals zum Verhängnis geworden: ein Blick aus veilchenblauen Augen, der ihm durch und durch gegangen war.

»Mylord?«

Rennison räusperte sich, rutschte auf der Sitzfläche des Sessels nach hinten und schlug die Beine übereinander. Warum nicht weitererzählen?

»Sie hieß Delilah«, fuhr er fort und wunderte sich im gleichen Moment, wie weit entfernt ihm alles erschien.

»Was für ein wunderschöner Name«, sagte Alice andächtig. »Und haben Sie und Delilah sich gefunden?«

»Ganz so einfach war es nicht«, gestand er. »Die Lady war verheiratet.«

»Oh!« Alice schlug eine Hand vor den Mund, doch ihre blitzenden Augen straften die empörte Geste Lügen. »Aber natürlich – wie dumm von mir. Es musste ja ein tragisches Hindernis geben. Wie sonst hätte daraus ein Skandal werden sollen?«

»Allerdings«, bestätigte er. »Das tragische Hindernis war ihr Ehemann, und der Skandal war natürlich unvermeidlich.«

»Was ist passiert?«

»Nun, Lady Delilah hielt mich hin. Ich betete sie an, doch sie zog sich tugendhaft auf ihren Status einer Ehefrau zurück. Dennoch ließ ich mich nicht entmutigen und machte ihr weiterhin eifrig den Hof. Je mehr sie sich mir entzog, umso leidenschaftlicher brannte ich für sie.« Wie dumm war er eigentlich gewesen?

»Wie unvernünftig von ihnen!«

Rennison nickte. »Ja, das sehe ich heute auch so. Aber damals? Damals war mir jeder Tag, an dem ich ihr Antlitz nicht sehen und ihre Hand nicht küssen konnte, nur noch eine Aneinanderreihung grauer Stunden.« Das klang schwer nach einem trotteligen Esel.

»Mylord – Sie sind romantisch.«

Er winkte ungeduldig ab. Natürlich war er das nicht, war es nie gewesen. »Ich war jung und dumm, nicht mehr und nicht weniger. Und sehr hartnäckig, denn nach monatelangem Werben schaffte ich es tatsächlich, dass die Lady mich erhörte und sich bereit erklärte, ihren alten verknöcherten Ehemann zu verlassen und mit mir nach Italien zu fliehen.« Ein größenwahnsinniger, trotteliger Esel!

»Was für ein Abenteuer«, seufzte Alice verträumt.

»Nicht im Geringsten, Miss Bingham. Man fasste uns

unweit von London; die Lady erfand eine wilde Geschichte, die es ihrem Ehemann ermöglichte, sie zurückzunehmen und zugleich sein Gesicht zu wahren; und mich machte sie schneller zum Sündenbock, als ich ihren Sinneswandel überhaupt begreifen konnte.« Und sie hatte ihm damit auf alle Zeit den Gedanken an eine Frau an seiner Seite verleidet.

»Was für ein Luder«, murmelte Alice empört. »Doch leider, Mylord, muss ich Ihnen sagen, dass Sie meiner Meinung nach eine Mitschuld trifft.«

»Ach ja?« Als ob er das nicht selbst wüsste. Auch Thomas hatte damals keine Gelegenheit versäumt, ihn auf das Offensichtliche hinzuweisen.

»Allerdings. Wie konnten Sie sich nur darauf einlassen und glauben, dass jene Dame es ehrlich mit Ihnen meinte? Und dann ihr Name.« Sie schüttelte den Kopf, als müsste sie sich über seine Naivität wundern.

»Ihr Name?«

»Natürlich: Delilah hat schon Samson verraten, wie Sie sich vielleicht erinnern werden, Mylord. Und die Dame war imstande, ihren Gemahl zu betrügen und zu verlassen, warum also sollte sie zu Ihnen, dem sie zu nichts verpflichtet war, loyaler sein als zu ihm?«

Rennison schnaubte. Sie hatte den Nagel auf den Kopf getroffen. »Hat man Ihnen eigentlich schon einmal gesagt, was für ein vorlautes Mundwerk Sie haben?« Und einen scharfen Verstand dazu.

Sie lachte. »Ja, Mylord. Mehrmals täglich.« Dann wurde sie wieder ernst. »Und das war es?«

»Das war es für mich und meinen Ruf. Der *bon ton*

verzieh der Dame irgendwann, da sie eine gute Schauspielerin war.« Er lachte freudlos. »Was auch immer ich in den darauffolgenden Jahren tat oder nicht tat, die alte Geschichte wurde aufgewärmt. Bis es mir irgendwann einerlei war.«

»Aber war es denn nicht viel einfacher, nachdem Sie nicht mehr darauf achten mussten, das Richtige zu tun?«

»Nachdem ich mich eine Zeit lang deswegen gegrämt hatte, wurde es tatsächlich einfacher. Und schließlich machte ich es mir zur Gewohnheit, zu tun und zu lassen, wonach mir der Sinn stand. Als ich bald danach den Titel erbte, nannte man mich überall nur noch den ›wüsten Marquess‹. Das nahm ich schließlich als eine Art Verpflichtung auf mich. Immerhin hatte ich nun wieder einen Ruf, wenn auch …«

»… den des Wüstlings«, setzte Alice verhalten hinzu.

»Und ich habe ihn gepflegt«, ergänzte er ebenso leise und erwiderte ihren klaren, forschenden Blick. Er erkannte die stumme Frage, die darin lag. »Nein, liebe Miss Bingham, ich werde dazu nicht ins Detail gehen. Sie brauchen nicht zu wissen, *wie* ich diesen Ruf gepflegt haben mag.«

Ihr Lächeln erinnerte ihn an einen Kobold. »Stellen Sie sich vor, Mylord, das wollte ich auch gar nicht wissen.«

»Umso besser.« Er warf einen Blick auf die Uhr. »Es ist spät geworden, Miss Bingham.«

»Ja. Ist es. Und ich bin wieder nüchtern.«

»Nichtsdestotrotz rate ich Ihnen, zu Bett zu gehen. Wir sollten unser Glück, noch nicht erwischt worden zu sein, nicht über Gebühr strapazieren.« Warum nur fiel es ihm so schwer, diese Aufforderung auszusprechen?

Alice zuckte die Achseln, richtete sich aber auf und strich verlegen ihren Rock glatt. Erst in diesem Moment fiel ihm auf, dass sie noch immer das Kleid vom Dinner trug. Offensichtlich hatte sie tatsächlich keine Zeit gehabt, sich umzukleiden.

»Sie müssen mich ja einigermaßen anständig verheiraten. Und da ich nun schon ohne Rang und Namen bin, wäre es eine Katastrophe, wenn ich auch noch ruiniert wäre.«

»Dies wird nicht passieren, solange ich es verhindern kann.«

»Das würden Sie tatsächlich, nicht wahr, Mylord?«

»Selbstverständlich.«

»Ich weiß. Sie würden mich einfach selbst heiraten, wenn ich von Ihnen kompromittiert worden wäre. Allerdings käme das nur in Frage, wenn ich von Adel wäre so wie Sie, aber da dies nicht der Fall ist, stellt sich diese Frage natürlich nicht.«

»Ich bin kein Mann zum Heiraten.«

»Wirklich nicht?«

»Nein, wirklich nicht.« Eine Überzeugung, die fast schon so alt war, wie sein Erwachsenenleben dauerte.

»Aber … Sie brauchen einen Erben, Mylord!«

»Es gibt irgendwo einen. Wenn ich mich recht erinnere, handelt es sich um einen entfernten Vetter väterlicherseits.«

»Bedauern Sie das nicht?«

»Warum sollte ich?«

»All Ihr Eigentum, die ganzen schönen Dinge, die Sie

besitzen … dieses Haus …« Sie machte eine unbestimmte, ausholende Handbewegung.

»Dieses Haus besteht nur aus Steinen«, erwiderte er hart und sah, wie ihr Gesichtsausdruck sich änderte und … traurig wurde?

»Und Ihr Titel, Mylord?«

Er zuckte nur die Achseln.

»Das finde ich sehr bedauerlich, aber vielleicht ändern Sie Ihre Meinung ja noch rechtzeitig.«

»Sicher nicht.« Oder?

»Ist … jenes Erlebnis, die daraus resultierende Enttäuschung der Grund dafür, dass Sie eine Ehe rundheraus ablehnen?«

»Sie werden verstehen, wenn ich darauf nicht antworte«, verbarrikadierte er sich hinter einer Mauer aus Ablehnung.

»Natürlich nicht, Mylord. Mir scheint, ich bin doch nicht ganz so nüchtern, wie ich vorhin dachte, sonst würde ich nicht solchen Unsinn reden.« Alice lächelte ihm entschuldigend zu und erhob sich. »Gute Nacht, Mylord.«

Rennison konnte sich um eine Antwort drücken, da sich Alice, offensichtlich ohne eine solche zu erwarten, mit einem Knicks von ihm verabschiedete und den Raum ebenso leise verließ, wie sie ihn betreten hatte.

Rennison blieb zurück mit einem unergründlichen Gefühl des Versagens. Er hatte Alice Bingham Dinge erzählt, die er sonst niemals jemandem anvertraut hatte. Dabei war sie mit Sicherheit nicht die richtige Person für derlei Beichten. Sie wusste nichts vom Leben, den Männern und ihren Verrücktheiten, Schwächen und Begierden. Wie könnte sie dergleichen, wie könnte sie *ihn* jemals verstehen?

Dabei hatte er dennoch das Gefühl gehabt, verstanden, und nicht verurteilt worden zu sein.

Und doch hatte er es nicht über sich gebracht, ihre Frage aufrichtig zu beantworten.

Aufrichtig …

Waren das Gefühl tiefster Demütigung und übelsten Verrats Grund genug, auf immer und ewig einer jeden Frau zu misstrauen? Oder war es ihm inzwischen nur einfach zur lieben Gewohnheit geworden? Weil es praktischer und risikoloser war, so zu leben, wie er es tat, und sich nicht der Gefahr auszusetzen, sein Herz zu öffnen und erneut enttäuscht zu werden?

Und was hatte eine Ehe in seinen Kreisen schon mit Herz und Gefühl zu tun?

Hatte dieses naseweise Gör am Ende etwa doch recht, wenn sie ihn bezichtigte, insgeheim romantisch zu sein?

Kapitel 14

Alice hätte gern auf das zweifelhafte Vergnügen der Teegesellschaft bei Mrs. Pratt verzichtet. Doch natürlich wusste sie, wozu auch diese Einladung diente. Daher versuchte sie gar nicht erst, sich gegen Lady Margrets Bemühungen zur Wehr zu setzen.

Die resolute Dame tat voller Energie, was ihrer Meinung nach für ihren Sohn von Vorteil war. In ihrem Fall bedeutete es, ihn sobald wie möglich von der Verantwortung für sein Mündel zu befreien.

Auch diesmal legten sie die Strecke im Landauer des Marquess zurück, doch Lady Margret hatte angeordnet, dass Mrs. Staunton sie begleiten solle. Diese saß neben ihr und war ebenso schweigsam wie Ihre Ladyschaft auf der Sitzbank gegenüber, doch Alice hatte kein Bedürfnis, ihrerseits ein Gespräch in Gang zu bringen.

Lieber sinnierte sie darüber nach, wie ungern sie noch vor wenigen Wochen in Langton Abbey gelebt hatte, und wie wenig ihr nun der Gedanke gefiel, vielleicht schon bald verheiratet zu werden und das Anwesen wieder verlassen zu müssen. Auch den Marquess fand sie seit ihren stillen und heimlichen Stunden in der Bibliothek nicht mehr so furchteinflößend wie zu Beginn.

Selbst wenn er ihr, wie erst heute Morgen wieder geschehen, sein finsterstes Gesicht zeigte.

Er hatte sie angesehen, als wäre sie das größte Übel, das ihm je begegnet wäre, und dieser Blick hatte sie erstarren lassen, so als hätte sie der Medusa in die Augen gesehen.

Diese Empfindung mochte natürlich auch daran liegen, dass sie sich mit großer Beschämung an die gestrige Begegnung in der Bibliothek erinnerte. Grundgütiger – hatte sie es tatsächlich gewagt, ihn nach seinen Verfehlungen und Beweggründen zu befragen?

Wäre sie nicht nach dem zweiten Glas Sherry, das Ihre Ladyschaft ihr aufgenötigt hatte, so benebelt gewesen, dann hätte sie sicher genug Vernunft besessen, sich in ihr Zimmer zurückzuziehen, anstatt in diesem Zustand in der Bibliothek aufzutauchen.

Sie konnte ihre eigene Dreistigkeit kaum fassen.

Noch weniger konnte sie glauben, dass Seine Lordschaft ihr tatsächlich geantwortet und sich mit ihr unterhalten hatte, als wäre sie ihm ebenbürtig. Sowohl vom Rang als auch vom Geiste her.

Dieses Verhalten hatte sie nachhaltig beeindruckt und das bisher noch zaghafte Gefühl der Sympathie, das sie für ihren Vormund zu empfinden begann, heftig befeuert. Das konnte sie nicht leugnen.

Sie war ihm zugetan, aber stärker noch wirkte in ihr die Scham. Denn auch wenn es auf Veranlassung Ihrer

Ladyschaft geschehen war, so hatte der Marquess ihr tadelnswertes Benehmen erdulden müssen.

Oh, sie hätte einfach zu Bett gehen und sich nicht durch indiskrete Fragen blamieren sollen.

Doch das war nun leider nicht mehr zu ändern, und sie hatte zu Mittag versucht, erhobenen Hauptes das Gesicht zu wahren.

Wie schon so oft in den letzten Tagen, machte ihr das unverstellt freundliche Verhalten von Lord Halsbury die Situation ein wenig leichter, auch wenn ein nagender Zweifel ihr die Freude daran vergällte. Hatte der Marquess gestern Abend nicht sogar gemutmaßt, sein Freund wollte sie heiraten?

Davon konnte nicht die Rede sein. Lady Margrets zweifelhafte Vorsichtsmaßnahme hatte sich auf bevorstehende Ereignisse bezogen, an denen sie würde teilnehmen dürfen – oder müssen? Schließlich gab es noch keinen konkreten Kandidaten um ihre Hand. Auch von Mr. Brewster hatte sie nichts mehr gehört, dabei hatte er so entschlossen geklungen.

Wollte sie ehrlich zu sich selbst sein, so musste sie sich eingestehen, dass sie sein Ausbleiben nur insofern bedauerte, als der Marquess auch weiterhin seiner Verantwortung für sie gerecht werden musste.

Seine Lordschaft war ihrer zweifellos überdrüssig, seinem Verhalten von heute Morgen nach zu urteilen. Hatte es mit ihrem gestrigen Schwips zu tun? Bedauerte er, dass er so offen mit ihr geredet hatte? Ärgerte es ihn, dass sie nicht selbst die Schuld für ihre Entgleisung auf sich genommen, sondern mit dem Finger auf seine Mutter gedeutet und ihr die Schuld gegeben hatte?

An diesem Nachmittag war sie heilfroh, dass Lady Margret eisern schwieg, denn so ließ sie ihre eigenen Gedanken entgleiten und zur vergangenen Nacht mit ihrer intimen Unterhaltung zurückschweifen. Und das tat sie mit selbstquälerischem Genuss.

Er sei bis zum Irrsinn verliebt gewesen, hatte Seine Lordschaft zugegeben.

Es fiel ihr schwer, sich diesen kontrollierten und zurückhaltenden Mann als Marionette seiner eigenen Gefühle vorzustellen. Aber damals war er noch sehr jung und sicher ungestüm gewesen, bestimmt ganz anders als jetzt.

Damals …

Ihr fiel ein, dass sie ihn nicht danach gefragt hatte, wie alt er bei diesen Ereignissen gewesen war. Würde es je eine Gelegenheit geben, das noch herauszufinden? Wahrscheinlich nicht. Wie er sich heute benommen hatte, war klar, dass er es zu keinen weiteren Vertraulichkeiten kommen lassen würde.

Schade eigentlich. Sie hätte gern mehr über ihn erfahren.

Die Kutsche legte sich in eine scharfe Kurve und Alice musste sich festhalten, um nicht auf Mrs. Stauntons Schoß zu landen. Der Landauer war soeben von der Hauptstraße abgebogen, die geradeaus weiter ins Dorf führte. Nach wenigen hundert Metern hielten sie an.

Die Pratts bewohnten ein Haus außerhalb von Broadway, das etwas größer war als das der Brewsters. Die Damen stiegen aus und folgten einem Hausdiener, der sie ins Innere, durch einen geräumigen Flur und einen großzügig geschnittenen Salon in einen Wintergarten führte. Schon von Weitem hörte Alice das vielstimmige Raunen einer Damengesellschaft, die bereits jede Menge Plauderthemen gefunden hatte.

Trotz ihrer unleugbaren Nervosität kam Alice nicht umhin, Lady Margrets Auftritt zu bewundern.

Diese blieb in der weit geöffneten Glastür stehen und warf sich in Pose, eine Hand auf ihren eleganten Gehstock, die andere in die Hüfte gestützt. Sie drehte den Kopf und musterte die anwesenden Damen in aller Seelenruhe.

Die Gespräche erstarben. Aller Augen wandten sich ihr zu, und Alice wünschte sich, Ihre Ladyschaft wäre mindestens doppelt so breit und einen Kopf größer, denn die schlanke Gestalt bot ihr kaum Sichtschutz, und die Blicke glitten unweigerlich weiter zu ihr selbst.

Oh Himmel. Das war ja noch schlimmer als bei den Brewsters. Wären sie nur früher losgefahren, dann wären jetzt nicht alle anderen schon hier versammelt, um sie zu begaffen. Alice hegte allerdings den Verdacht, dass Ihre Ladyschaft bewusst zu spät kam – so konnte sie ihren großen Auftritt ungehindert auskosten.

Und das tat sie. Das tiefe Dunkelrot ihres nach der neuesten Mode geschnittenen Tageskleides bildete einen starken Kontrast zum Weiß ihres elegant frisierten Haars, und so war es kein Wunder, dass mehr als eine der Damen sie mit offen stehendem Mund anstarrte. Sie musste in ihrer Jugend eine unwiderstehliche Erscheinung gewesen sein.

Erst nach einigen Augenblicken, in denen sie die Aufmerksamkeit ausgiebig genoss, ließ sie sich dazu herab, den Wintergarten zu betreten. Und da eilte auch schon die Gastgeberin auf sie zu.

Mrs. Lydia Pratt war eine hochgewachsene, etwas grobknochige Dame, die ihre fehlende Schönheit jedoch durch eine unwiderstehlich charmante Ausstrahlung wettmachte. Sie trat zu Lady Margret und begrüßte sie herzlich. Aufrichtig herzlich und keineswegs unterwürfig.

Das gefiel Alice. Sie selbst und Mrs. Staunton erhielten dieselbe Begrüßung, ungeachtet aller Standesunterschiede. Man lud sie ein, sich zu setzen, und ohne, dass sie dazu aufgefordert werden mussten, stoben drei der etwas jüngeren anwesenden Damen von einem bequem aussehenden Biedermeiersofa hoch.

Lady Margret nahm hoheitsvoll in der Mitte des Sofas Platz und dirigierte Alice mit einem Kopfnicken an ihre rechte Seite. Wo man bequem zu viert gesessen hätte, thronten sie nun zu zweit, Alice nahe der opulenten Armlehne. Lady Margret nahm mit gnädigem Lächeln die dargereichte Tasse Tee entgegen und war bereit, sich unterhalten zu lassen.

Alice atmete auf, als sie nicht mehr so offensichtlich im Fokus der Aufmerksamkeit stand, die Lady Margret bei ihrer Ankunft zuteilgeworden war. Vereinzelt wurden die Gespräche wieder aufgenommen und die aufmerksamen Augenpaare wandten sich von ihr ab.

Mrs. Staunton hielt sich im Hintergrund. Alice hörte, dass sie der Dame des Hauses ihre Dienste anbot, falls diese sie benötigen sollte. Doch auch sie wurde in aller Höflichkeit genötigt, sich zu den anderen Gästen zu begeben und das Bedienen den Angestellten des Haushalts zu überlassen. Also suchte sie sich einen Platz in der Nähe ihrer Begleiterinnen, rückte ihr eigenes Stühlchen in den Hintergrund und war offensichtlich zufrieden.

Alice zählte neun Damen, man war unter sich. Mit einem kleinen, wirklich nur winzig kleinen Anflug von Schadenfreude stellte sie fest, dass nicht ein einziges männliches Wesen zugegen war.

Lady Margret hatte sich offensichtlich umsonst geopfert.

Rechts des Sofas nahm eine etwa vierzigjährige Dame Platz und neigte sich so nahe zu ihr, dass sie ihr bequem zuflüstern konnte.

»Sie sind also das Mündel des Marquess of Marlborough«, wisperte die dunkelblonde, etwas matronenhaft wirkende Frau, und Alice war nun auch klar, warum die Dame nicht wollte, dass Ihre Ladyschaft ihre Worte ebenfalls mitbekam.

»Ja, Madam, das bin ich. Es hat sich also herumgesprochen.«

Die Dame fasste offensichtlich Mut, setzte sich gerade hin und nahm ihre Teetasse auf, so als wollte sie daraus trinken. Doch sie führte sie nicht an die Lippen.

»Ach du liebe Güte, natürlich. Was glauben Sie denn, worüber wir sonst zu reden hätten – hier passiert ja nichts.

Rein gar nichts. Ich sage immer zu meinem Mann, wir sollten dringend in eine größere Stadt ziehen, denn hier plätschert das Leben ja vollkommen an uns vorbei. Es plätschert vorbei, sage ich zu meinem Mann, so als ob wir nicht dazu gehören würden. Das ist ein entsetzliches Gefühl, kann ich Ihnen sagen. Irgendwo da draußen passiert etwas, und Sie sind nicht dabei. Ich sage immer zu meinem Mann, wir …«

»Mrs. Pringle«, wurde sie von der Gastgeberin unterbrochen, »haben Sie schon die Kekse probiert, die meine Köchin nach neuem Rezept gebacken hat?«

Mrs. Pringle war offensichtlich von der Unterbrechung nicht begeistert, dennoch war sie höflich genug, der Gastgeberin und ihrem Gebäck ihre Aufmerksamkeit zu widmen.

»Nein, Mrs. Pratt, ich hatte noch nicht das Vergnügen. Nimmt sie denn Koriander?« Nun setzte sie ihre Tasse wieder ab, ohne auch nur einen einzigen Schluck daraus genommen zu haben, und wandte sich ihrer Gastgeberin zu.

»Koriander? Nein das habe ich noch nie gehört. Aber sie nimmt getrocknete Waldpreiselbeeren anstelle der Rosinen. Hier probieren Sie.«

Mrs. Pratt kam auf sie zu, ein Teller in der Hand. Als sie sich zu Mrs. Pringle hinab beugte, um ihr von den süßen Teilchen anzubieten, warf sie Alice einen raschen Seitenblick zu und zwinkerte listig.

Alice musste sich ein Schmunzeln verbeißen. Mrs. Pratt lud der redseligen Dame den Teller voll, und das half.

Nicht einmal Mrs. Pringle sprach mit vollem Mund, sondern kaute genüsslich, und der Redestrom war versiegt. Fürs Erste zumindest. Alice hoffte, der Damm würde nicht so bald wieder brechen.

»Miss Bingham – ein Lachstörtchen oder lieber doch etwas Süßes? Sehen Sie, die Törtchen stehen dort drüben auf dem Tisch neben dem Orchideenbukett. Wenn Sie möchten?«

Alice begriff. Mrs. Pratt baute ihr eine goldene Brücke, um den Platz neben der geschwätzigen Nachbarin verlassen zu können, ohne unhöflich zu erscheinen.

»Oh ja« antwortete sie daher mit einem zaghaften Lächeln. »Ich bin ganz versessen auf Törtchen zum Tee.«

»Dann kommen Sie und suchen Sie aus.«

Mrs. Pratt begleitete sie zum Törtchenbuffet, und obwohl Alice in Wahrheit nicht begierig auf die süßen Teilchen war, machte die appetitlich dargereichte Auswahl auch ihr Lust darauf, wenigstens eins zu probieren.

»Sehen Sie es mir bitte nach, Miss Bingham. Ich hatte nicht bemerkt, dass sie sich neben Sie gesetzt hatte«, sagte Mrs. Pratt leise an Alice' Ohr. »Mrs. Pringle ist durch und durch gutmütig, aber ihr Mann ist leider weder besonders gesellig noch gesprächig, daher nutzt sie jede sich bietende Gelegenheit.«

»Oh«, machte Alice, verdutzt über so viel Auskunftsfreude. »Das tut mir leid für sie.«

»Ich sorge nachher dafür, dass sie sich zu einem anderen Platz begibt. Obwohl … nachher …«

»Nein, das ist nicht nötig, Mrs. Pratt«, wehrte Alice eilig ab. »Es macht mir nichts aus.«

»Wirklich nicht?«

»Nein, wirklich nicht.« Natürlich war es ihr unangenehm, aber ein kleines Opfer der Nächstenliebe konnte sie ja bringen. Und ewig würde dieser Teenachmittag sicher auch nicht dauern.

»Ach, damit würden Sie der Guten eine große Freude machen«, entgegnete Mrs. Pratt halblaut.

Eben – Nächstenliebe.

»Denn, wie Sie sich vielleicht denken werden, kennen die anderen Damen all ihre Geschichten schon in- und auswendig. Mit Ihnen hätte sie jemanden gefunden, für den das alles noch neu ist. Und ich verspreche Ihnen, Sie werden sicher bald erlöst werden.«

Alice ließ zu, dass Mrs. Pratt ihr mit einer zierlichen silbernen Gebäckzange ein Orangentörtchen und eine kleine Apfeltasche auf den Teller legte, und begab sich zurück zu ihrem vorherigen Sitzplatz.

Lady Margret hatte ihren Gehstock an das Sofa gelehnt, sodass jeder, der an ihr vorbei wollte, außen herum gehen oder die Röcke heben musste.

Mrs. Pringle sah Alice entgegen, als könnte sie es nicht erwarten, dass sie zurückkam. »Nun, liebes Kind, Sie tun gut daran, ein wenig Kuchen zu essen. Sie sind ja so mager. Ich sage immer zu meinem Mann, an einer jungen Frau sollte man nicht sparen, sage ich immer.«

Alice schluckte einen Bissen Orangentörtchen hinunter und nutzte die Gelegenheit, als Mrs. Pringle Luft holte. »Haben Sie denn selbst auch Töchter, Mrs. Pringle?«

Das Gesicht ihrer Gesprächspartnerin verdüsterte sich. »Nein. Dem lieben Gott hat es leider nicht gefallen, uns Kinder zu schenken.«

»Oh, das tut mir aber leid.«

»Nun, sehen Sie, ich sage immer zu meinem Mann, wer weiß, wozu es gut war. Denn wissen Sie, wir haben ein Hündchen stattdessen. Wir lieben es wie einen Säugling, nur leider kann ich Pittie nicht hierher mitbringen.« Sie warf einen raschen Blick in die Runde und neigte sich wieder näher zu Alice. »Eine der anwesenden Damen bekommt nämlich leider rote Flecken am Hals, wenn ein Hund in ihrer Nähe ist«, flüsterte sie so laut, dass sie ebenso gut auch mit normaler Stimme hätte sprechen können. Sie richtete sich wieder auf, warf Alice einen vielsagenden Blick zu und nickte gewichtig.

Alice fing an, ein diebisches Vergnügen an ihrer skurrilen Gesprächspartnerin zu finden.

»Ach nein, wirklich?«, fragte sie und riss die Augen auf. »Das habe ich ja noch nie gehört.«

»Doch, doch«, nickte Mrs. Pringle in völligem Ernst. »Es beginnt als kleine rote Flecken und wird dann immer größer. Schauderhaft, sage ich Ihnen. Meine arme Pittie. Als es das erste Mal passierte, war das Hündchen völlig verstört.«

Alice bekam allmählich Mühe, ihre Belustigung zu zügeln. Wie gern würde sie das bei einer nächsten Vorlesestunde in der Bibliothek seiner Lordschaft erzählen. Vielleicht könnte er ja sogar darüber schmunzeln. Er lachte viel zu wenig. Aber nach seinem jüngsten Verhalten zu urteilen würde es wahrscheinlich keine Gelegenheit mehr dazu geben.

Sie sah zu Lady Margret hinüber.

Diese sprach wenig und machte inzwischen ein etwas unleidliches Gesicht. Ihr Blick wanderte hin und her, als suchte oder erwarte sie noch jemanden, und fiel immer wieder auf die beiden Flügel der Eingangstür.

Der Gesichtsausdruck Ihrer Ladyschaft wurde aufmerksam, so als nähme sie etwas wahr, das Alice' Aufmerksamkeit bislang entging. Und tatsächlich – Alice kam nicht umhin, das erstaunlich feine Gehör der alten Dame zu bewundern: Vom Eingang des Wintergartens her ertönten eindeutig männliche Schritte.

Sollte es sich bei dem eintreffenden Gentleman nicht um Mrs. Pratts Gatten handeln, wäre Lady Margrets Opfer also vielleicht doch nicht umsonst gewesen …

Kapitel 15

Hinter Alice ertönte eine tiefe Stimme und erstickte Mrs. Pringles neuerlichen Versuch, weiter zu sprechen, im Keim. Alice wandte sich neugierig um.

»Einen wunderschönen Nachmittag wünsche ich den Damen. Ich hoffe, Sie alle amüsieren sich prächtig.«

»Michael«, rief Mrs. Pratt und eilte einem großen, schlanken jungen Mann entgegen. »Bist du doch noch gekommen.«

»Wie du sehen kannst, Mutter.« Er lächelte herzlich.

Mr. Pratt, in der Tat. Und vermutlich der, auf dem Lady Margrets Hoffnungen lagen: der Sohn des Hauses.

Michael Pratt verneigte sich vor den Damen. Dann trat er auf seine Mutter zu und küsste ihr galant die Hand.

Interessiert beobachtete Alice ihn und stellte aus der Nähe fest, dass er nicht mehr so jung war, wie sie ursprünglich gedacht hatte. Vermutlich ging er bereits auf die Dreißig zu.

»Meine Damen, die meisten von Ihnen kennen ihn schon, den anderen darf ich ihn vorstellen: mein Sohn Michael.«

Mrs. Pratt strahlte vor offensichtlichem Stolz, und

Alice war geneigt, es ihr nachzusehen. Michael Pratt war durchaus ansehnlich. Er hatte ein offenes und freundliches Gesicht, das keine hervorstechenden Merkmale besaß und eher angenehm unaufdringlich als langweilig oder blass war. Es war ein Gesicht, das man mit Wohlwollen betrachten konnte.

Michael Pratt näherte sich dem Sofa und verneigte sich vor Lady Margret.

»Mylady, ich freue mich außerordentlich, dass wir Sie heute bei uns begrüßen dürfen. Niemand in diesem bescheidenen Landstrich hätte je damit gerechnet, Sie in diesem Herbst in der Abbey anzutreffen.«

»Sie haben auf sich warten lassen, Mr. Pratt«, tadelte Ihre Ladyschaft ungnädig, ohne auf den Gruß oder die darin versteckte Frage zu antworten.

»Ich bin untröstlich, doch es war leider unerlässlich, dass ich mich um ein paar Dinge kümmere, die unsere Felder betreffen.«

Das Haus hatte keinen Rückschluss auf einen Bauernhof zugelassen. Ein Landwirt also. Wie erstaunlich. Alice konnte nicht sagen, warum sie das enttäuschte. Vielleicht, weil sie davon ausging, dass der Sohn eines Bauern, mochte er noch so gut gekleidet sein, vor den Augen Ihrer Ladyschaft keine Gnade finden würde und als möglicher Heiratskandidat daher ausfiel. Ihr selbst zumindest war Mr. Pratt auf Anhieb sympathisch.

Doch sie irrte.

»Da Sie nun schon mal hier sind, können Sie Miss Bingham ja den Rosengarten Ihrer Frau Mutter zeigen, von dem die ganze Nachbarschaft schwärmt«, ordnete Lady

Margret an.

Oh weh – die Lady verlor wirklich keine Zeit.

Peinlich berührt riss Alice den Kopf hoch zu Mr. Pratt, der sich mit einem amüsierten Lächeln vor ihr verneigte.

»Es wird mir ein Vergnügen sein, Mylady. Miss Bingham?«

Sie warf einen raschen Seitenblick zu Ihrer Ladyschaft hinüber, doch die wedelte nur ungeduldig mit der Hand.

»Nun geh schon. Ich habe nicht vor, bis zum späten Abend zu bleiben, und Mrs. Pratts Rosen sind legendär. Man muss sie gesehen haben, also hinaus mit euch jungen Leuten. Mrs. Staunton wird sich einen Fensterplatz suchen, von dem aus sie euch sehen kann.«

Nun denn … Alice schenkte Mr. Pratt ein zaghaftes Lächeln, erhob sich und ließ sich durch die geöffneten Türflügel in den milden Spätsommernachmittag führen.

»Mögen Sie Blumen, Miss Bingham?«, eröffnete Mr. Pratt das Gespräch mit einer unverbindlichen Frage.

Alice empfand es als außerordentlich angenehm, nicht als erstes auf ihren Status angesprochen zu werden, wenn auch seine Bemerkung zu Lady Margret eine solche Anspielung beinhaltet hatte.

Und zufällig hatte Mr. Pratt auch tatsächlich eine Thematik gewählt, für die sie Herz und Ohr besaß. »Ja«, antwortete sie daher aufrichtig und fast enthusiastisch. »Ich liebe alles, was grünt und blüht. Blumen, Bäume, Sträucher – wie ich schon sagte: einfach alles.«

Michael Pratt lachte und machte eine ausholende Handbewegung. »Dann dürften Sie sich hier tatsächlich wohlfühlen. Meine Mutter ist eine leidenschaftliche Gärtnerin, wie Sie unschwer sehen können. Es ist ihre liebste Beschäftigung, sich ihren Pflanzen zu widmen, und das tut sie mit all ihrer Energie.«

»Oh ja, das erkennt man wirklich auf den ersten Blick«, pflichtete Alice ihm bei.

Tatsächlich war der Garten spektakulär. Er war nicht sonderlich groß, doch weitläufig genug, um der Fantasie und Kreativität seiner Besitzerin eine Bühne zu bieten. Umgeben von einer hohen Mauer vermittelte er außerdem ein Gefühl der Geborgenheit und sie fühlte sich an das Anwesen ihres Vaters erinnert.

An einigen Stellen war die Mauer von Geißblatt berankt, dazwischen drängte sich Efeu. Hellgrüne Funkien mit weißen Blatträndern setzten Lichtpunkte an schattigen Stellen, und wo die Beete genug Sonne bekamen, blühte es verschwenderisch in allen Farben. Neben Dahlien mit riesengroßen orangefarbenen Blütenköpfen setzen sich blauer Rittersporn und die ersten dunkelgelben Astern in Szene.

Und natürlich Rosen.

»Zu dieser Jahreszeit – so viele blühende Rosenbüsche! Das hätte ich nicht gedacht.«

»Mutter behauptet, ihr Garten habe ein eigenes Mikroklima«, erklärte ihr Begleiter mit einem Lächeln auf den Lippen. »Wie auch immer – die Rosen blühen manchmal bis in den Advent hinein.«

»Wie hinreißend«, entfuhr es Alice. Sie nahm ihre Hand von Mr. Pratts Arm und sah sich begeistert um. »Ihre Mutter ist wahrhaftig eine Zauberin.«

»Meistens angetan mit Gartenschürze, Gummistiefeln und dicken Lederhandschuhen. Den Zauberstab schwingt sie dabei nur höchst selten.«

Alice lachte. »Das habe ich mir fast gedacht. Ich vermute, dass sie dabei eher mit Hühnermist arbeitet als mit Krötenherzen und Fledermausurin.«

»Sie scheinen sich mit den Ingredienzien eines Zaubercocktails erstaunlich gut auszukennen, Miss Bingham. Müssen die Menschen in Ihrer Umgebung denn um Herz oder Gesundheit fürchten?«

»Nein, keineswegs. Ich versichere Ihnen, dazu fehlt es mir an Übung.«

Sie streifte zwischen den Rosenbeeten hindurch, die von schmalen Kieswegen durchzogen waren. Mrs. Pratt hatte keine endlose Parklandschaft gebraucht, um ein kleines blühendes Paradies zu schaffen. Vor Gesundheit strotzende Rosenbüsche fügten sich mit niedrigen Bodendeckern und kleinen mehrjährigen Stauden zu einem Ensemble von einzigartiger Schönheit zusammen. Sie umrankten auch einen schmiedeeisernen Pavillon, der in der Mitte des Rosenrondells stand und auf den Alice nun zuging. Mr. Pratt folgte ihr im gebotenen Höflichkeitsabstand.

»Sie sind Landwirt, Mr. Pratt?«, erkundigte sich Alice.

»In gewisser Weise, ja. Mein Großvater hat mit der Schafzucht begonnen und diese sehr erfolgreich vergrößert. Mein Vater hat dem noch einen Tuchhandel hinzugefügt, in dem auch ich tätig bin.«

»Ah.« Kein Bauer also. Lady Margrets Akzeptanz war erklärt. »Demnach sind Sie ein sehr beschäftigter Mann, Mr. Pratt.«

»Meistens bin ich das, Miss Bingham. Aber hin und wieder genehmige ich mir auch einen Nachmittag jenseits aller Beschäftigung und leiste meiner Mutter und ihren Gästen Gesellschaft.«

»So wie heute.«

»So wie heute.«

Alice musterte ihn verstohlen. Versuchte, ihn mit den Augen des Marquess zu sehen, falls Mr. Pratt sich entschließen sollte, ihr den Hof machen zu wollen. Er schien gut situiert zu sein, war tadellos gekleidet und hatte ausgezeichnete Manieren.

Sie könnte es wahrlich schlechter treffen.

»Woher kommen Sie, Miss Bingham? Ich glaube nämlich nicht, schon einmal das Vergnügen gehabt zu haben …«

Eine naheliegende Frage, die sie ihm nicht übel nahm. »Das glaube ich auch nicht. Zumindest könnte ich mich sicher an Sie erinnern, wenn Sie jemals bei meinem Vater zu Gast gewesen wären.«

»Wie überaus charmant.« Er lächelte, verschränkte die Hände hinter dem Rücken, so wie es Seine Lordschaft gelegentlich tat, und wirkte geschmeichelt. Doch dann wurde er wieder ernst. »Ich nehme an, Sie vermissen Ihren Vater sehr.«

Die mit ruhiger Stimme vorgebrachten Worte berührten Alice. Damit ließ er durchblicken, dass er ihre Situation kannte und sie darüber sprechen könnte, wenn sie wollte. Sie empfand seine Frage aber nicht als aufdringlich.

»Mehr, als ich es mir selbst eingestehen möchte«, antwortete sie schlicht und ärgerte sich, dass ihre Stimme dabei zitterte.

»Das kann ich verstehen. Mir geht es ebenso.«

»Ach!« Sie sah auf. »Ihr Herr Vater ist ebenfalls …«

»Nicht im Krieg gefallen, falls Sie das meinen, doch er ist vor wenigen Jahren überraschend verstorben.«

»Oh, das tut mir leid«, murmelte sie und ließ sich auf eine steinerne Bank fallen, die in der Mitte des Pavillons stand. »Ihre Mutter trägt es mit großer Fassung.« Nun erst wurde ihr bewusst, dass außer ihr Mrs. Pratt die Einzige der anderen Damen war, die ein dunkles Kleid trug.

»Ja, das tut sie. Seither ist dieser Garten noch viel mehr ihre Oase des Friedens geworden.«

»Die größte Stütze aber sind ihr sicherlich Sie selbst.« Die Worte kamen ganz selbstverständlich über ihre Lippen, ohne dass sie auch nur den Hauch einer Schmeichelei beabsichtigte.

Michael Pratt zuckte die Schultern. »Ich gebe mein Bestes, aber es ist nicht immer einfach. Sie hat meinen Vater sehr geliebt, müssen Sie wissen.«

»Wie romantisch«, seufzte Alice.

Er lachte leise. »Das war es wohl. Aber ich wollte Sie keinesfalls mit der Liebesgeschichte meiner Eltern langweilen oder gar zu Tränen rühren.«

Er warf ihr einen schnellen Blick zu und Alice wunderte sich darüber, dass ihm tatsächlich aufgefallen war, dass sie einen Atemzug lang mit sich gekämpft hatte.

»Tun Sie nicht«, behauptete sie und lächelte ebenfalls.

»Aber da Sie nun schon einmal gefragt haben und das Risiko eingehen wollen, Ihrerseits von mir gelangweilt zu werden, erzähle ich Ihnen gern von meinen Ersatzeltern …«

Michael Pratt war ein guter Zuhörer, und Alice gab sich redlich Mühe, ihn so oft wie möglich zum Lachen zu bringen. Seine Augen ruhten voll Gelassenheit auf ihr, er nickte häufig zur Bestätigung, stellte Zwischenfragen und bewies durch sein ganzes Verhalten, dass ihre Schilderungen ihn tatsächlich interessierten.

Als sich Schritte näherten und die Unterhaltung unterbrachen, war es bereits kühl geworden, und Alice hatte ihm tatsächlich alles erzählt, was sie für erwähnenswert erachtete.

Mrs. Staunton stand im Eingang des Pavillons und schenkte ihnen beiden einen strengen Blick. »Ihre Ladyschaft wünscht aufzubrechen. Mr. Pratt, Sie werden verstehen …«

Er neigte höflich den Kopf. »Selbstverständlich. Kommen Sie, Miss Bingham, gehen wir hinein.«

Alice ging neben ihm her in Richtung Wintergarten und wunderte sich, dass es Lady Margret so lange bei den Pratts ausgehalten hatte. Sie musste tatsächlich große Chancen wittern, sie hier unter die Haube zu bringen, wenn sie so viel ihrer kostbaren Zeit dafür opferte.

Sie verabschiedeten sich von den anwesenden Damen. Alice hatte sich nur mit Mrs. Pringle unterhalten und zwei Sätze mit der Gastgeberin gewechselt, aber niemand schien es ihr übel zu nehmen.

Nun, sie konnte sich denken, warum: Jede der Damen kannte den Grund, warum sie hier war.

Sie seufzte unhörbar in sich hinein. Das war ja wie auf dem Wochenmarkt in Carterton, wenn die Bauern versuchten, ihre Mastschweine an den Mann zu bringen.

Sie hielt nach Mr. Pratt Ausschau, um sich von ihm zu verabschieden, doch er war verschwunden.

Bedauerlich.

Am Eingangsportal trat er ihnen in den Weg – angetan in Mantel und Reitstiefel. »Gestatten die Damen, dass ich Sie begleite?« Er wandte sich der Dowager Marchioness zu und schenkte ihr ein charmantes Lächeln. »Ich habe mit Seiner Lordschaft etwas zu besprechen, das keinen Aufschub duldet.«

Diese nickte gnädig und Mrs. Staunton entfuhr ein Laut der Überraschung.

Alice riss die Augen auf.

»Es handelt sich um den Grund für mein heutiges Zuspätkommen«, klärte er auf, und Lady Margret presste die Lippen aufeinander, während Mrs. Staunton enttäuscht ausatmete, was Mr. Pratt offensichtlich nicht entging, denn er schenkte Alice ein verstohlenes Zwinkern. Sie lachte und verbarg ihr amüsiertes Schmunzeln hinter einem Hüsteln. »Auf einer unserer Wiesen, die an die Ländereien der Abbey grenzen, gibt es ein Problem mit den Zäunen.«

»Aha«, näselte Lady Margret und rauschte die Treppe hinunter zur Auffahrt, wo neben Mr. Pratts Pferd bereits der Landauer auf sie wartete.

Rennison sah ungehalten auf, als ihm der Butler die Ankunft der Damen und Mr. Pratts meldete. Dieser wolle ihn in einer geschäftlichen Angelegenheit sprechen.

»Bitten Sie ihn herein, Stearns.«

»Sehr wohl, Mylord.«

Rennison erhob sich, als die Tür aufschwang und sein Nachbar eintrat. Welch ein Zufall. Da waren seine Mutter und Miss Bingham heute Nachmittag bei ihm zum Tee gewesen, und schon hatte der junge Mann etwas mit ihm zu besprechen.

Seine Mutter leistete also tatsächlich ganze Arbeit.

»Mr. Pratt.«

Sein Besucher blieb an der Tür stehen und verneigte sich respektvoll, aber nicht unterwürfig.

Rennison erwiderte den Gruß knapp und wies auf den Stuhl ihm gegenüber. »Mr. Pratt. Was führt Sie zu mir? Abgesehen von der Tatsache, dass Sie vermutlich meine Mutter und mein Mündel nach Hause begleitet haben.«

»So ist es, Mylord.« Michael Pratts Miene war neutral, als er seine Antwort mit einem Nicken unterstrich. »Doch der eigentliche Grund für meinen Besuch ist ein weniger erfreulicher.«

»Ach.« Rennison runzelte die Stirn. Sollte er sich irren? So reizlos war Miss Bingham nun auch wieder nicht, dass ein einfacher Landmann wie Michael Pratt nicht die Chance ergreifen würde, sich ihre Hand zu sichern. Soweit er wusste, war Pratt auf Brautschau, seit die Trauerzeit für seinen Vater beendet war, und Alice Bingham dürfte eins der reizvollsten Mädchen sein, denen er in weitem Umkreis begegnen konnte. Also?

»Ja, Mylord. Ich habe heute einen Teil unserer Weiden überprüft, die an Ihren Besitz grenzen, und festgestellt, dass Wildschweine die Weidezäune auf einige Yards eingerissen haben. Sie haben sich im Bach in der Talsohle gesuhlt und dabei so viel Sand und Schlick aufgewühlt, dass ein kleiner Damm entstanden ist, der nun das Wasser aufstaut.«

»Hm.« Das war nicht, worauf Rennison gewartet hatte. »Und was soll ich Ihrer Meinung nach gegen die Wildschweine unternehmen?«

Pratt verzog einen Mundwinkel. »Sie jagen vielleicht?«

»Vermutlich auch noch persönlich.«

»Wenn Sie daran Gefallen finden, warum nicht?«

Pratt nahm die Sache auf die leichte Schulter, das stand fest. Doch selbst jagen durfte er die Rotte natürlich nicht – sein Weideland fiel unter das Jagdrecht der Abbey. Deshalb kam er ja zu ihm.

»Ich finde derzeit nicht den mindesten Gefallen daran, irgendeine Kreatur vom Leben zum Tod zu befördern, und sei es auch eine Wildsau«, schnappte er gereizt.

»Mylord, das bleibt Ihnen überlassen. Allerdings muss etwas getan werden, da auch Sie wirtschaftlichen Schaden davontragen.«

»Ich kann ihn verschmerzen, denke ich.«

»Davon gehe ich aus. Mich wird die Angelegenheit auch nicht in den Ruin treiben, aber lästig ist sie dennoch. Am besten bespreche ich mich mit Ihrem Verwalter, wie wir die Schäden schnell beseitigen. Es tut not, da sonst bald die umliegenden Wiesen unter Wasser stehen.«

»Ich werde Mr. Godley Anweisung geben, sich diesbezüglich mit Ihnen in Verbindung zu setzen.« Wann kam der Kerl denn nun endlich auf den Punkt? So schwer konnte es doch nicht sein, mit der Sprache herauszurücken.

Pratt hob fragend die Brauen. »Wenn ich vielleicht jetzt mit ihm sprechen könnte, da ich nun schon einmal hier bin?«

»Das erscheint mir logisch«, musste Rennison missmutig zugeben. Er hatte sich wohl von seinen Erwartungen ablenken lassen, denn der naheliegende Vorschlag hätte bereits von ihm kommen müssen. »Ich werde veranlassen, dass man Sie anschließend sofort zu ihm bringt.«

»Das wäre sehr hilfreich, Mylord.«

»Keine Ursache. Wir legen seit Generationen Wert auf gute nachbarschaftliche Beziehungen.« Er wollte doch nicht etwa gehen, ohne das Wesentliche zur Sprache gebracht zu haben?

»Das wusste bereits mein Vater zu schätzen und ich tue das ebenso, Mylord.«

Unfassbar. Was ging in dem Mann vor? Seine Mutter hatte dafür gesorgt, dass der einzige Sohn ihrer gut situierten Nachbarn mit Miss Bingham hatte allein sein können. Zumindest – so allein, wie es der Anstand erlaubte. Hatte die naseweise junge Dame ihn etwa schon bei der ersten Tasse Tee entmutigt?

Tatsächlich – Michael Pratt stand auf. »Vielen Dank, dass Sie sich die Zeit genommen haben, Mylord.«

Rennison erhob sich ebenfalls und läutete nach Stearns. Vielleicht gab es da ja bereits eine Braut, von der niemand etwas wusste. Er selbst war lange Zeit nicht hier gewesen, da war es gut möglich, dass ihm ein paar Informationen entgangen waren.

»Ach«, setzte Pratt an, als er sich schon halb umgedreht hatte, um zur Tür zu gehen. »Da wäre noch etwas die gute Nachbarschaft betreffend.«

Na also. Das wurde aber auch Zeit.

»Ja?«

»Ich darf gleich zur Sache kommen, Mylord.«

Dazu hatte er eben mehr als genug Zeit gehabt. »Ich bitte darum, Mr. Pratt.«

»Ist Miss Bingham bereits jemandem versprochen?«

Nun kam er tatsächlich sofort zur Sache. Rennison hob missbilligend die Brauen. Die Frage, auf die er so lange hatte warten müssen, missfiel ihm nun, da sie ausgesprochen worden war.

»Nicht direkt«, antwortete er zögerlich. »Weshalb fragen Sie?« Ja, weshalb wohl? Er hatte doch vom ersten Wort an auf dieses Thema gewartet.

»Wenn das so ist, Mylord, dann ersuche ich Sie um ihre geneigte Zustimmung, Ihrem Mündel, Miss Alice Bingham, den Hof machen zu dürfen.«

Ah. Förmlicher ging es wohl nicht mehr.

Rennison räusperte sich und verschränkte die Arme vor der Brust. Er musterte Michael Pratt nachdenklich.

Im Vergleich zu Clifford Brewster, der ein Jungspund gewesen war, hatte er es hier mit einem gestandenen Mann zu tun, der seit dem Tod seines Vaters die Geschäfte mit Erfolg weiterführte. Er war einigermaßen vermögend, einigermaßen ansehnlich und einigermaßen … ja, was?

»Geben Sie der jungen Dame Zeit bis zum kommenden Frühjahr«, hörte er sich nach einer langen Kunstpause und einem ausgiebigen Räuspern sagen. »Miss Bingham ist noch in Trauer um ihren Vater, den sie auf tragische Weise bei Waterloo verloren hat. Ein paar unbeschwerte Monate werden ihr sicher guttun, ehe man ihr die Pflichten des Ehelebens auferlegt.«

Nun war es Michael Pratt, der die Brauen hob und den Marquess fragend ansah. Rennison übersah diese Reaktion geflissentlich und fuhr fort.

»Ich schlage also vor, Sie sprechen im nächsten Frühjahr noch einmal vor und können dann möglicherweise mit meiner Zustimmung rechnen, was eine Werbung um Miss Binghams Hand betrifft.«

Das war natürlich völliger Unsinn, und er wusste das. Und Mr. Pratt wusste es auch: Je eher eine mittellose junge Frau verheiratet und versorgt war, desto besser. Und bis zum nächsten Frühjahr konnte viel passieren, und wer wusste schon, ob der junge Schafzüchter und Tuchhändler bis dahin nicht längst in einen anderen Ehehafen eingelaufen wäre. Er war ohnehin viel zu anständig und langweilig.

Es war natürlich ein offener Affront gegen den Burschen – aber Rennison hatte ihm keine Rechenschaft abzulegen. Er hob das Kinn und sah seinen Besucher herausfordernd an. »Ich nehme an, Sie haben dafür Verständnis.«

»Selbstverständlich, Mylord.« Pratt neigte den Kopf. »Ich konnte selbst bereits feststellen, dass Miss Bingham eine gewisse Melancholie noch nicht überwunden hat, und verstehe das sehr gut.«

Das Eintreten des Butlers beendete das Gespräch, die Herren verabschiedeten sich und Rennison gab Stearns die Anweisung, seinen Besucher zu Mr. Godley zu geleiten.

Als die Tür hinter ihnen ins Schloss fiel, schnaubte Rennison verächtlich. Wer so wenig Hartnäckigkeit und Kampfgeist besaß, hatte es nicht verdient, zu heiraten.

Zumindest nicht Miss Bingham.

Kapitel 16

Rennison fiel beinahe zu spät ein, sich zu erkundigen, ob Alice Bingham denn tanzen könne.

Sie sollte auf dem Ball des folgenden Abends noch weiteren Nachbarn und deren Freunden vorgestellt werden, und er täte gut daran, diesen Punkt zu klären, ehe sie ihn und natürlich sich selbst auf dem Ball der Harwoods blamieren könnte.

»Miss Bingham wird doch hoffentlich in der Lage sein, einen Cotillon zu tanzen«, entfuhr es ihm während eines späten Frühstücks, das er zusammen mit Thomas einnahm.

Dieser sah überrascht von seiner Gazette auf. »Warum fragst du sie nicht einfach, ob sie es kann? Dann weißt du es.«

Rennison gab einen undefinierbaren Laut von sich. Der Gedanke, dass sie vielleicht über ihre eigenen Füße stolpern könnte, wurde immer konkreter und verursachte ihm Unbehagen. Man würde sie gegebenenfalls anlernen müssen.

Halsbury schien seine Gedanken gelesen zu haben. »Du solltest diese Frage bald klären, damit noch eine Möglichkeit besteht, ihr zumindest die fundamentalsten Schritte zu zeigen. Auch die Quadrille und den Walzer.«

»Sie braucht keinen Walzer tanzen zu können«, wiegelte Rennison ab.

»Ach – weil er unschicklich ist? Du weißt, dass man ihn sogar bei Almack's tanzen darf, seit Zar Alexander ihn vor anderthalb Jahren gesellschaftsfähig gemacht hat.«

»Wir sind aber nicht in London«, konterte Rennison zunehmend gereizt und stellte seine Teetasse klirrend auf dem Unterteller ab.

»Ich werde Stearns fragen müssen, ob unter dem Personal jemand ist, der dafür in Frage kommt«, überlegte er laut.

»Vielleicht eignet sich ja auch dein patenter Verwalter Mr. Godley. Er scheint ein Mann mit vielen Talenten zu sein«, antwortete Thomas anscheinend arglos und hob die Zeitung wieder vor sein Gesicht.

»Auf keinen Fall«, entschied Rennison so spontan, dass sein Freund noch einmal über die Seiten hinweg lugte und ihn prüfend ansah.

»Ach – hat er denn als Reitlehrer den Ansprüchen nicht genügt?«

Oh, aber natürlich hatte Mr. Godley das getan. Ohne Zweifel. »Daran liegt es nicht, Thomas. Mein Verwalter hat sich anderen Aufgaben zu widmen als der, meinem Mündel den nötigen Schliff zu verpassen.«

»Ach, Rennie, nun sei doch nicht gleich so humorlos«, tadelte Thomas. »Du verstehst in letzter Zeit überhaupt keinen Spaß mehr. Nimm doch mal den Stock aus dem Arsch – wenigstens dann, wenn du dich mit mir unterhältst.«

Rennison schenkte seinem Freund einen finsteren Blick, würdigte ihn aber keiner Antwort. Er war so streng, wie es ihm gefiel und mit wem es ihm gefiel. Aber, ja … er musste sich eingestehen, dass er es in letzter Zeit tatsächlich an Humor mangeln ließ.

»Kein Wunder«, murrte er dennoch wider besseres Wissen. »Sieh du dich einmal von heute auf morgen mit so etwas wie einer erwachsenen Tochter konfrontiert, und dann erzähle mir von deiner guten Laune.«

Thomas schüttelte tadelnd den Kopf. »Ach – eine erwachsene Tochter, ja? Natürlich. Das ist wirklich tragisch.« Er legte seine Tageszeitung beiseite und stand auf. »Ich reite aus. Kommst du mit?«

Rennison weigerte sich, die sonderbare Bemerkung seines Freundes zu hinterfragen. »Nein, ich muss noch ein paar Briefe beantworten. Und mich nach Miss Binghams Tanzkünsten erkundigen.«

Die Gelegenheit kam wenig später, als er ihr auf dem Weg zu seinem Arbeitszimmer in der Halle begegnete, und er ergriff sie sofort beim Schopfe.

»Miss Bingham, können Sie tanzen?«, erkundigte er sich ohne Umschweife und ignorierte den erstaunten Blick, den er dafür erntete.

»Mylord?«

»Der Ball – morgen!«, erinnerte er sie ungeduldig, und war sich dessen bewusst, dass er auf eine positive Antwort hoffte, was ihm erhebliche Probleme ersparen würde. »Man wird Sie sicherlich auffordern, also … beherrschen Sie es?«

»Oh … nun ja, Mylord. Beherrschen ist vielleicht etwas übertrieben. Mein Vater hat mir die Grundschritte der wichtigsten Gesellschaftstänze beigebracht, und ich denke, ich habe noch etwas davon behalten. Obwohl es mir natürlich an der nötigen Übung fehlt.«

»Natürlich«, gestand er ihr zu und verschränkte die Hände hinter dem Rücken, wobei er Mühe hatte, seine Erleichterung vor ihr zu verbergen. Godley würde also bei seinen Aufgaben bleiben können, das war gut. »Etwas anderes hatte ich auch nicht angenommen.«

»Natürlich nicht, Mylord.«

Verbarg sie ein Schmunzeln? Aber nein, das würde sie nicht wagen.

»Wohin gehen Sie, Miss Bingham?«, fragte er weiter, da ihm nichts anderes einfiel.

»Ich habe der Köchin versprochen, den Küchengarten zu jäten, Mylord.«

Er hatte sich wohl verhört! »Den Küchengarten jäten? Ist das Ihr Ernst?«

»Oh, aber ja, Mylord. Ich dachte, ein wenig körperliche Betätigung an der frischen Luft könnte mir nicht schaden, und da ich ein klein wenig über Kräuter Bescheid weiß … Oder gehört sich das nicht?«

»Natürlich … tun Sie, was Sie für richtig halten.« Er wedelte mit der Hand, als müsste er eine Fliege verscheuchen. »Ich dachte nur nicht, dass Sie … ähm.«

»Dass ich mich damit auskenne?« Nun lachte sie tatsächlich. »Vergessen Sie nicht, Mylord, ich komme aus einfachen Verhältnissen. Je mehr man da über die Dinge des alltäglichen Lebens weiß, umso besser ist es.«

»Gewiss.« *Nimm doch mal den Stock aus dem Arsch*, hallten in diesem Moment Thomas' Worte durch sein Gehirn. Was für ein Unsinn. »Dann wünsche ich viel Erfolg mit dem Unkraut. Ich empfehle mich«, setzte er hinzu und drehte sich brüsk um.

»Danke, Mylord«, hörte er noch hinter sich, ehe er mit großen Schritten die Halle durchmaß und sein Arbeitszimmer aufsuchte.

Unkraut jäten … warum ihn der Gedanke störte, konnte er nicht sagen, doch das tat er …

Rennison war in wortloses Brüten verfallen, kaum dass die kleine Gesellschaft den Landauer bestiegen hatte. Schon als Alice in ihrer neuen Robe die Treppe heruntergeschwebt war, war ihm klar gewesen, dass ein Ansturm der anwesenden Gentlemen unvermeidlich werden würde. Sogar Thomas neben ihm hatte nach Luft geschnappt, und seiner Mutter war ein zufriedener Laut entschlüpft, der, wie er mutmaßte, eher ihrer eigenen glücklichen Hand bei der Kleiderwahl galt als der Trägerin desselben.

Ihre blonde Lockenpracht war aufwendig frisiert und hochgesteckt, sodass ihr langer Schwanenhals perfekt zur Geltung kam. Ein paar gelockte Strähnen ringelten sich zu ihren Schultern hinab und lenkten den Blick des Betrachters dorthin. Alice trug keinen Schmuck, der von ihrem Dekolleté abgelenkt oder darauf hingewiesen hätte; allein die sanfte Rundung ihrer Brüste genügte als Blickfang. Dabei war das Kleid keineswegs übertrieben ausgeschnitten. Das Blau des schimmernden Stoffs ließ ihre Augen leuchten und betonte die makellose, sahnefarbene Haut. Die dunkle Farbe hätte ältlich oder zumindest gediegen wirken sollen, doch bei ihr hatte sie die gegenteilige Wirkung: Sie sah aufreizend aus.

Er selbst war keineswegs überwältigt gewesen, sondern hatte sich mit einem tadelnden Räuspern auf den ungehaltenen Vorwurf zurückgezogen, man sei spät dran und müsse unverzüglich aufbrechen.

Nachdem sie angekommen und von den Gastgebern begrüßt worden waren, hatte Rennison sich zusammen mit Thomas von den beiden Damen zurückgezogen und überließ es seiner Mutter, Miss Bingham vorzustellen. Thomas hatte sich inzwischen empfohlen, und er sah seinen Freund in angeregte Gespräche mit gleichaltrigen Herren vertieft. Dass ihn ein Schwarm junger Frauen in unmittelbarer Nähe anschmachtete, nahm Thomas ebenso wenig wahr, wie er selbst darauf achtete.

Rennison beobachtete Miss Bingham. Aus der Ferne. Und war beruhigt. Sie benötigte keinen Schliff, schon gar nicht von seinem Verwalter. Kaum eine der anwesenden jungen Damen hatte die Bezeichnung »Landpomeranze« weniger verdient als sie. Sie kam ihm vielmehr vor wie ein Schwan unter lauter Entlein und schien dem herbstlich-farbenfroh geschmückten, ländlichen Ballsaal erst einen Hauch von Glanz zu verleihen.

So war es kein Wunder, dass sie, ohne es darauf angelegt zu haben, alle Aufmerksamkeit der auf dem Ball anwesenden jungen Herren auf sich zog. Er musste feststellen, dass mehr als nur ein einziger der anwesenden Herren bei Miss Binghams Anblick das Atmen vergaß.

Und sie konnte tatsächlich tanzen, wie er sich bereits mehrfach hatte überzeugen können. Was ihr dabei an Übung fehlte, machte sie durch natürliche Anmut mehr als wett. Sie hatte ein paar Tänze mit wechselnden Partnern absolviert und stand nun, von einer Traube von jungen Gentlemen umgeben, nicht weit von ihm. Er selbst war in ein Gespräch mit der Gattin des Gastgebers vertieft.

Nun ja, vertieft war sicher nicht das passende Wort dafür. Er ertrug es. Das kam der Wahrheit näher.

Mrs. Lydia Harwood, eine matronenhafte Dame von Mitte 40, die selbst keine Töchter, sondern nur einen soeben erwachsen gewordenen Sohn hatte, bemühte sich nach Kräften, seine an Unhöflichkeit grenzenden, kühlen Antworten originell zu finden und darüber zu lachen. In Ermangelung einer potenziellen Braut, die sie ihm hätte anpreisen können, erging sie sich in Lobreden über ihren Sohn, der eine so angenehme Singstimme habe und sich außerdem am Pianoforte ausgezeichnet mache.

Sie hätte sich die Mühe sparen können, ihn bei Laune halten zu wollen. Er hörte kaum zu.

Wenigstens sah er sich nicht wie früher dem gnadenlosen Ansturm heiratsfähiger junger Frauen und ihrer aufdringlichen Mütter ausgesetzt, die sich keinen Deut um seinen Ruf, sondern nur um seinen Titel und das damit verbundene Vermögen scherten. Dieser Umstand war das Einzige, was ihn an diesem Abend einigermaßen zufriedenstellte. Ansonsten fühlte er sich reichlich unausgeglichen.

Er fing einen Blick von Miss Bingham auf, der den seinen festhielt. Er war geneigt, eine Aufforderung darin zu erkennen, und murmelte eine Entschuldigung an Mrs. Harwood gewandt. Ohne dass er sich erinnern konnte, seinen Beinen das Kommando zum Losgehen gegeben zu haben, setzten sie sich in Bewegung. Nach wenigen Schritten durch die Menge, die sich vor ihm teilte wie das Rote Meer vor den ausziehenden Israeliten, stand er vor ihr.

»Ich bitte um die Ehre des nächsten Tanzes, Miss Bingham«, sagte er mit einer knappen Verbeugung.

Sie akzeptierte mit einem graziösen Senken ihres Kopfes.

»Oh, Mr. Harwood«, wandte sie sich voller Liebenswürdigkeit an den neben ihr stehenden jungen Mann, der daraufhin sofort bis unter die blonden Haarspitzen errötete, »hätten Sie wohl die Güte, einstweilen mein Punschglas zu halten?«

»Aber selbstverständlich, Miss Bingham, es ist mir eine unschätzbare Ehre. Ich bin überglücklich, glauben Sie mir«, überschlug sich dieses Abbild eines Rauschgoldengels, während die anderen sie umschwärmenden Gentlemen mehr oder weniger rasch zurückwichen und sie beide aus respektvollem Abstand beobachteten.

Das also war der hochtalentierte Sohn ihrer Gastgeber, schoss es Rennison noch durch den Kopf, ehe die Musik einsetzte und er das Denken weitgehend einstellte und sich nur noch auf das Naheliegende konzentrierte.

Walzerklänge.

Er streckte auffordernd die Hand aus und sah Miss Bingham zögern. Sie hob ihre eindringlichen blauen Augen an sein Gesicht.

»Mylord, ich … durfte diesen Tanz nicht erlernen, weil er ...« Sie stockte.

»Weil er unschicklich ist«, vollendete er den Satz für sie.

Sie nickte und verzog ein wenig den Mund. »Ja. Leider.«

So war das also. Demnach hatte noch kein Mann sie jemals in den Armen gehalten.

»Wagen Sie es dennoch mit mir?«, fragte er mit rauer Stimme.

Sie blinzelte irritiert, doch dann überzog ein verschmitztes Lächeln ihr Gesicht. Es zauberte ein winziges Grübchen neben ihren linken Mundwinkel.

Nur eins, nur links.

Warum war ihm das noch nie aufgefallen? Vielleicht, weil er ihr zu selten Gelegenheit gab, sich in seiner Gegenwart zu freuen?

»Wenn Sie es sich zutrauen, zu vermeiden, dass ich Ihnen die Zehen grün und blau trete, dann selbstverständlich gern«, sagte sie mit einem sonderbaren Beben in der Stimme. Es hörte sich an, als müsste sie sich beherrschen, nicht loszulachen, und er vermutete, dass sie damit rechnete, er würde bei diesen Aussichten lieber auf den Tanz verzichten. Doch das tat er nicht.

Das unterdrückte Lachen verging Alice in dem Moment, in dem er ihre Hand ergriff und sie langsam an sich zog. Behutsam schob er seinen Arm um ihre Taille und fing ihren hilflosen Blick auf.

»Mylord, ich …«

»Der Rock – schauen Sie es sich bei den anderen Damen ab«, riet er leise, und tatsächlich sah Alice eilig in die Runde und nahm dann mit der Hand ihren Rock ein wenig hoch. »Gut so. Die andere Hand auf meine Schulter. Sehr schön. Und nun los …«

Alice ächzte leise auf, als sie sich in der engen Umarmung des Marquess wiederfand. – natürlich nicht unerwartet; ihr war bewusst gewesen, dass er sie festhalten musste, wenn er mit ihr Walzer tanzen wollte.

Das Gefühl, von ihm gehalten zu werden, war überwältigend. Am Anfang noch voller innerer Anspannung, versuchte sie konzentriert, den Schritten zu folgen, die er machte, die Richtung zu erraten, die er wählen würde. Schnell begriff sie die Intention seiner Hand an ihrem Rücken – der Druck seiner Finger zeigte ihr an, wohin er sie führen würde, und sie gewöhnte sich daran, seiner Anleitung zu folgen.

»Sie machen das sehr gut«, lobte er an ihrem Ohr. »Und meine Zehen sind auch noch alle unversehrt.«

Alice war noch zu nervös für ein Lächeln, dann aber ließ sie sich von den Klängen der Musik und dem mitreißenden Rhythmus davontragen. Überdeutlich spürte sie die Nähe des Marquess. Seinen Arm, der sie umfing; die Hand auf ihrem Rücken; seine muskulösen Schenkel, die sich mit jedem Schritt zwischen ihre Beine schoben und um die sie herumwirbelte, als hätte sie nie etwas anderes getan, als mit diesem Mann Walzer zu tanzen.

Sie schloss für einen Herzschlag die Augen und genoss

das Gefühl, ihm so nah zu sein, dass sie seinen Atem spüren konnte, der ihre Stirn streifte.

»Miss Bingham«, grollte seine Stimme leise an ihrem Ohr. »Darf ich Sie bitten, nicht einzuschlafen, wenn Sie mit mir tanzen? Ich habe immerhin einen Ruf als erfolgreicher Verführer zu verlieren.«

Alice riss die Augen wieder auf und zu ihm hoch. Er sah über sie hinweg, die Mundwinkel arrogant etwas nach unten gezogen und mit ansonsten undurchdringlicher Miene.

»Aber Mylord, ich …«, begann sie und wollte ihm unsinnigerweise beteuern, dass sie durchaus hellwach gewesen sei, doch weiter kam sie nicht.

»Ich weiß. Halten Sie trotzdem die Augen offen, wenn Sie nicht möchten, dass Ihnen schwindelig oder gar übel wird dabei.«

Ehe sie sich fragen konnte, was er mit »dabei« meinte, wirbelte er sie erneut mehrfach um ihre eigene Achse.

Er war ein göttlicher Tänzer.

Alice musterte den Mann verstohlen, der sie hielt und mit schlafwandlerischer Sicherheit über das etwas unebene Parkett dieses ländlichen Ballsaals führte. Sie betrachtete das scharf geschnittene Gesicht mit den markanten Zügen; das energische Kinn; die geschwungenen Lippen, die viel zu selten lächelten; die etwas zu lange, ein klein wenig zu spitze Nase.

Ihre Augen glitten weiter – und sie erschrak, als sie erkannte, dass er sie von oben herab unter halb geschlossenen Lidern ebenfalls betrachtete. Als ihre Blicke sich trafen, zog er sie noch einen Hauch enger an sich. Die Miene des Marquess blieb unbewegt, doch er wechselte aus schwungvoller Drehung, die sie eben noch rund um den gesamten Ballsaal getragen hatte, in sanften Wiegeschritt über und hielt sie beide so an Ort und Stelle.

Alice wünschte sich inständig, sie könnte die Zeit anhalten. In diesem Augenblick, bei diesem Tanz, in diesem intimen Kokon größter Nähe unter einer Unzahl an Augenpaaren um sie her, fühlte sie sich sonderbar geborgen. Ein namenloses Glücksgefühl durchströmte sie, als auch der Marquess den intensiven Blickkontakt aufrechterhielt, sie nur noch langsam hin und her wiegte und schließlich tief ausatmete.

Dann ging eine Veränderung in seiner Miene vor. Seine Lippen wurden schmal, die Augen ebenfalls, die steile Falte über seiner Nasenwurzel war tiefer geworden und er ging auf Abstand.

»Sehen Sie nicht mich an«, raunte er schließlich, und es klang scharf und ungehalten. »Fixieren Sie einen Punkt hinter mir an der Wand, solange Sie können. Dann drehen Sie den Kopf und fixieren ihn wieder, wenn wir eine ganze Drehung vollendet haben.«

»Aber warum?« Alice begriff nicht, was er meinte. Sie fühlte sich wie aus einem schönen Traum gerissen und hatte Mühe, in die Realität zurückzufinden.

»Tun Sie's einfach. Ihr Kopf wird es mir danken, glauben Sie mir.«

Alice nickte noch verständnislos, doch in diesem Moment fasste der Marquess sie wieder fester, verstärkte den Druck seiner Hand und begann erneut, sich mit ihr zu drehen. Wenn sie geglaubt hatte, der Tanz bisher sei bereits schwungvoll gewesen, so wurde sie nun von ihm eines Besseren belehrt. Er wirbelte sie herum, dass ihr Hören und Sehen verging, doch sie versuchte brav, zu tun, wie er sie geheißen hatte.

Es half.

Hatte sie zuvor tatsächlich ein leichtes Schwindelgefühl empfunden während der schnellen Drehungen, so blieb es nun aus, obwohl der Marquess das Tempo der Kreise, die er mit ihr zog, erhöht hatte. Und obwohl sie noch nie zuvor Walzer getanzt hatte, fühlte sie sich so leichtfüßig wie ein Reh.

Oder doch zumindest fast, denn kaum hatte sie den Gedanken vollendet, da spürte sie auch schon seinen Fuß unter dem ihren.

»Oh weh – verzeihen Sie, Mylord«, wisperte sie aufgeschreckt, doch er verzog keine Miene.

»Sorgen Sie sich nicht – darauf warte ich schon lange«, meinte er nur lapidar und ließ sich nun doch zu einem winzigen Lächeln hinreißen.

Als das kleine Orchester nur wenige Takte später verstummte, rieselte reines Bedauern durch Alice' Körper. »Ach, wie schade«, stieß sie in einer Mischung aus Begeisterung und Ernüchterung hervor, als der Marquess sie aus seinen Armen entließ und sich elegant vor ihr verbeugte. »Ich könnte die ganze Nacht lang so mit Ihnen weitertanzen.«

Er bot ihr galant den Arm, um sie von der Fläche zu führen, dabei neigte er sich zu ihrem Ohr. »Nein, das wollen Sie ganz sicher nicht. Mit einem zweiten Tanz würde man sich über uns die Mäuler zerreißen, wenn das nicht ohnehin schon der Fall ist. Sie und ich wissen, warum.«

»Gilt das auch trotz der Tatsache, dass Sie mein Vormund sind und ich daher so etwas wie Ihre Tochter darstelle?«

»Wir wollen den Leuten doch keinen Grund für unnötiges Gerede geben, oder? Zwei Tänze an einem Abend werden gemeinhin als Anzeichen einer Verlobung angesehen.«

Sie warf ihm einen raschen Blick zu – wieder konnte sie nichts in seiner Miene lesen als die übliche Unnahbarkeit, die er zur Schau trug. *Wäre das so schlimm?*, lag ihr auf der Zunge, doch sie biss sich lieber auf dieselbe, als ihm diese Frage zuzuflüstern.

Natürlich wäre das schlimm, beantwortete sie sich den Gedanken selbst. Ein hochrangiger Adliger wie der Marquess of Marlborough würde sich niemals dazu herablassen, eine völlig namen- und mittellose Frau zu ehelichen. Davon abgesehen hatte ihr Vormund ja betont, dass eine Ehe, egal mit wem, für ihn sowieso nicht infrage käme.

Der Gedanke schmerzte Alice, ohne dass sie hätte sagen können, warum. Es war einfach eine Verschwendung – dieses faszinierenden Mannes, der einsam und abweisend seine Tage beschließen würde; seines Besitzes, der ohne Erbe bleiben, und der vielen wunderbaren Tänze, die keine Ehefrau in seinem Arm erleben würde.

»Nein, das wollen wir natürlich nicht«, murmelte sie halbherzig.

Seine Lordschaft führte sie an den Rand der Tanzfläche und verabschiedete sich mit einer weiteren knappen Verbeugung. Er drehte sich auf dem Hacken um und verschwand ohne ein Wort in der Menge. Nach einer kaum nennenswerten Pause hatte das Orchester eine Quadrille zu spielen begonnen, doch Alice wandte sich ab in der Hoffnung, nicht sofort von einem anderen Gentleman aufgefordert zu werden.

»Wo willst du denn hin?«, hielt Lady Margrets Stimme sie auf.

Alice fuhr herum. Sie hatte nicht bemerkt, dass der Marquess sie direkt neben seiner Mutter platziert hatte, ehe er in geradezu unziemlicher Hast verschwunden war.

»Oh, nirgends«, antwortete sie verwirrt und fächelte sich Luft zu. »Mir war nur gerade etwas warm und ich wollte …«

Lady Margrets durchdringender Blick unter erhobenen Brauen ließ sie verstummen. »Ich weiß«, sagte sie, »dass es für meinen Sohn ein Leichtes ist, Frauen zum Schwitzen zu bringen. Aber du solltest dir darauf nichts einbilden.«

»Das tue ich nicht, Mylady. Ich weiß sehr wohl, wo mein Platz ist.« *Und der ist sicher nicht an* der *Seite Ihres Sohnes*, setzte sie im Geiste hinzu. Mr. Godley fiel ihr ein, der noch vor kurzer Zeit genau dieselben Worte gebraucht hatte. Ob er sich auch so unbehaglich gefühlt haben mochte, wie sie es in diesem Augenblick tat?

»Miss Bingham, da sind Sie ja! Ich habe hier noch immer Ihren Punsch.« Noel Harwood stand mit verlegenem Lächeln vor ihr und hielt ihr das Glas entgegen. Dann fiel ihm offensichtlich seine gute Kinderstube wieder ein, und er verbeugte sich zackig vor Lady Margret, die ihm nur ein gnädiges Nicken gönnte.

»Ich bin Ihnen sehr zu Dank verpflichtet, Mr. Harwood«, sagte Alice und meinte es aufrichtig so, wie sie es gesagt hatte. Lady Margrets schlecht verhohlene Warnung hatte sie irritiert, und sie war froh, dass der junge Harwood sich in die Situation eingemischt hatte.

Ehe Alice es sich versah, war sie auch schon wieder von einer Traube Männer umringt, die lebhaft auf sie einredeten. Ihr war bewusst, dass es unhöflich war, unaufmerksam zu sein. Doch der Eindruck des Walzers mit dem Marquess wirkte noch immer bei ihr nach. Sie konnte es nicht ändern.

Dennoch sagte sie ja, als ein stämmiger Mann, der im Alter ihres Vaters sein musste und den man ihr als den Earl of Hollister vorgestellt hatte, sie um den nächsten Tanz bat.

Rennison leerte sein Glas in einem Zug und stellte sich neben seine Mutter. Er hatte den Ballsaal fluchtartig verlassen mit einem Gefühl der Atemnot, das ihm fremd war. Erst der zweite Brandy hatte geholfen, diesen unangenehmen Zustand etwas abzumildern.

»Dein gesellschaftlich ach so unerfahrenes Mündel hat auch hier erstaunliche Erfolge zu verzeichnen«, bemerkte seine Mutter, ohne ihn anzusehen.

Als ob es dieses Hinweises noch bedurft hätte. Er hatte schließlich Augen im Kopf.

»Das ist gut. Je eher wir Alice unter die Haube bringen, umso lieber ist es mir«, sinnierte seine Mutter weiter.

»Mir auch. Aber Hollister kommt keinesfalls für sie in Frage.«

Sie wandte sich zu ihm um und musterte ihn pikiert. »Aber er ist ein Earl, mein Lieber.«

»Er ist ein Wüstling.«

»Wenn ich dich daran erinnern darf – das bist du auch.«

»Im Gegensatz zu mir ist er gänzlich ohne Ehrgefühl und Prinzipien.«

Sie sah ihn prüfend an. »Wie du meinst. Aber vermutlich kann die Kleine froh sein, wenn sich überhaupt ein Mann von Rang für sie interessiert«, stichelte Margret.

»Wenn Hollister lautere Absichten hat, fallen Ostern und Weihnachten auf denselben Tag, Mutter, egal wie es um Miss Binghams Stammbaum bestellt sein mag. Ich verwette ohne Weiteres meine teuerste Schnupftabakdose darauf, dass er mit Sicherheit nicht vorsprechen wird. Wenn überhaupt, dann sucht er nur ein schnelles Vergnügen.«

Warum nur fand er diesen Gedanken überaus ärgerlich?

»Dafür dürftest du ja Verständnis haben, mein Sohn«, entgegnete sie, der sein Unterton offenkundig entgangen war, belustigt. »Oder etwa diesmal nicht, da es hier um deine Kleine geht?«

»Miss Bingham ist nicht *meine Kleine*«, wies er sie scharf zurecht. »Ich bitte Sie, das zur Kenntnis zu nehmen.«

»Das haben alle bemerkt, die euch beide haben tanzen gesehen.« Lady Margret klappte resolut ihren Fächer zu und wandte sich lachend ab.

Rennison sah ihr finster hinterher.

War seine Gefühlsregung, als er Miss Bingham im Arm gehalten hatte, so offensichtlich gewesen? Er hatte geglaubt, sich absolut unter Kontrolle gehabt zu haben.

Dieser Zweifel, verbunden mit dem Anblick, den Alice Bingham beim Tanz mit dem Earl bot, ließ seine Laune für den Rest des Abends in den Keller sinken.

Kapitel 17

Lady Margret sollte recht behalten, was die Besuche weiterer Herren in den nächsten Tagen betraf. Rennison selbst indessen auch.

Zumindest, was den Earl of Hollister anging, denn dieser hatte natürlich nicht um ein Gespräch mit Seiner Lordschaft ersucht. Allerdings hatte er, der den Abend insgeheim mit Argusaugen über Alice' Tanz- und Gesprächspartner gewacht hatte, den zweifelhaften Gentleman auch nicht mehr in ihrer Nähe entdecken können.

Die Genugtuung, die er darüber empfand, verwunderte ihn selbst. Weniger erleichtert war er allerdings über die Tatsache, dass bereits am nächsten Vormittag die Karte eines weiteren jungen Gentleman abgegeben wurde. Der unvermeidliche Noel Harwood, den er insgeheim nur den *blonden Engel* nannte, war der Aspirant. Natürlich.

Harwood passte nicht zu Miss Bingham. Auf keinen Fall. Er war viel zu jung und sah aus, als wäre er ihr kleiner Bruder. Dennoch gestand er ihm zähneknirschend ein Gespräch für den nächsten Nachmittag zu.

Er würde ihm die Flausen schon auszutreiben wissen.

Rennison stand auf und trat ans Fenster seines Arbeitszimmers. Aus dem Augenwinkel nahm er eine Bewegung wahr und wandte den Kopf zur Seite. Miss Bingham bog gerade um die Hausecke. Sie war in Begleitung Mr. Godleys, den er eigentlich in diesem Augenblick bei der Arbeit wähnte.

Aber nichts dergleichen – nach Arbeit sah es nicht gerade aus, was sich seinen Augen bot. Die beiden jungen Leute waren in ein angeregtes Gespräch vertieft, amüsierten sich offensichtlich blendend, denn sie lachten und gestikulierten lebhaft vor sich hin. Rennison fragte sich unwillkürlich, wann wohl sein Verwalter bei ihm anfragen würde, ob er seinem Mündel den Hof machen dürfe.

Abgesehen von der Tatsache, dass er nur ein Bürgerlicher war, wusste Rennison von ihm zweifelsfrei, dass er einen anständigen Charakter und dank seiner Tätigkeit als sein Verwalter ein durchaus akzeptables Einkommen besaß. Zwei Aspekte, die es ihm schwierig machten, ihn als Kandidaten um Miss Binghams Hand in Bausch und Bogen von vornherein abzulehnen. Auch vom Alter her passte Godley hervorragend zu ihr.

Rennison runzelte missmutig die Stirn. Nun gut – noch hatte der junge Mann keinerlei Absichten geäußert. Doch wenn er den beiden so zusah, wie sie nebeneinander mit dem gebührenden Schicklichkeitsabstand über den Rasen in Richtung Küchengarten schlenderten, hegte er an eben jenen Absichten kaum noch Zweifel. So wenig, wie er daran zweifelte, dass Miss Bingham durchaus geneigt sein könnte, Mr. Godley als geeigneten Kandidaten zu betrachten. Warum sonst sollte sie ihm gerade in diesem Moment so herzlich zulächeln?

Seine Augen folgten den beiden, als sie direkt unter ihm die Rasenfläche überquerten. In diesem Moment wandte Miss Bingham den Kopf und sah suchend die Fassade des Hauses zum Fenster seines Arbeitszimmers hinauf. Für einen Atemzug kreuzten sich ihre Blicke. Sie verhielt den Schritt und er glaubte schon, sie würde sich von Godley verabschieden und zum Haus zurückkehren. Vielleicht wollte sie etwas mit ihm besprechen? Doch dann senkte Alice die Lider und ging weiter, so als hätte sie ihn nicht wahrgenommen.

Vielleicht hatte sie das auch nicht.

Vielleicht hatte sie geglaubt, seine Silhouette hinter den Fensterscheiben wäre eine Spiegelung gewesen. Denn was hätte sie schon mit ihm zu besprechen gehabt? Die Heimfahrt gestern Nacht war in allgemeinem Schweigen vonstattengegangen. Sir Thomas hatte noch ein paar kleinere Anekdoten zum Besten gegeben, um ihnen die Fahrt zu verkürzen, doch angesichts der deutlichen Müdigkeit der beiden Damen hatte er es schließlich aufgegeben, sie unterhalten zu wollen.

Rennison selbst war sowieso nicht in der Stimmung gewesen, das Wort an irgendjemanden zu richten.

Er hoffte inständig darauf, dass Miss Bingham an diesem Abend zu ihm in die Bibliothek kommen würde. Er konnte mit ihrer sanften, melodischen Stimme im Hintergrund so wunderbar und traumlos schlafen. Und zum ersten Mal, seit sie beide das Geheimnis ihrer Lesestunden wahrten, zog er in Erwägung, seinen Stolz hinunterzuschlucken und sie um ihr Erscheinen zu bitten.

Nein, natürlich würde er sie nicht bitten, sondern sie unmissverständlich wissen lassen, dass er ihre Anwesenheit wünschte. Ja. Dieses Recht hatte er und er würde es nutzen, so wie ein Vater dies seiner Tochter mitteilen konnte.

Zunächst aber würde er darauf bestehen, dass sie einen weiteren Ausritt mit ihm unternahm.

Und Thomas würde er dieses Mal zu Hause lassen.

Alice empfand den Blick von dem kleinen Hügel hinunter auf das Anwesen als atemberaubend. Nicht, weil die Landschaft so besonders spektakulär gewesen wäre, sondern weil sie so sanft war. Sogar jetzt im Herbst blühten noch zahllose Stauden und Sträucher. Schon hatten die Laubbäume begonnen, ihre Blätter zu färben, und unter dem heute etwas stürmisch bewölkten Himmel sah die gesamte Anlage fast wie eine sichere Trutzburg aus. Die verspielten Feinheiten der Fassade und ihre kunstvollen Details ließen sich erst aus größerer Nähe erkennen und bewundern.

Alice spürte bei dem Anblick ein schmerzhaftes Ziehen in der Herzgegend. Seit sie denken konnte, war ein solch sicherer Hort für sie selbst und ihre Lieben ihre große Sehnsucht gewesen.

Als Seine Lordschaft sie heute zum Ausritt aufgefordert hatte, war sie nicht schlüssig gewesen, ob sie nicht lieber Kopfschmerzen vorschützen und in der ruhigen, langweiligen Sicherheit ihres Zimmers bleiben sollte. Der gestrige Tanz mit ihm hatte sie tief erschüttert.

Alice wusste natürlich, dass das, was sie seit dem gemeinsamen Walzer empfand, nur eine unerwiderte Schwärmerei bleiben konnte. Eine Verehrung, wie man sie einem unerreichbaren Idol entgegenbrachte, einem griechischen Gott beispielsweise. Aber eben diese war nicht so mir nichts, dir nichts wieder aus ihr herauszureißen. Und so machte der Gedanke sie befangen, dass sie seiner Lordschaft gegenübertreten und so tun musste, als sei nichts passiert.

Denn für ihn war ja auch nichts passiert.

Nur für sie. Sie war eben ein kleines Dummchen. Aber es würde vergehen, da war sie zuversichtlich. Sie hatte schließlich keine andere Wahl.

Vielleicht würde es ja helfen, sich mehr mit Mr. Godley zu befassen. Er war ihr ebenbürtig, hatte einen klaren Verstand und viel Mutterwitz, konnte über ihre temperamentvollen Äußerungen lachen und erwartete nichts von ihr an Rang und Namen, was er ihr auch nicht bieten konnte. Eigentlich, wenn sie es genau betrachtete, dann war dieser junge Mann ein Geschenk des Himmels. Beim heutigen kurzen Spaziergang, den sie nach einem zufälligen Treffen hinter dem Haus unternommen hatten, hatte er durchklingen lassen, dass er Seine Lordschaft um eine Unterredung bitten wolle. Sie ahnte natürlich, worum es dabei gehen würde.

Wenn auch ihr Vater ein einfacher Mann gewesen war, so hatte er ihr doch als Kind so viele Geschichten über gesellschaftliche Gepflogenheiten erzählt, dass sie einigermaßen Bescheid wusste über die nötigen Konventionen in gewissen Kreisen. Und auch wenn sie selbst ein Niemand war, so war sie doch das Mündel eines hochrangigen Adligen.

Ein Umstand, der ihrer Meinung nach die Situation nur unnötig verkomplizierte. Denn wie mochten wohl in diesem Fall die verflixten Anstandsregeln anzuwenden sein? Wen durfte sie heiraten und wen nicht?

Alice zwang sich mit einem leisen Seufzen zur Rückkehr in die Realität und hielt die graue Stute an.

»Wie schön es hier ist«, bemerkte sie halblaut und betrachtete hingerissen das friedliche Bild, das sich ihr bot.

»Finden Sie?«, kam es nüchtern von Seiner Lordschaft, der seinen Rapphengst zu ihrer Rechten gezügelt hatte.

Sie wandte den Kopf zu ihm. Er sah so wie sie vorhin ins Tal hinunter, doch war seine Stirn gerunzelt, so als begreife er nicht, was sie da unten gesehen und gemeint hatte.

»Aber natürlich«, antwortete sie verwundert und war froh darüber, dass sie ein Thema gefunden hatte, über das sie mit ihm sprechen konnte. Selten war er so wortkarg gewesen wie an diesem Nachmittag. »Empfinden Sie denn nicht großen Stolz bei diesem Anblick?«

Seiner unbewegten Miene konnte sie wie üblich keine Regung entnehmen.

»Nein, ich glaube nicht«, sagte er dann.

»Das kommt nur, weil Sie, wie so viele andere Menschen auch, nicht zu schätzen wissen, was Sie haben. Es ist selbstverständlich für Sie, und daher nichts wert.«

»So so«, murmelte er und blieb in den Anblick seines Besitzes vertieft.

»Ja«, insistierte Alice. Sie hatte inzwischen begriffen, dass Seine Lordschaft trotz der häufigen schlechten Laune nicht wirklich böse mit ihr wurde, auch wenn sie sich gelegentlich eine gewisse Freiheit in ihren Antworten herausnahm. »Sie sind es gewohnt«, fuhr sie fort, »dass immer alles da ist für Sie, und Sie gehen davon aus, dass es auch morgen und in alle Ewigkeit noch für Sie da sein wird. Sie müssen sich um nichts Sorgen machen und um nichts kämpfen. Daher schätzen Sie es nicht so, als wenn Sie es sich hart hätten erarbeiten müssen.«

»Meinen Sie?« Er blieb kurz angebunden, doch Alice achtete nicht darauf.

»Oh ja. Würden Sie das Gefühl kennen, wie es ist, nichts zu besitzen, dann wäre das alles für Sie viel mehr wert.«

»Sie behaupten also«, er wandte sich im Sattel zu ihr um, »dass Sie mehr für Ihr Eigentum empfinden würden, wenn Sie welches hätten, als ich es für das meine tue?«

»Oh, aber bestimmt.« Sie schaute verträumt den Hügel hinunter, dann in den stürmischen Himmel hinauf, breitete euphorisch die Arme aus. »Sehen Sie doch nur all diese wundervolle Schönheit um uns herum! Würde so etwas Herrliches mir gehören, dann würde ich sicher jeden Tag vor Stolz platzen.«

Der Marquess lachte leise und grollend. »Und wo bleibt da die gebotene Demut?«

Alice lächelte ihn verschmitzt an. »An die würde ich mich zu gegebener Zeit sicher erinnern. Aber zuerst würde ich mich freuen.« Dann wurde sie unvermittelt ernst. Hatte er in seinem Leben jemals etwas wie unbeschwerte Freude erlebt? Er war stets so … unterkühlt, ungerührt und … machte einen so gequälten Eindruck auf sie.

»Was?«

Etwas musste er in ihrem Blick gelesen haben, das ihn irritierte.

»Haben Sie schon einmal geschrien, Mylord?«

Er sah sie verständnislos an. »Geschrien?«

»Ja. Ganz laut. Einfach nur in den Wind geschrien.«

»Was hätte ich schreien sollen?«

»Oh, nichts Bestimmtes. Nur die Stimme loslassen und mit dem Wind auf die Reise schicken.«

»Wozu sollte das gut sein?«

»Es befreit, verstehen Sie?«

Nein, er verstand natürlich nicht, was sie meinte. Also zeigte sie es ihm.

Alice holte tief Luft, blähte ihren Oberkörper, so stark sie konnte, und schloss die Augen.

Dann schrie sie los.

Ihre Stimme schallte über das Tal hinweg, wurde vom Wind mitgerissen und davongetragen. Ein hoher, klarer Ton, der ihr selbst in den Ohren hallte.

Als ihr die Luft ausging, öffnete sie die Augen und räusperte sich ein wenig verlegen. »So etwa, meinte ich.«

Seine Lordschaft starrte sie an, als wäre ihr ein zweites Paar Ohren gewachsen.

»Nein«, sagte er pikiert. »Diese Art der Freiheit habe ich noch nie benötigt.«

»Na ja. Dann kann es natürlich sein, dass Sie auch nur Halsschmerzen davon bekommen, mehr nicht. – Was meinen Sie, Mylord – wer zuerst bei den Rhododendren ist?«

»Sie sind noch lange nicht so weit, sich mit mir ein Wettrennen zu liefern«, setzte er an, doch Alice achtete nicht darauf.

Sie stieß ein übermütiges Lachen aus und preschte los, ohne auf ihren Begleiter zu achten. Der Wind pfiff in ihren Ohren, doch sie hörte die trappelnden Hufe des Schwarzen hinter sich und wusste, dass der Marquess ihr folgte. Sie hatte ein wenig mehr Übung im Sattel bekommen, sodass sie sich bei dem übermütigen Rennen einigermaßen sicher fühlte. Das Pferd des Marquess war viel schneller als das ihre, und wenn er sie nicht überholte, dann zweifellos nur deshalb, weil er die Zügel kurz hielt und ihr die Freude des Vorsprungs überließ.

Eine mächtige Welle an Glücksgefühlen flutete Alice bis in die Haarspitzen, als sie vom Hügel heruntergaloppierte, die weite Rasenfläche überquerte und auf den Bach zuhielt. Die kleine Brücke war ein wenig rechts von ihr, sie lenkte ihre Stute dorthin. Doch das Tier schien einen anderen Ehrgeiz zu entwickeln und lief geradeaus weiter.

Alice schaffte es nicht, sie zu zügeln, das Tempo zu drosseln.

Der Bach kam immer näher.

Alice hörte den Marquess hinter sich etwas brüllen.

Sie versuchte noch eine letzte Korrektur. Sie misslang.

Alice ergab sich dem Willen ihres Reittiers. Den Geräuschen nach zu urteilen war seine Lordschaft schon fast herangekommen, doch er erreichte sie nicht mehr. Entschlossen biss sie die Zähne zusammen und bereitet sich auf den Sprung vor.

Allerdings schien die Stute kurz vor dem Ufer des kleinen Wasserlaufs Angst vor ihrer eigenen Courage zu bekommen. Sie stemmte sich gegen ihren eigenen Schritt, taumelte, fing sich wieder. Erdklumpen wirbelten durch die Luft. Sie rammte vor dem erwarteten Sprung die Vorderhufe ins Gras und verweigerte.

Bis zum letzten Moment bemühte sich Alice tapfer, auf dem Pferderücken zu bleiben. Dann spürte sie, wie alles Gewicht sie verließ, wie sie flog und der Himmel auf einmal unter und der Bachlauf über ihr war.

Sie stürzte. Sah die schimmernde Fläche auf sich zurasen. Schlug hart auf die Wasseroberfläche auf und erschrak über die plötzliche Kälte, die alles durchdrang …

Kapitel 18

Rennisons Herz blieb fast stehen, als er Alice' Sturz mitverfolgen musste, ohne eingreifen zu können.

Er hasste es, derart machtlos zu sein. Dabei zusehen zu müssen, wie die ansonsten lammfromme Stute durchging und mit ihrer Reiterin auf dem Rücken geradewegs auf den Bach zu galoppierte, machte ihn rasend vor Wut. Tausend panische Gedanken schossen ihm unkontrolliert durch den Kopf, die Zeit schien langsamer zu laufen, sein Herz hämmerte wie verrückt.

Nichts.

Er konnte nur hilflos zusehen, wie Alice viel zu schnell geradewegs auf den Bach zuritt, das Pferd vor seinen Augen scheute und seine Reiterin in hohem Bogen davonflog. Ein letzter, verzweifelter Schrei, ein Platschen, und Alice blieb reglos mit dem Gesicht nach unten im seichten Wasser liegen.

Kaum am Bach angelangt, sprang er vom Pferd, noch ehe es überhaupt zum Stehen gekommen war, und hastete die niedrige Böschung hinunter, stand bis zu den Knien im Wasser und versank knöcheltief im Schlick.

»Alice!«

War das seine eigene, panische Stimme?

Alice bewegte sich nicht. Er kämpfte sich weiter, nur noch wenige Schritte, dann hätte er sie erreicht.

Sie bewegte sich noch immer nicht. Hölle, Tod und Teufel – sie hatte sich doch nicht etwa das Genick gebrochen?

Noch ehe er die Hand nach ihr ausstrecken konnte, kam Bewegung in die nasse Gestalt. Alice hob den Kopf aus dem Wasser und drehte sich hustend um.

Das Hütchen war völlig durchnässt und hing ihr schief ins Gesicht, die Haare klebten in Strähnen an ihren Wangen.

Erleichtert atmete er die Luft aus, die er bis zu diesem Moment unwillkürlich angehalten hatte.

»Teufel noch mal, Mädchen – Sie hätten sich den Hals brechen können«, herrschte er sie an. »Was haben Sie sich dabei nur gedacht?«

Alice' Gesicht verzog sich zu einer merkwürdigen Grimasse und sofort bereute er seine heftige Reaktion. Vielleicht hätte er sie doch nicht so anschreien sollen, auch wenn seine Unbeherrschtheit nichts anderem geschuldet war als der Angst, die er um sie gehabt hatte. Denn sicher war auch sie darüber erschrocken, was ihr gerade passiert war. Und wenn Rennison eins verabscheute, dann war es eine heulende Frau.

Sie öffnete den Mund, doch die Laute, die herauskamen, waren weder das von ihm erwartete hysterische Weinen noch ein entsetztes Kreischen.

Alice lachte einfach.

Sie lachte so sehr, dass sie nicht in der Lage war, aufzustehen. Sie krümmte sich, klatschte mit den Händen aufs Wasser, fiel gar noch einmal um und tauchte halb unter, kam keuchend wieder zum Sitzen und lachte weiter.

Rennison starrte sie fassungslos an und blieb wie angewurzelt stehen. Das Wasser lief ihm in die Stiefel, durchnässte seine Strümpfe, sickerte nach vorne zu den Fußspitzen und zwischen die Zehen. Dennoch merkte er, wie sich seine Mundwinkel verzogen. Mehr und mehr. Bis sie ein breites Grinsen hervorgebracht hatten und er das Kitzeln in seiner Kehle nicht mehr unterdrücken konnte.

Es ging nicht anders – er musste mitlachen und fand eher sich selbst dabei hysterisch als sie. War es die Erleichterung, die ihn auf so unerwartete Weise entgleisen ließ? Rennison konnte sich erst wieder beruhigen, als Alice ihm schließlich auffordernd die Hand entgegenstreckte.

»Mylord, bitte helfen Sie mir, ich stecke fest.« Sie gluckste noch immer.

Da endlich gelang es ihm, sich wieder unter Kontrolle zu bekommen. Er machte einen letzten hastigen Schritt auf sie zu und räusperte sich mehrmals, ergriff ihre Hand, fasste mit der anderen hinter ihren Rücken und half ihr, aufzustehen. Mühsam einen Fuß nach dem anderen aus dem Schlamm am Grund des Baches ziehend, kämpfte er sich mit ihr ans Ufer, wo Alice sich keuchend ins Gras sinken ließ. Schwer atmend setzte er sich neben sie und versuchte, das Beben seiner Glieder zu beruhigen.

Hinter seinen Schläfen pochte es.

Dieser eine Moment, in dem er geglaubt hatte, sie hätte sich ernsthaft, wenn nicht gar tödlich verletzt, saß ihm tief in den Knochen. Und ob er es zugeben wollte oder nicht, seine Knie zitterten nach diesem Schock.

Neben ihm richtete Alice sich auf.

»Hu, ist das kalt«, sagte sie, und da erkannte er, dass sie am ganzen Körper schlotterte.

Mühsam rappelte er sich auf die Füße.

»Sie sind ja pitschnass«, sagte er unsinnigerweise, so als ob ihr das nicht selbst schon aufgefallen wäre, und tatsächlich warf sie ihm einen schiefen Blick zu.

»Das hat Wasser so an sich«, bemerkte sie knapp und zerrte an ihrem Reitkostüm herum, drehte sich auf die Knie und machte Anstalten, die niedrige Böschung hinaufzukriechen. Doch sie verhedderte sich hoffnungslos in den Stoffbahnen des Rocks, der an ihren Beinen klebte, bis sie schließlich einen wütenden Laut von sich gab.

»Dieses dumme Reitkleid! Dürfte ich Hosen tragen wie ein Mann und normal im Sattel sitzen, wäre all das hier nicht passiert.«

Ihre Augen funkelten – sie war aufrichtig verärgert.

Und sonderbarerweise empfand er sie in ihrem nassen Reitkostüm, das sie wie eine zweite Haut umfing, als fremd und auf eine Weise anziehend, die nichts mehr mit seiner Fürsorgepflicht zu tun hatte. Die geröteten Wangen, das nasse Haar, sogar Schlieren aus Schmutz in ihrem Gesicht taten dieser Faszination keinen Abbruch.

»Mylord, ich fürchte, Sie müssen mir noch einmal aufhelfen, wenn Sie verhindern wollen, dass ich diesen teuren

Stoff in Fetzen reiße«, hörte er sie lamentieren und hätte in diesem Moment vermutlich gar nichts dagegen gehabt, wenn sie sich tatsächlich das Kleid vom Körper gerissen hätte. Im Gegenteil. Er hätte ihr tatkräftig dabei geholfen.

Mit einem unwilligen Kopfschütteln über sich selbst entledigte er sich dieser unpassenden Gedanken und besann sich auf seine Pflicht als Mann. Denn das war er schließlich: der Starke, der Heldenhafte, der Tapfere.

Und so beugte er sich tapfer und heldenhaft über Alice, schob ihr einen starken Arm unter die Kniekehlen, den anderen unter die Achseln und hob sie in einem Schwung hoch. Dabei musste er sich ein leises Ächzen verbeißen – der nasse, schwere Stoff ließ sie zu einem erheblichen Gewicht werden. Doch er bewältigte seine Aufgabe, ohne sich zu blamieren, und schaffte es tatsächlich, mit ihr die flache Böschung zu erklimmen. Gerade wollte er den Weg über den Rasen zum Wohnhaus einschlagen, als Alice, die die Arme um seinen Hals gelegt hatte, heftig zu zappeln begann.

»Mylord!«

Er blieb stehen. »Was? Miss Bingham, ich muss doch sehr bitten. Wie soll ich Sie sicher tragen können, wenn Sie sich winden wie ein Aal?«

»Danke, Mylord, aber Sie sollen mich überhaupt nicht tragen, denn ich kann selbst gehen. Ich habe mir weder ein Bein gebrochen noch einen Knöchel verrenkt. Ich wollte nur aus dieser unsäglichen Sitzposition auf die Füße kommen«, erinnerte sie ihn lebhaft an das, worum sie tatsächlich gebeten hatte.

Mit einer Mischung aus Erleichterung und Enttäuschung setzte er sie ab und hielt sie noch so lange fest, bis sie sicheren Stand hatte. Ihr Körper hatte sich warm und fest angefühlt in seinen Armen und damit unpassenderweise erneut dieses Verlangen geweckt, das lange Zeit in ihm geschlummert hatte. Musste ihm das ausgerechnet mit ihr, seiner Schutzbefohlenen, seinem Mündel passieren?

Ein paar Herzschläge lang stand sie noch an ihn gelehnt und schaute fragend, zögernd – oder war es abwartend? – zu ihm auf.

Er war versucht, einfach zu vergessen, wer sie war und wer er war und was sie trennte …

Ihre vollen Lippen waren leicht geöffnet, und es wäre ein Leichtes gewesen, sich zu ihr hinunterzubeugen und sie zu küssen. Sie zu schmecken und zu erforschen.

Alice' Atem ging schnell, doch das war sicher nur der Anstrengung geschuldet. Sie war viel zu unschuldig, um die gleichen Wünsche und Begierden zu haben, die ihn in diesem Moment quälten.

Oder?

Dann, als er nicht reagierte und nichts weiter tat, als sie anzusehen, senkte sie den Blick und trat zurück, und der Moment voller Zauber und Möglichkeiten war vorüber.

War sie verlegen? Oder etwa gekränkt, weil er ihr zu nahe gekommen war? Aber das war er doch gar nicht. Zumindest nicht so sehr, wie er es sich gewünscht hatte.

Verflucht!

»Danke, Mylord«, sagte sie rau und räusperte sich. »Hoffentlich ist *Wondergirl* nichts passiert«, meinte sie und machte sich auf den Weg.

Erst in diesem Moment kam ihm selbst sein Pferd in den Sinn und er sah sich suchend um. »Nein, sicher nicht. Sie ist *Black* gewiss in den Stall gefolgt«, antwortete er nach ausgiebigem Räuspern ebenfalls mit unsicherer Stimme und ging neben ihr her.

Alice schlang die Arme fest um ihren Oberkörper und schritt eilig aus, und da fiel es ihm wieder ein: Sie fror.

»Halt, warten Sie, Miss Bingham – nehmen Sie das hier«, rief er und riss sich die Reitjacke herunter.

Sie hielt inne und wandte sich ihm zu. Wieder begegnete er kurz ihrem Blick, ehe er sonderbar befangen die Augen abwandte und ihr hastig seine Jacke über die Schultern legte.

Befangen? Er?

»Danke«, murmelte sie und fasste nach dem Revers.

Er hatte seine Hand noch nicht weggezogen und ihre Finger berührten sich. Alice zuckte zurück, als hätte sie sich verbrannt, drehte sich brüsk von ihm fort und eilte wieder in Richtung des Hauses. Einen Augenblick lang blieb er stehen, sah ihr hinterher und rang um Fassung.

Was war hier geschehen? Ihm kam es so vor, als sei seit dem gestrigen Abend ein Damm in ihm gebrochen, den er nur mühsam zu flicken imstande wäre.

Und noch mal verflucht!

Er hastete ihr hinterher und erreichte sie kurz vor dem Kücheneingang.

»Ich hoffe sehr, Ihnen ist nichts Ernstes geschehen, Miss Bingham, und Sie werden sich keine Erkältung holen«, sagte er hölzern und wollte noch etwas hinzufügen, als die Tür von innen geöffnet wurde und Mrs. Staunton ihnen mit strenger Miene entgegenblickte. Als sie entdeckte, dass die junge Frau völlig durchnässt war, schlug sie die Hände über dem Kopf zusammen und sah ihn vorwurfsvoll an, so als hätte er sie absichtlich ins Wasser gestoßen und untergetaucht.

»Um Himmels willen, Miss! Was ist Ihnen denn passiert? Kommen Sie herein, schnell, Sie müssen schleunigst aus diesen nassen Sachen, Sie holen sich ja den Tod.«

Miss Bingham ließ sich bei den Händen nehmen und ins Haus ziehen. Rennison folgte den beiden Frauen durchs Waschhaus nach drinnen.

»Miss Binghams Pferd ist durchgegangen und sie ist in den Bach gefallen«, erläuterte er auf dem Weg in die Küche und spürte wieder überdeutlich das Wasser in seinen Stiefeln.

»Das ist ja entsetzlich!«, hörte er die Köchin rufen. »Warten Sie, Miss, ich mache Ihnen sofort eine frische Tasse Tee.«

Etwas Heißes hätte er jetzt auch getrunken, doch er vergaß, danach zu fragen, stattdessen beobachtete er mit einer Mischung aus Verblüffung und Befremden, wie seine Dienstboten die junge Frau umschwärmten und bemutterten. Zum ersten Mal, seit sie unter seinem Dach lebte, fragte er sich, womit sie sich eigentlich den ganzen Tag die Zeit vertrieb – wenn sie nicht gerade für die Köchin Unkraut jätete. Offensichtlich hatte sie seine Erlaubnis, mit dem Personal sprechen zu dürfen, weidlich genutzt, denn die halbe Küche war in Aufruhr, nur weil Alice

Bingham vom Pferd gefallen war und ein unfreiwilliges Bad genommen hatte.

Die Köchin schickte die Beiköchin um heißes Wasser, die trug den Befehl der Küchenmagd auf nebst dem Zusatz, jene solle ein warmes Fußbad für die nasse junge Frau bereiten, und diese wiederum schrie nach dem Küchenmädchen, welches gefälligst einen Badezuber in das Zimmer der Miss tragen und mehr Holz für den Ofen hereinbringen sollte.

Und natürlich gerieten alle in Hektik, wenn er höchstpersönlich durch die Hintertür in sein Anwesen trat. Wann hatte er zuletzt die Küche von innen gesehen? War er überhaupt schon jemals hier gewesen? Er konnte sich nicht erinnern. Falls ja, musste es eine Ewigkeit her sein.

Mitten in dem aufgeregten Gewühl stand Alice Bingham wie eine verlorene Seele und machte den Eindruck, als sei ihr all dieser Aufruhr um ihre Person zutiefst unangenehm.

»Mylord«, drang Mrs. Stauntons scharf drängende Stimme an sein Ohr.

Er wandte sich zu ihr. »Ja?«

Sie sah ihn mit strengem Blick an, und er hatte augenblicklich den Eindruck, dass sie ihn gern übers Knie gelegt und ihm den Hintern versohlt hätte, wenn sie es nur gedurft hätte. »Würden Sie wohl die Güte haben, Mylord, und sich zurückziehen? Miss Bingham muss aus den nassen Kleidern, und *Sie* können wir dabei am allerwenigsten gebrauchen …«

Sie betonte das »Sie« auf so unmissverständliche

Weise, dass ihm schlagartig bewusst wurde, wie unpassend er hier in der Küche unter all seinem aufgescheuchten Personal wirken musste. Er räusperte sich. »Oh … ja, natürlich.«

Er warf Alice noch einen letzten Blick zu. Man hatte sie gerade auf einen Stuhl neben dem Kamin bugsiert und das Feuer ordentlich geschürt. Dort saß sie nun, hatte eine Decke über die Schultern, eine zweite über die Beine gelegt und eine dampfende Tasse in der Hand.

Als sich ihre Augen begegneten, lächelte sie ihm zu – und das war bereits wieder ihr typisches, spitzbübisches Lächeln, so als sei nichts Besonderes geschehen. Und für sie war es das vermutlich auch nicht. Ihm allerdings zitterten noch immer die Knie bei der Vorstellung, was ihr bei diesem Sturz alles hätte passieren können. Er würde ihr ab sofort Reitverbot erteilen und anordnen, dass sie wieder unterrichtet werden müsse.

Aber von wem?

Schon wieder Godley? Oder war endlich der Stallmeister dazu in der Lage?

Er könnte doch auch selbst … ja, das würde vermutlich das Beste sein. Er würde sie unterrichten und auf ihre Fortschritte achten. So konnte er wenigstens beurteilen, wann Miss Bingham bereit für den nächsten Ausritt wäre.

Lügner, schalt ihn seine innere Stimme, die sich schon sehr lange nicht mehr zu Wort gemeldet hatte. *Du willst doch nur sicherstellen, dass ihr kein anderer Mann zu nahe kommt.*

Unsinn, widersprach er seinem Gewissen. Ihm ging es

ausschließlich um die körperliche Unversehrtheit der Waise, die seiner Obhut anvertraut war. Nicht mehr und nicht weniger.

»Tut mir sehr leid für Ihre teuren Stiefel, Mylord«, hörte er Alice entschuldigend sagen, ehe er sich steif verbeugte und zum Gehen wandte. »Ich werde Ihr Jackett Hammond übergeben, damit er es trocknen und aufbürsten kann«, rief sie ihm noch hinterher, doch er achtete nicht mehr auf ihre Worte, sondern stürmte aus der Küche hinaus und ins Treppenhaus nach oben.

Erst als Hammond ihm mit großer Mühe die Stiefel auszog und über den Schaden an dem kostbaren und teuren Leder lamentierte, fiel ihm wieder ein, dass er vollkommen vergessen hatte, Miss Bingham für diesen Abend in die Bibliothek zu bestellen.

Kapitel 19

Natürlich war Miss Bingham nicht in der Bibliothek aufgetaucht.

Auch dem Frühstück war sie an diesem Morgen ferngeblieben. Rennison war anfangs besorgt gewesen, doch Stearns hatte auf seine Nachfrage hin zu berichten gewusst, dass es ihr gut gehe und sie sich bei ihrem unfreiwilligen Bad am Vortag offensichtlich nicht erkältet hätte. Das beruhigte Rennison etwas, hatte er sich doch bereits vorgeworfen, dass er es gestern versäumt hatte, sofort den Arzt zu rufen.

Doch nach der Erleichterung lauerte Ärger hinter seiner Besorgnis. Miss Bingham musste doch wissen, wie sehr und aufrichtig er ihre gemeinsamen Momente mit Homer schätzte. Die ersten Male hatte sie schließlich auch keine Aufforderung dazu gebraucht. Aber wahrscheinlich hatte sie nur noch ihre Verehrer im Kopf und legte auf ihn und seine Gesellschaft keinen Wert mehr.

Ja, so musste es sein.

Frauen waren ja so wankelmütig – und Miss Bingham war es offenkundig auch.

Kurz nach dem Lunch, den er in seinem Arbeitszimmer eingenommen hatte, tauchte der nächste aus dem Reigen potenzieller Heiratskandidaten auf.

»Sir«, polterte der Rauschgoldengel Noel Harwood los, kaum dass er vor dem Schreibtisch des Lords angehalten hatte. »Ich ersuche Sie um die Erlaubnis, Miss Bingham regelmäßig aufsuchen zu dürfen. Bitte, Sir, erlauben Sie es mir.« Dabei strahlten ihn die blauen Augen in stürmischer Erwartung unbefangen an.

Himmel noch eins – sollte er diese Verbindung wider besseres Wissen tatsächlich erlauben, würde sich diese Welt vor kleinen Goldengelchen nicht retten können! Beide Eltern blond und blauäugig – nein, das wäre zu viel.

Rennison musterte den überschwänglichen jungen Mann erst ausgiebig mit strengem Blick, ehe er ihn einer Antwort würdigte. Ein, wie er wusste, sehr probates Mittel, sein Gegenüber zu verunsichern.

»Setzen Sie sich, Mr. Harwood«, sagte er kühl. Sein Geduldsfaden war nicht sehr lang an diesem Nachmittag, und er hatte keine Lust, besonders höflich zu sein. »Und merken Sie sich eins: Es heißt Mylord.«

»Wie bitte?«

Augen, so blau und groß vor Erstaunen. Das war ja noch schlimmer als nur blau und erwartungsvoll.

»Die korrekte Anrede eines Marquess lautet *Mylord*«, erläuterte er gereizt und fragte sich im selben Moment, wann er ein solcher Idiot geworden war.

Vermutlich irgendwann zwischen dem Ball und diesem Morgen. Zum Glück war sein Freund Thomas heute zu einem Besuch bei entfernten Verwandten aufgebrochen, wurde erst übermorgen wieder zurückerwartet und würde hoffentlich niemals erfahren, wie unwürdig er sich gerade aufführte.

»Oh – selbstverständlich. Bitte vergeben Sie mir diesen Fehler, Mylord.«

Nun errötete Engelchen auch noch! Der Bursche war von einer geradezu hassenswerten Liebenswürdigkeit.

Rennison nickte würdevoll und beschloss, es kurz und schmerzhaft zu machen. Also setzte er zum Vernichtungsschlag an. »Leider muss ich Ihnen mitteilen, Mr. Harwood, dass ich Ihrer Bitte, Miss Bingham den Hof zu machen, nicht stattgeben kann.«

»Aber … aber – aber warum denn nicht? Weil ich die falsche Anrede für Sie gewählt habe?«

Groß, blau, fassungslos und naiv dazu – hoffentlich wurde er den Grünschnabel bald los.

»Nein, natürlich nicht. Ich könnte Ihnen verschiedene Gründe dafür aufzählen«, sagte er laut, obwohl er selbst nicht genau wusste, welcher Art diese sein sollten. »Aber vor allen Dingen halte ich Sie nicht für den geeigneten Ehemann für Miss Bingham.«

»Aber Sir – ich meine natürlich Mylord. Aber Mylord! Wie können Sie so sicher sein?«

Rennison verschränkte die Arme vor der Brust. Ja. Wie konnte er so sicher sein?

Er war es einfach. Das musste genügen.

Es genügte natürlich nicht. Auch ihm selbst nicht.

»Miss Bingham ist eine sehr temperamentvolle junge Dame und braucht eine starke Hand«, hörte er sich selber sagen. »Sie sind viel zu jung, um die Verantwortung für eine so starke Persönlichkeit zu übernehmen.«

»Mylord, mit Verlaub.« Wenigstens hatte er dazugelernt und benutzte die richtige Anrede. »Ich denke durchaus, dass ich ein geeigneter Ehemann für Miss Bingham wäre.«

»Und wie kommen Sie zu dieser Behauptung?«

»Mylord, ich glaube, Sie schätzen mich völlig falsch ein. Ich bin durchaus in der Lage, einer Ehefrau die starke Hand zu zeigen«, versicherte der Jungspund mit gerecktem Kinn.

Nein, lieber nicht. Denn eigentlich war eine starke Hand doch das Letzte, was er Alice antun wollte.

Zumindest von diesem unerfahrenen Lümmel.

»Miss Bingham braucht einen reifen und ausgeglichenen Charakter, der ihre Spontanität und ihren Übermut mit Sanftheit und Geduld zu behandeln weiß«, wies er ihn zurecht. »Für beides sind Sie eindeutig zu jung.« *Ja, aber Pratt wäre es nicht gewesen*, murrte eine leise Stimme in seinem Hinterkopf, die er rasch zum Schweigen brachte.

»Ich bin immerhin bereits zweiundzwanzig, Mylord. Somit betrachte ich mich als genau im richtigen Alter, um zu heiraten und eine Familie zu gründen. Ich bin bereit und fähig, Verantwortung zu übernehmen, und wenn Sie es zulassen, werde ich es Ihnen beweisen. Ich verspreche Ihnen, ich werde Miss Bingham mit aller gebotenen Höflichkeit und mit dem Respekt behandeln, den sie verdient.«

»Und wenn Miss Bingham Sie gar nicht als Kandidaten um ihre Hand in Erwägung ziehen sollte?«

»Warum sollte sie das nicht tun?«, erkundigte sich Noel entgeistert. »Haben Sie sie denn schon gefragt?«

Hatte er natürlich nicht. Und würde er auch nicht. Doch dass er absolut nicht gedachte, sie diesbezüglich nach ihrer Meinung zu fragen, musste er dem Rauschgoldengel ja nicht auf die Nase binden.

»Vielleicht möchte Miss Bingham ja eines Tages aus Liebe heiraten«, fuhr Rennison mit seinen Provokationen fort.

»Oh«, machte Noel. »Glauben Sie wirklich?« Der Gedanke schien ihm neu zu sein.

Das war er auch für Rennison. Er hatte darüber bisher nicht nachgedacht, doch der Aspekt kam ihm gelegen.

»Wie steht es um Ihre Gefühle für Miss Bingham?«, erkundigte er sich mit strenger Miene und kalter Stimme und erinnerte sich vage daran, das er es hatte kurz machen wollen.

»Wie ich schon sagte«, setzte der so Gepeinigte an und straffte die Schultern. »Ich bringe Miss Bingham größten Respekt und Hochachtung entgegen.«

»Und Liebe? Was ist damit?«

Goldengelchen errötete schon wieder bis unter die Haarwurzeln.

»Mylord … Ich … Also ich …«

»Raus mit der Sprache!«

Warum zum Teufel musste er den armen Knaben so demütigen?, fragte er sich. Vielleicht, weil er selbst in diesem Alter so entsetzlich gedemütigt worden war?

Reichte das als Begründung für ein ganzes gefühlloses

Leben? Oder war es nur eine willkommene Entschuldigung für seine Neigung zur Selbstsucht, die er laut seiner Mutter immer schon gehabt und nach dem Reinfall mit Delilah bis zum Exzess gepflegt hatte?

»Nein, schweigen Sie«, gebot er und hob herrisch die Hand, als Noel Harwood den Mund öffnete, um seine Seele auf den Tisch des Hauses zu legen. »Ich will es nicht wissen. Ihre Gefühle mögen ehrenhaft und aufrichtig sein, aber nehmen Sie zur Kenntnis, dass ich einen Antrag, so Sie denn einen solchen ins Auge fassen sollten, in jedem Fall abschlägig beantworten werde. Und nun, Mr. Harwood, gehen Sie bitte wieder nach Hause.«

Der junge Mann war entweder für den Moment mit seinem Latein am Ende oder er spürte, dass die Geduld des Marquess nicht mehr lange reichen würde. Jedenfalls war er klug genug, sich zu erheben und den Kopf zu neigen.

»Wie Sie wünschen, Mylord. Aber ich sehe mich gezwungen, Sie darauf hinzuweisen, dass ich nicht so schnell aufgeben werde.«

»Tun Sie, was Sie nicht lassen können«, räumte Rennison großzügig, aber ungerührt ein. »Und grüßen Sie Ihre Mutter sehr herzlich von mir.«

»Danke. Mylord sind zu gütig.«

Der Junge klang bissig, doch Rennison kümmerte es nicht. Hauptsache er würde ihn los.

Tatsächlich verabschiedete sich der Rauschgoldengel mit entschlossener Miene und zog von dannen.

Für den Moment waren sie alle abgefertigt – Brewster und Pratt und Harwood. Rennison atmete auf. Stand abzuwarten, wann der nächste Schwung eintreffen würde.

Hoffentlich war irgendwann mal ein Kandidat dabei, dem er Miss Bingham guten Gewissens anvertrauen konnte.

Er saß noch immer brütend an seinem Arbeitstisch und starrte blicklos auf einen Stapel Dokumente, die Godley ihm noch vor dem Reigen der Bewunderer gebracht hatte, als es erneut an der Tür klopfte.

»Ja?«, antwortete er ungehalten. Wenn nun noch ein weiterer möglicher Heiratskandidat ankäme, um ihn um eine Unterredung zu bitten, dann würde er mit Sicherheit aus der Haut fahren. Für heute hatte er von diesem Thema genug.

Die Tür ging auf und …

»Miss Bingham!«

»Mylord.«

Wo waren Sie gestern, wollte er fragen, doch die Frage blieb ihm im Hals stecken, als er die angespannte Miene sah, mit der die junge Frau ihn musterte. Stattdessen stand er wortlos auf, um sie zu begrüßen, und bedeutete ihr mit einer knappen Handbewegung, näher zu kommen und sich zu setzen.

Sein sonderbar mulmiges Gefühl verstärkte sich, als Alice das Wort ergriff.

»Mylord – darf ich Sie einen Augenblick sprechen?«

Alice hatte ihren ganzen Mut zusammennehmen müssen, um an die Tür ihres Vormunds zu klopfen.

Sie hatte ihn nicht mehr gesehen, seit er gestern Nachmittag mit finsterer Miene die Küche verlassen hatte. Nach dem warmen Bad war sie so schläfrig geworden, dass sie darum gebeten hatte, eine kleine Mahlzeit auf ihr Zimmer zu bekommen. Gleich danach war sie eine Weile weggedöst und erst mitten in der Nacht wieder wach geworden. Das Frühstück hatte sie ebenfalls verschlafen, und zum Lunch war der Marquess seinerseits nicht erschienen, was Alice sehr erleichtert hatte.

Als der Marquess sie gestern nach ihrem Sturz aus dem Bach getragen hatte, hätte sie beinahe eine unverzeihliche Dummheit begangen. Zum Glück hatte sie der Mut verlassen, kurz bevor sie sich vergessen konnte.

Sie war nah daran gewesen, sich auf die Zehenspitzen zu stellen und seine Lippen mit den ihren zu berühren.

Beinahe hätte sie ihn geküsst! Dabei war er ihr Vormund. Ihr Ersatzvater sozusagen.

Stattdessen aber hatte sie die Fassung bewahrt und war zurück ins Haus gehastet, wo sie in Gesellschaft wenigstens des Personals vor ihrer eigenen Narretei sicher war. Doch allein, dass dieser Gedanke sie beseelt hatte, war alarmierend.

Die halbe Nacht hatte sie darüber gegrübelt, was passiert sein mochte, und sie war schließlich zu einem Ergebnis gelangt.

Der Walzer war schuld.

Natürlich nicht nur der. Aber doch in hohem Maße.

Alice musste sich eingestehen, dass ihre Schwärmerei für den Marquess keine Zukunft hatte und Ausmaße anzunehmen drohte, die sie nur ins Unglück stürzen konnten. Daher hatte sie beschlossen, ihr Geschick selbst in die Hand zu nehmen.

Sie sah, dass Ihr Vormund einen Blick auf seine Taschenuhr warf, und ihr Mut sank. Wenn er in Eile wäre, dann wäre er sicher auch ungeduldig. Keine guten Aussichten für ein delikates Thema.

»Sprechen Sie, Miss Bingham«, sagte er denn auch tatsächlich mit gereiztem Unterton.

Alice gab sich einen Ruck. »Ich habe eine Bitte an Sie, Mylord«, begann sie, doch im selben Moment hob er abwehrend die Hand und neigte den Kopf in Richtung Fenster.

»Was ist das?«, fragte er gereizt, und da hörte auch sie es:

Jemand sang.

Laut und kräftig, klar und mit glockenreiner Tenorstimme. Alice eilte ans Fenster. Der Marquess erhob sich ebenfalls, und da er den kürzeren Weg hatte als sie, war er vor ihr dort und riss es auf. Alice stürmte neben ihn und beugte sich hinaus.

»Oh weh«, murmelte sie schockiert.

Da draußen stand, in Pose geworfen, ein Bein vor das andere gestellt, die Arme ausgebreitet, Noel Harwood und schmetterte eine pathetische Arie, die von ewiger Liebe und unverbrüchlicher Treue kündete.

Wie peinlich – ausgerechnet in Gegenwart Seiner Lordschaft.

Ihre Wangen glühten.

»Dieser närrische Junge«, schimpfte sie halblaut, doch der Marquess, der direkt neben ihr stand, hatte sie natürlich gehört.

»Haben Sie ihn zu dieser Dummheit ermutigt, Miss Bingham?«, erkundigte er sich eisig, und Alice rutschte das Herz in den Magen.

»Natürlich nicht, Mylord. Woher sollte ich denn wissen, dass er …«

»Dann werde ich Stearns anweisen, diesen Tölpel zum Schweigen zu bringen«, bekundete er ungerührt und wandte sich zum Klingelzug, an dem er mehrmals kräftig riss.

Alice registrierte diese Geste des Missmuts mit gemischten Gefühlen und lehnte sich wieder weit aus dem Fenster.

»Mr. Harwood«, rief sie. »So schweigen Sie doch, um Himmels willen!«

Doch dieser ließ sich nicht beirren, sondern legte noch mehr Verve in seinen Vortrag. So viel sie auch rufen, winken und gestikulieren mochte, er achtete nicht darauf, sang nur umso inbrünstiger weiter. Nun legte er auch noch dramatisch beide Hände auf sein Herz und schmachtete sie an, als befände er sich auf einer Opernbühne mit dem Prinzregenten als Ehrengast.

»Wollen Sie denn nicht endlich still sein, Sie Dummkopf«, rief sie in steigender Verzweiflung, doch es half alles nichts. Die goldene Stimme des Mr. Noel Harwood ließ sich nicht zum Schweigen bringen.

In ihrem Rücken vernahm Alice die gereizte Stimme Seiner Lordschaft, der Anweisungen erteilte, und Stearns' ruhige gemessene Antwort darauf. Schneller, als sie jemals erwartet hätte, kamen auch schon drei Dienstboten angelaufen und redeten auf den unermüdlichen Sänger ein, der sich dadurch jedoch nicht von seinem Vortrag abbringen ließ.

Schließlich kam auch der Butler selbst dazu, sagte etwas zu den Lakaien, das Alice nicht verstand, und die drei griffen sich den ambitionierten Künstler ohne viel Federlesens, hoben ihn hoch und schleppten ihn davon.

»Tut ihm nicht weh«, rief sie empört hinunter, doch niemand beachtete sie. Noel Harwood sang derweil unverdrossen weiter. Seine Stimme erbebte im Takt der Schritte.

Bevor das kleine Grüppchen um die Ecke des Hauses verschwinden konnte, brach er seinen Gesang jedoch ab.

»Sie wollen sie doch nur für sich selbst, Mylord Wüstling«, schrie er so laut, dass Alice jedes Wort klar und deutlich verstand.

Sie fuhr herum und wäre beinahe gegen den Marquess geprallt, der wieder neben sie getreten war und das Geschehen mit unbewegter Miene verfolgte. Fassungslos starrte sie ihn an.

»Was … was meint er damit?«

»Das ist vollkommener Unsinn«, wiegelte Seine Lordschaft ab. »Er ist beleidigt, weil ich ihm einen Wunsch abschlagen musste.«

Sie ahnte, was er meinte, spürte aber auch, dass es besser war, nicht in ihn zu dringen. »War das hier dann wirklich nötig?«, fragte sie stattdessen unangenehm berührt.

»Offensichtlich ja«, war die unbeeindruckte Antwort. »Oder wäre es Ihnen lieber gewesen, er hätte sich weiterhin dort unten zum Narren gemacht?«

»Das hat er nicht«, widersprach Alice leidenschaftlich. »Er hat nur seine Gefühle auf der Zunge getragen. Nur weil Sie jede menschliche Regung in Bausch und Bogen ablehnen, müssen Sie andere nicht für die ihren verurteilen.«

»Sind Sie gekommen, um mir meine Gefühllosigkeit vorzuwerfen?« Die Miene Seiner Lordschaft versteinerte zusehends.

Alice mühte sich, das mulmige Gefühl zurückzudrängen, das sich in ihr auszubreiten begann. Da sie von Seiner Lordschaft ein Zugeständnis erhoffte, war es sicher unklug, ihn durch vorlaute Bemerkungen oder gar unangemessene Vorwürfe zu reizen.

»Nein. Bitte verzeihen Sie, Mylord.« Seine Gefühle gingen sie rein gar nichts an, das wusste sie. Was sie aber nicht wusste, war, warum es sie umso mehr schmerzte, dass er tatsächlich keine zu haben schien.

»Da wir das nun geklärt haben, können Sie sich wieder setzen.«

Alice gehorchte, und auch der Marquess nahm seinen Platz hinter dem Arbeitstisch wieder ein. Er sah unnahbar aus. Und sehr schlecht gelaunt.

Er richtete seinen distanzierten Blick auf sie. »Nun? Was wollten Sie mit mir besprechen?«

Alice verknotete nervös die Finger im Schoß. Sie schloss kurz die Augen und schluckte ihr Zaudern hinunter. Nichts an ihrer Situation würde besser werden, wenn sie weiterhin zögerte.

Im Gegenteil.

Noch einmal nahm sie all ihre Courage zusammen und setzte zum Sprechen an so wie vorhin, ehe sie von Noel Harwoods Gesangseinlage unterbrochen worden war.

»Es geht um Mr. Godley, Mylord«, begann sie und spürte im selben Moment, wie unbeholfen sie klang.

»Was ist mit ihm?« Die Stimme des Marquess nahm die ersten bevorstehenden Nachtfröste vorweg.

»Sollte er bei Ihnen vorsprechen, so bitte ich Sie, sein Ansinnen in Erwägung zu ziehen.«

»Welches Ansinnen?«

Konnte es sein, dass er tatsächlich ahnungslos war, oder gab er ihr mit dieser Frage durch die Blume zu verstehen, dass er nicht geneigt war, ihrer Bitte stattzugeben?

»Es … könnte sein, dass Mr. Godley – wie soll ich sagen – nun, dass er um die Erlaubnis ersucht …«

»Was? Doch nicht etwa die Erlaubnis, um Sie zu werben?«

So wie der Marquess die Frage formulierte, klang es wie das Absurdeste, was er in seinem ganzen Leben jemals gehört hatte. Alice schluckte und wäre am liebsten auf der Stelle unsichtbar geworden.

Sie blickte starr auf die Hände in ihrem Schoß und nickte. »Doch. Das meinte ich damit.«

Seine Lordschaft schwieg – lange.

Als das Schweigen erdrückende Ausmaße annahm, hob Alice den Blick wieder an sein Gesicht und erschrak.

So verärgert wie in diesem Moment hatte sie ihren Vormund, seit sie unter seinem Dach wohnte, noch nicht erlebt.

»Ist das Ihr Ernst?«, erkundigte er sich schließlich gefährlich leise.

»Ja, Mylord«, sagte sie mit bebender Stimme und blieb eisern sitzen, obwohl sie am liebsten aufgesprungen und davongelaufen wäre.

Wieder wurde das Schweigen für Alice bedrückend.

»Das werde ich auf keinen Fall erlauben«, kam es schließlich von ihm.

Alice' Trotz erwachte. »Und warum nicht?«

»Er entspricht nicht Ihrem Stand.«

»Ich habe keinen Stand. Das sollten Sie besser wissen als jeder andere, Mylord. Ich bin ein Niemand und kann daher froh sein, wenn sich überhaupt jemand für mich interessiert.«

»Sie sind mein Mündel«, sagte er, senkte dabei den Kopf wie ein angriffslustiger Stier, und seine Augen schossen wütende Blitze über den Tisch hinweg zu ihr. »Und ich ermahne Sie hiermit, sich dieser Tatsache stets bewusst zu sein. Nie wieder will ich von Ihnen hören, sie seien ein Niemand. Haben Sie mich verstanden?«

Alice presste die Lippen aufeinander, hob das Kinn und erwiderte seinen Blick, ohne zu antworten.

»Meine Antwort lautet daher Nein.«

Alice spürte, wie ihr alles Blut aus dem Kopf wich. Einen Moment lang summte es in ihren Ohren, dann stieß sie den angehaltenen Atem geräuschvoll aus.

Sie sollte ruhig bleiben. Sie sollte sich beherrschen und keine vorlaute Antwort geben. Sie sollte …

»Müssten Sie nicht eher froh sein, wenn Ihnen endlich jemand die Verantwortung für mich abnimmt?«, erkundigte sie sich bitter und ohne Rücksicht auf den nötigen Respekt, den sie ihm als ihrem Vormund zu zollen hatte. »Stattdessen zerstören Sie mir diese Chance, einen akzeptablen Ehemann zu finden. Vielleicht die einzige, die ich je haben werde.«

Sie wusste, sie klang vorwurfsvoll und hatte nicht das Recht dazu. Sie wusste auch, dass sie mit dem Feuer spielte – so verärgert, wie der Marquess bereits war, war nicht abzusehen, wie er reagieren würde, wenn sie ihn weiter reizte.

Aber ihr war das in diesem Moment vollkommen egal.

»Falls das Ihre Bedenken sein sollten, kann ich Sie durchaus beruhigen«, kam es von ihm zurück, und die Eiszapfen in seiner Stimme nahmen gletschergroße Ausmaße an. »Ich habe bis zum jetzigen Augenblick bereits drei potenzielle Kandidaten abgelehnt, die ich als für Sie ungeeignet erachtete. Und ich werde dies auch weiterhin tun. So lange, bis sich jemand findet, mit dem ich einverstanden bin. Und wenn Sie in dieser kurzen Zeitspanne bereits drei Verehrer anlocken konnten, dann wird sich diese Quote bei einer möglichen Saison in London nächstes Jahr sicher noch steigern lassen, denke ich.«

Alice sprang auf. Sie hatte sich doch sicher verhört. Der Marquess konnte das gerade nicht gesagt haben.

»Sie haben *was*?«, krächzte sie ungläubig. »Drei mögliche Bewerber abgelehnt?«

In die Flucht geschlagen wäre der bessere Ausdruck gewesen, sagte ihr seine entschlossene Miene.

»Als Ihr Vormund ist dies mein gutes Recht. Und ich rate Ihnen, das nicht infrage zu stellen.«

Mit großem Ärger stellte Alice fest, dass sich irgendwo zwischen ihrem Herzen und ihrem Mund etwas zusammenballte, das sich zweifelsohne als Tränen entladen würde, wenn sie das Gespräch noch länger fortführte. Wie unwürdig, sollte sie ihm nun auch noch dieses Schauspiel bieten!

»Wie auch immer Sie das sehen mögen, Mylord, ich erachte Mr. Godley dennoch als geeigneten Kandidaten um meine Hand. Und ich werde ihn keinesfalls dadurch entmutigen, dass ich ihm Ihre Ablehnung mitteile.«

»Diesen vollmundigen Satz können Sie mir noch einmal entgegenschmettern, wenn Sie volljährig sind, Miss Bingham«, konterte er kühl.

Alice schluckte mühsam einen Wutschrei hinunter.

»Ich hätte außerdem nicht gedacht, dass es Mr. Godley nötig haben würde, Sie an die Front zu schicken, anstatt seine Schlacht selbst zu schlagen.« Die Stimme des Marquess klang ätzend.

»Er weiß nicht, dass ich hier bin und mit Ihnen darüber spreche«, verteidigte Alice das Ansehen ihres Verehrers mühsam beherrscht. »Und es wäre mir lieb, wenn er es auch nicht erfahren würde.« Oh, wie gern hätte sie ihn einfach angeschrien und ihrem Ärger Luft gemacht!

»Umso besser, wenn er es nicht weiß. Denn Sie sollten ihn keinesfalls dazu ermutigen, in diesen Krieg zu ziehen. Ich habe in den nächsten Tagen viel mit ihm zu besprechen und zu erledigen, und ich erwarte, dass er seinen Aufgaben unvoreingenommen und mit all seiner Energie nachkommt. Ich dulde keine Ablenkung durch irgendwelche romantischen Verirrungen oder Flausen. Haben wir uns verstanden?«

Alice senkte den Kopf, um ihren aufsässigen Blick zu verbergen.

»Miss Bingham?«

»Ja, Mylord.«

»Um Ihnen die richtige Entscheidung zu erleichtern, lassen Sie sich gesagt sein, dass mir andernfalls nichts anderes übrig bleiben wird, als Mr. Godley aus meinen Diensten zu entlassen.«

Alice riss den Kopf augenblicklich wieder hoch. Wie infam!

»Sie wollen sich seiner entledigen, falls er mir den Hof machen sollte?«

Sie konnte ihn nur fassungslos anstarren. Ihr Brustkorb wurde eng und enger, so als könnte nicht genügend Luft in ihre Lungen strömen. Wollte Seine Lordschaft sie denn unbedingt dazu bringen, ihn zu hassen? Oder warum sonst benahm er sich so kaltherzig?

»Das hat nichts mit Ihnen als Person zu tun. Ich kann nur keinen Verwalter gebrauchen, der sich durch die Verantwortung für eine Familie von seinen Pflichten ablenken lässt. Ich wiederhole mich nur ungern, aber die Aufgaben, die er für die Abbey zu bewältigen hat, sind umfangreich und anstrengend und erfordern seine gesamte Konzentration, ganz besonders in den nächsten Tagen.«

Alice hatte Schwierigkeiten, zu schlucken.

Sie war enttäuscht. Sie war verzweifelt. Und sie verstand die Welt nicht mehr. Nie hätte sie geglaubt, hinter der unnahbaren Fassade des Marquess könnte ein solcher Unmensch lauern.

Nun wusste sie es besser.

Sie raffte ihre letzten Kräfte zusammen und erhob sich. »Dann verzeihen Sie bitte, Mylord, dass ich Ihre Zeit in Anspruch genommen habe. Guten Tag.«

Kapitel 20

Als Alice ihre Umgebung bewusst wurde, fand sie sich im Garten hinter der Abbey wieder.

Tränenblind war sie aus dem Arbeitszimmer des Marquess gestolpert, ohne noch seine Antwort oder seinen Gruß abzuwarten. Am liebsten hätte sie einfach geheult wie ein kleines Kind, aber sie hatte nach Kräften versucht, sich zusammenzureißen. Das fehlte noch, dass sie Seiner Lordschaft zeigte, wie verzweifelt sie war. Diese Genugtuung würde sie ihm nicht geben. Ohne weiter darüber nachzudenken, war sie aus dem Haus und in Richtung der alten Buche gelaufen.

Die Buche mit der Schaukel …

Sie setzte sich auf das schlichte Holzbrett. Die Ketten waren zu lang – natürlich, man hatte sie ja für ein Kind bemessen. Sie musste die Beine ziemlich anziehen, wenn sie sich abstoßen und ein wenig hin und her pendeln wollte. Vielleicht sollte sie Mr. Godley bitten, sie zu kürzen, damit sie … doch halt – wozu? Die Schaukel war nicht für sie bestimmt, sie war ja kein Kind mehr.

Aber genau das wollte sie in diesem Moment sein.

Ein Kind. Unbeschwert und glücklich.

Sie wollte nicht darüber nachdenken müssen, was es für sie bedeutete, dass ihr Vormund nun schon vier mögliche Bewerber abgelehnt hatte. War er denn mit niemandem zufrieden? Warum war er nicht froh, wenn er sie endlich verheiraten konnte und loswurde? Seine Mutter zumindest tat alles in ihrer Macht Stehende genau dafür.

Und er?

Behandelte sie, als wollte er sie absichtlich quälen. Oh, wie sie ihn hasste!

Die Sonne verschwand hinter dem Horizont und Alice saß immer noch auf ihrer Schaukel und versuchte sich vorzustellen, sie wäre noch das kleine Mädchen von früher, geborgen daheim bei ihrem Vater. Ein Kind, das von den Unbilden des Lebens noch keine Ahnung hatte.

Leider war es genau dieser Gedanke, der schließlich ihre Tränen zum Fließen brachte. So sehr sie es auch verhindern wollte, sie flossen unaufhörlich. Einerlei – sie würde heute Abend sowieso nicht zum gemeinsamen Dinner erscheinen. Nicht mit rot geweinten Augen. Sie wollte weder vor dem Marquess noch Lady Margret ihren Kummer zeigen. Also blieb sie so lange sitzen, bis sie in der Ferne eine Gestalt hinter dem herrschaftlichen Gebäude umhergehen sah. Es war Mrs. Staunton, die nach ihr Ausschau hielt.

Mit schwerem Herzen ließ Alice Schaukel und trügerische Geborgenheit unter dem Blätterdach hinter sich, um ihrer Gesellschaftsdame die Sorge um sie zu nehmen.

»Herr im Himmel, was sind Sie doch blass, Miss Bingham«, empfing Mrs. Staunton sie aufgeregt. »Ist Ihnen nicht wohl? Sie haben ja ganz geschwollene Augen.«

»Ja«, murmelte Alice. »Ich hatte ein Sandkorn im Auge und habe gerieben. Das tat weh, und jetzt sind sie sicher ganz rot. Außerdem ist mir fürchterlich kalt.«

Das war nicht einmal geschwindelt, denn in der Zeit, in der sie reglos auf der Schaukel gesessen hatte, war es dämmrig geworden und ein kühler Wind strich von den Hügeln herab. Unwillkürlich fasste ihre Begleiterin nach ihrer Stirn, so wie man es bei kleinen Kindern tat, um die Temperatur zu prüfen.

»Sie könnten ein wenig Fieber haben«, meinte sie besorgt. »Nun kommen Sie endlich ins Haus. Am besten ist es, Sie begeben sich sofort zu Bett. Ich lasse Ihnen von der Köchin eine heiße Suppe machen und bringe sie Ihnen persönlich aufs Zimmer. Wahrscheinlich sind Sie viel zu lange hier draußen herumgelaufen.«

Diese Wendung der Dinge war Alice nur recht. Wenn sie sich eine Erkältung zugezogen hatte, umso besser. So entging sie auf jeden Fall der gemeinsamen Abendmahlzeit und auch dem morgigen Frühstück, denn nach diesem Gespräch wünschte sich Alice nichts sehnlicher, als dass sie sich in Luft auflösen könnte. Sie wollte überall sonst sein – nur nicht in der Abbey und unter demselben Dach wie der Marquess.

Mrs. Stauntons Fürsorge hatte den unschätzbaren Vorteil, dass sie Alice tatsächlich einen Tag Bettruhe verordnete, obwohl am folgenden Morgen von Fieber keine Spur mehr war. So war sie immerhin auch dem Frühstück entronnen, wie sie es gehofft hatte.

Erst am Nachmittag überwand sie sich und ging in den kleinen Salon zum Tee.

Als sie sich dem Raum näherte, waren Lady Margret und Lord Halsbury, der offensichtlich wieder zurückgekehrt war, bereits dort und sprachen über den abwesenden Marquess.

»Mein Lieber, Sie wissen es ja«, sagte die Dowager Marchioness mit ungerührter Stimme. »Die Katze lässt das Mausen nicht.«

Von Lord Halsbury kam eine unverständliche Antwort.

»Er lebt nun seit seiner Rückkehr aus dem Krieg zurückgezogen wie ein Mönch. Das kann für einen Mann im besten Alter ja nicht gut sein. Ich erwarte schon lange, dass er seinen früheren Lebenswandel wieder aufnimmt, und finde, er täte gut daran, sich um etwas Zerstreuung zu bemühen. – Ach, Alice … wir haben dich vermisst. Ich hoffe, du hattest nichts Ansteckendes?«

Mit Alice' Eintreten ließ Lady Margret das delikate Thema fallen.

Seine Lordschaft blieb dem Tee fern, was Alice in diesem Moment nicht im Geringsten bedauerte, doch Lord Halsbury betrachtete sie mit anteilnehmender Miene.

»Man sagte mir, Sie seien erkältet, Miss Bingham. Hoffentlich nichts Ernstes?«

»Nein, Mylord, durchaus nicht«, beruhigte sie ihn. »Und es ist sicher auch nicht ansteckend.« Sie wich dem prüfenden Blick Ihrer Ladyschaft aus, hielt den Blick eisern auf ihre Teetasse gesenkt und überlegte, wie sie nun künftig mit Mr. Godley umgehen sollte.

Sie fühlte sich ihm gegenüber in der Zwickmühle. Zwar würde sie sich eher die Zunge abbeißen, als irgendetwas von dem Disput mit dem Marquess verlauten zu lassen, trotzdem würde sie Mr. Godley nicht mehr unbefangen in die Augen schauen können. Ein Umstand, den sie sehr bedauerte, war er selbst doch vollkommen unschuldig an dieser unerquicklichen Situation, die sie heraufbeschworen hatte.

Ihr war klar, dass nur sie allein die Verantwortung dafür trug. Sie war dumm gewesen zu glauben, sie könnte Seine Lordschaft zu diesem Zugeständnis und sich selbst damit aus seinem Einflussbereich bringen. Da hatte er ihr einen schönen Strich durch die Rechnung gemacht.

Sie seufzte schwer.

Wie hatte das nur passieren können?

Ihre kleine Schwärmerei für den griechischen Gott zu Pferde hatte sich in heftige Verliebtheit gewandelt.

Nur – wann?

Seit dem Walzer? Seit dem Bad im Bach?

Eine fürchterlich vertrackte Situation.

Den Mann, in den sie verliebt war, konnte sie nicht bekommen, weil sie nicht standesgemäß war. Und demjenigen, der ihr vielleicht aus dieser Misere heraushelfen konnte, verbot ebendieser Mann, ihr den Hof zu machen.

Und was, wenn sie sich doch Mr. Godley anvertraute?

Nicht die Tatsache, dass sie den Marquess liebte. Nein. Das würde sie tunlichst für sich behalten. Aber vielleicht gab es ja einen anderen Weg, und Stephen Godley würde sie heiraten, obwohl er die Abbey dann verlassen müsste.

Immerhin käme sie dann von hier fort … Auch wenn es zugegebenermaßen dem armen Mann gegenüber nicht gerade fair war, seine Zuneigung dafür auszunutzen, ihrer hoffnungslosen Liebe zu entkommen. Aber sie würde dann wenigstens nicht dabei zusehen müssen, dass der wüste Marquess seinen früheren Lebenswandel wieder aufnahm.

Sie musste es versuchen.

Entschlossen stellte sie ihre Teetasse ab und erhob sich.

»Ich … möchte Mr. Godley etwas fragen, bitte entschuldigen Sie mich, Mylady. Lord Halsbury.«

Sie knickste flüchtig und wandte sich zur Tür, da hielt Lady Margrets Stimme sie auf.

»Da wirst du Pech haben, Mädchen. Er ist nicht da.«

Sie fuhr herum. »Nicht da?« Ausgerechnet!

»Nein. Mein Sohn und er sind seit dem frühen Morgen in diversen Belangen unterwegs und werden nicht vor nächstem Dienstagabend zurück sein.«

In diversen Belangen – wie das schon klang! Und dann auch noch alle beide. Zusammen! Tagelang. Hoffentlich gestattete sich Seine Lordschaft keine Indiskretion.

Alice schloss verzweifelt die Augen. Das durfte doch nicht wahr sein!

»Danke, Mylady«, murmelte sie mit letzter Kraft. »Bitte entschuldigen Sie mich dennoch. Ich habe Kopfschmerzen und möchte mich hinlegen. Ich werde Stearns sagen, dass man für mich heute Abend kein Gedeck aufzulegen braucht.«

Alice schickte Polly hinaus, die ihr beim Umkleiden geholfen hatte, und gab auch Mrs. Staunton einen Korb, die sie zu einem kleinen Spaziergang im Wintergarten abholen wollte.

Wobei »Spaziergang« eine maßlose Übertreibung dafür war, dass sie Seite an Seite zwischen den Zitronenbäumen in Terrakottatöpfen fünf Schritt nach rechts und fünf zurück hin und her zu wandeln und dabei halblaut über irgendwelche belanglosen Dinge zu plaudern pflegten.

Diese Aussicht erschien ihr heute wie ein Albtraum.

Stattdessen warf sie sich quer übers Bett.

Alice musste nachdenken. Das konnte sie aber nur, wenn sie allein war und ihre Ruhe hatte.

Ihre Lage war, wie sie bereits festgestellt hatte, verzwickt. Sie konnte nur versuchen, den Gordischen Knoten, zu dem ihr Leben unversehens geworden war, irgendwie zu zerschlagen, doch dazu benötigte sie Hilfe.

Sie würde auf Mr. Godleys Unterstützung zurückgreifen müssen, wenn er wieder zurückkam.

Falls er dann noch mit ihr redete, und nicht von Seiner Lordschaft irgendwie gegen sie eingenommen worden war. Er war sicher nicht schlechter als jeder andere beliebige Ehemann, an den sie unter diesen Umständen geraten konnte. Er war freundlich, höflich und aufmerksam. Mehr konnte sie nicht erwarten, denn es half nichts, nach den Sternen zu greifen.

Als es an ihrer Tür klopfte, schreckte Alice auf. Sie musste eingeschlafen sein, denn draußen dämmerte der Nachmittag bereits einem trüben Herbstabend entgegen.

»Ja?«, rief sie ein wenig schlaftrunken und richtete sich auf.

Es war Ihre Ladyschaft höchstpersönlich, die ins Zimmer rauschte und schwungvoll die Tür hinter sich zufallen ließ.

»Ich hatte Sie nicht für so feige gehalten, irgendein fadenscheiniges körperliches Leiden vorzuschützen, wenn Sie stattdessen nichts anderes haben als schlichten Herzschmerz«, eröffnete Lady Margret sofort die Partie, noch ehe Alice überhaupt begriff, wie ihr geschah.

»Wie meinen …?«, stammelte sie vollkommen überrumpelt.

Lady Margret war mitten im Zimmer in großer Pose stehen geblieben, eine Hand in die Hüfte, die andere auf den Knauf ihres Spazierstocks gestützt. Sie sah ihr von oben herab zu, wie sich Alice verlegen die Haare aus dem Gesicht strich.

»Beleidigen Sie bitte nicht meine Intelligenz, Miss Bingham«, forderte sie, und Alice registrierte mit wachsendem Befremden, dass Ihre Ladyschaft von der vertraulichen Anrede zur formellen übergegangen war. »Ich sehe es Ihnen nicht nur an der Nasenspitze, sondern an jeder Pore an, also leugnen Sie nicht.«

Es war demnach aussichtslos, ihre Herzenspein abzustreiten.

Nun gut.

Aber … noch hatte sie eine, wenn auch winzig kleine Möglichkeit, die Situation zu ihren persönlichen Gunsten zu beeinflussen. Und diese Gelegenheit würde sie nutzen.

»Sie haben recht, Mylady«, gab sie daher rundheraus zu. »Und vielleicht können Sie bei Seiner Lordschaft ein gutes Wort für Mr. Godley und mich einlegen, damit er ihm gestattet, mir den Hof zu machen. Das ist es, was mich bedrückt. Und ich weiß nicht, was ich tun könnte, damit Mylord einer Verbindung zwischen Mr. Godley und mir zustimmt.«

Alice beglückwünschte sich insgeheim zu ihrer Geistesgegenwart. So hatte sie Lady Margret nicht belogen und würde sie im Gegenteil für ihre Zwecke einspannen.

Lady Margret schwieg. Sehr lange. Diese Eigenart schien sie mit ihrem Sohn gemein zu haben.

Ein unangenehmer Wesenszug, wie Alice mit beginnendem Groll konstatierte, denn sie war sehr dazu angetan, das Gegenüber zu zermürben.

Wenn der schweigende Gesprächspartner dann auch noch den Blick über einen schweifen ließ, als wollte er einem bis in die tiefsten Abgründe der Seele blicken …

Obwohl ihr unbehaglich zumute wurde, zwang Alice sich dazu, der Musterung scheinbar ungerührt zu begegnen, doch ihre hart erkämpfte Fassung bekam einen Riss, als Ihre Ladyschaft das Wort erneut ergriff.

»Sie sind in Rennison verliebt, nicht wahr?«, sagte sie mit neutraler Stimme, und es klang nicht im Geringsten wie eine Frage.

Alice war so schockiert, dass sie zu keiner Antwort fähig war.

Lady Margret nickte selbstzufrieden. »Das dachte ich mir.«

Alice bemühte sich, die angehaltene Luft unhörbar auszustoßen und genauso lautlos wieder einzuatmen, doch sie musste feststellen, dass sie am ganzen Körper zitterte. Ihr Herz schlug ein ungesundes Stakkato – sicher würde es jeden Moment zu ihrem Mund heraus und Lady Margret vor die Füße hüpfen.

Leugnen war zwecklos. In der Tat.

»Weiß Seine Lordschaft es denn auch?«, erkundigte sie sich mit brüchiger Stimme.

»Gott bewahre, natürlich nicht. Wofür halten Sie ihn denn? Er ist doch nur ein Mann.«

Alice atmete auf.

»Ich finde«, ergriff Lady Margret nun wieder das Wort und versetzte ihr damit den finalen Stoß, »für Sie ist es nun wirklich Zeit, die Abbey zu verlassen.«

Kapitel 21

Rennison kam ohne seinen Verwalter wieder zu Hause in der Abbey an.

Er hatte den jungen Mann nach Alderminster weitergeschickt, um dort nach ein paar guten Zuchtschafen Ausschau zu halten. Bis dieser wieder zurückkäme, würde er selbst noch einmal mit Miss Bingham über ihr Ansinnen sprechen müssen, sich von Mr. Godley umwerben zu lassen.

Mehrmals war er während der letzten Tage versucht gewesen, Godley nach seinen Absichten zu befragen, doch jedes Mal waren sein Stolz und sein Standesdünkel stärker gewesen. Was interessierte ihn schon das Gefühlsleben seines Personals?

Also hatte er geschwiegen und auch vor sich selbst so getan, als habe das Gespräch mit Miss Bingham nie stattgefunden.

Als er die Halle betrat, erwarteten ihn Koffer. Sehr viele Koffer. So viele und edle Koffer, dass sie nur Ihrer Ladyschaft gehören konnten.

»Stearns, was ist hier los?«, erkundigte er sich mit erhobenen Brauen bei dem herbeigeeilten Butler, der ihm

Hut, Mantel und Handschuhe abnahm.

»Ihre Ladyschaft hat beschlossen, nach London abzureisen, Mylord«, informierte dieser seinen Herrn.

Rennison gab sich nicht die Blöße, nachzufragen. Er war sicher, er hatte seinen Butler richtig verstanden.

»Wo ist meine Mutter jetzt?«, fragte er knapp.

»Sie ist in ihrer Suite, Mylord.«

»Wo ist Lord Halsbury?«

»Abgereist, Mylord.«

Rennison war schon auf dem Weg zur Treppe gewesen und erstarrte nun in der Bewegung.

»Abgereist?« Er drehte sich um und forschte in der Miene seines Butlers nach einer Erklärung. Doch er fand nur die übliche professionelle Beherrschung.

Was zur Hölle ging in seinem Haus vor, kaum dass er ein paar Tage abwesend war? Das wurde ja immer schöner.

Er achtete nicht mehr auf die Antwort, sondern setzte seinen Weg nach oben fort. Unterwegs versuchte er, das leidige Gefühl zu ignorieren, das sich von seinem Magen ausgehend in ihm breitmachte.

Seine Mutter saß an einem kleinen Mahagonitischchen nahe dem Fenster und legte eine Patience.

»Rennison. Du bist zurück.« Sie sah nicht von ihren Karten auf, sondern blieb ganz in ihre Beschäftigung vertieft.

»Was hat das zu bedeuten, Mutter? Sie wollen abreisen?« Er bemühte sich, seine Irritation nicht zu zeigen.

»Ja. Ich habe beschlossen, den Winter in London zu verbringen. Nimm es mir nicht übel, Rennison, aber was sollte ich noch hier?«

Was sie hier sollte? Was sollte diese Frage?

Ihm wurde bewusst, dass er mitten im Zimmer stand und sicher wirken musste, als hätte man ihn wie ein überflüssiges Möbel hier vergessen. Also schlenderte er zu der kleinen, mit gelbem Brokat bezogenen Chaiselongue und setzte sich, ungeachtet der Tatsache, dass seine Stiefel nicht gerade sauber waren. Er wusste, mit derlei Kleinigkeiten konnte er seine Mutter in ihren eigenen vier Wänden auf die Palme bringen. Und tatsächlich – sie warf einen tadelnden Blick auf sein Schuhwerk. Er hätte sich bei jeder anderen Gelegenheit eine diebische Freude daraus gemacht, diesen Tadel zu ignorieren. Doch in diesem Moment wäre er am liebsten aus der Haut gefahren ob des pikierten Blicks.

»Was Sie hier sollen? Darf ich Sie daran erinnern, dass wir einen Heiratskandidaten für mein Mündel brauchen? Und wo ist Thomas? Stearns sagte, er sei abgereist. Wann gedenkt er, wiederzukommen?«

Lady Margret ließ demonstrativ den Stapel Karten fallen, den sie in der Hand hielt, und drehte sich langsam zu Rennison um, der sich in ihrem Rücken niedergelassen hatte.

»Welche all dieser dummen Fragen soll ich dir zuerst beantworten?«

»Wann kommt Thomas wieder?«

»Gar nicht.«

»Warum?«

»Frag ihn selbst.«

Ein leiser Funken Ärger begann in seinem Magen zu

glimmen, doch er ignorierte ihn heldenhaft.

»Und was ist damit, einen Ehemann für Miss Bingham zu finden?«

Die Augen seiner Mutter wurden schmal, als sie ihn betrachtete, ohne sofort zu antworten. »Ach ja, ich erinnere mich«, sagte sie in einem Tonfall, der ihn aufhorchen und das mulmige Gefühl in seinen Eingeweiden noch stärker werden ließ. »Nun – da du es dir, wie ich hörte, leisten konntest, vier potenzielle Kandidaten um ihre Hand abzuschmettern, wirst du sicherlich auch in der Lage sein, den Richtigen für sie ohne meine Hilfe zu finden.«

»Sie waren allesamt ungeeignet«, fuhr er auf, und seine Stimme klang ihm selbst fremd in den Ohren. Woher wusste sie überhaupt davon?

»Natürlich waren sie das.« Lady Margret wandte sich wieder ab und nahm erneut die Karten auf. »Zumindest in deinen Augen. Allerdings würde mich interessieren, welche fragwürdigen Maßstäbe du angelegt hast und warum. Darüber solltest du bei Gelegenheit nachdenken.«

Rennison sprang von dem kleinen Sofa auf. Diese Unterhaltung zu führen, während er saß, erschien ihm mit einem Mal unpassend. »Ich habe die Entscheidung nach bestem Wissen und Gewissen unter Berücksichtigung materieller Verhältnisse und charakterlicher Reife getroffen.«

»Wie du meinst.« Seine Mutter legte ungerührt weiter ihre Karten, als berühre sie das Thema nicht. »Ich hätte es allerdings zu schätzen gewusst, nicht wie Penelope an etwas zu arbeiten, das du mir im Handumdrehen und hinter meinem Rücken wieder zunichtemachst.«

»Ich soll also selbst nach einem geeigneten Kandidaten

für Miss Bingham suchen? Wie stellen Sie sich das vor?«

»Gar nicht. Das Problem ist bereits auf andere Weise gelöst.«

»Wie … gelöst? Auf welche andere Weise meinen Sie?« Rennison gestand sich ein, dass er schon lange nicht mehr so ratlos gewesen war wie in diesem Moment, was das flaue Gefühl in seinem Magen noch verstärkte.

»Miss Bingham ist abgereist«, ließ Lady Margret ihn leidenschaftslos wissen. »Du brauchst dich also um nichts mehr zu kümmern.«

»Was?« Er musste sich verhört haben. Ganz sicher. »Mutter. Ich habe verstanden, Alice sei abgereist. Was haben Sie tatsächlich gesagt?«

»Ich sagte tatsächlich, Miss Bingham sei abgereist«, wiederholte Lady Margret in aller Seelenruhe.

Die seine hingegen war dahin. Er eilte mit wenigen großen Schritten zu dem Tischchen mit den Karten.

»Aber … Warum? Weshalb? Und wohin?«

»*Warum* weiß ich nicht. *Weshalb* ist nur eine abgewandelte Wiederholung desselben Ausdrucks. Und *wohin* – das musst du schon Lord Halsbury fragen.«

»Thomas?«

Rennison konnte nicht verhindern, dass sich seine Stimme überschlug vor Entsetzen und Unglauben.

»Ja. Ich glaube, das sagte ich gerade. Frag deinen Freund Thomas.« Sie blieb ungerührt.

»Mutter!« Nun schrie er beinahe in einer Mischung aus Verzweiflung und aufflammender Wut und fegte ihr mit einer ausholenden Handbewegung die Karten vom Tisch.

Lady Margret warf ihm von schräg unten einen vorwurfsvollen Blick zu. »Siehst du, was du angerichtet hast?« Sie zeigte anklagend auf das Durcheinander. »Ich war kurz davor, endlich einmal eine Patience aufzulösen, und dann kommst du und machst mir alles zunichte.«

Wenn sie nur geahnt hätte, wie wenig ihn das interessierte. »Alice ist mit Thomas fortgegangen?«, schnappte er fassungslos. »Allein? Allein mit einem Mann unterwegs? *Zu ihm?*«

Seine Mutter seufzte gelangweilt auf, und er hätte sie am liebsten geschüttelt.

»Es ist doch nur dein Freund Thomas. Was regst du dich denn so auf?«

Er war sicher, dass er jeden Moment einen Herzschlag erleiden würde. Warum er sich aufregte?

»Die beiden gemeinsam unterwegs. Mutter! Sie mussten doch wissen, was das bedeutet. Damit ist sie ruiniert! Thomas wird sie niemals heiraten, das weiß ich genau. Wie konnten Sie das nur zulassen?«

»Aber weshalb denn ruiniert? Mrs. Staunton begleitet sie natürlich. Ich weiß nicht, was du willst, Rennie«, wunderte sie sich und stand endlich auf. Sie drehte sich frontal zu ihm um und streckte ihm anklagend den Zeigefinger entgegen. »Sie war dir doch nur lästig, das konnte jeder hier im Haus deutlich sehen. Und dieser Zustand hat sie moralisch sehr belastet, also habe ich ihr geraten, abzureisen.«

»Sie haben *was* getan?«

»Statt dich hier aufzuregen, solltest du mir wirklich dankbar sein. Miss Bingham zumindest war es.«

Du solltest mir dankbar sein, hallte es in Rennisons Kopf nach, und er zerbrach sich ebenjenen mit der Frage, warum er davon weit entfernt war.

Er war nahezu außer sich aus dem Salon seiner Mutter gestürmt und hatte erst in der Halle innegehalten und mehrmals tief durchgeatmet.

Dann, nachdem sich diese erste, ihm selbst unerklärliche Aufregung gelegt hatte, wanderte er unruhig durch das Haus. Er betrat sein Arbeitszimmer, doch er hatte keine Lust, sich irgendwelchen Dokumenten zu widmen, die dort auf ihn warteten. Er ging weiter in die Bibliothek, doch als er die Tür öffnete, überfiel ihn unvermittelt ein Gefühl tiefer Traurigkeit. Ein paar Atemzüge lang starrte er auf den kalten Kamin und die beiden leeren Sessel, die davor standen, und etwas in ihm hoffte, seine Mutter hätte sich getäuscht oder sich nur einen schlechten Scherz mit ihm erlaubt. Dass Miss Bingham, den Homer in der Hand, dort schon auf ihn warten würde, ihm mit ihrem verschmitzten Blick entgegensähe und ihn fragte, ob sie nun weiterlesen sollte.

Doch sie war *natürlich* nicht da, denn seine Mutter hatte ihn *natürlich* nicht beschwindelt.

Warum sollte sie auch?

Abrupt drehte er um und marschierte durch die Halle zum rückwärtigen Ausgang, der über eine gepflasterte Terrasse nach draußen in den Garten führte. Das Haus, so groß es auch sein mochte, engte ihn mit einem Mal ein. Er konnte darin kaum atmen. Als er die Tür aufgerissen hatte und nach draußen getreten war, nahm er einen tiefen Atemzug.

Besser.

Aber noch immer nicht gut.

So schlenderte er weiter. Ziellos, planlos, und rekapitulierte die Ereignisse und Gespräche der vergangenen Tage.

Miss Binghams Verärgerung, als er ihre Bitte abschlägig behandelt hatte. Ihre funkelnden Augen. Ihre Empörung, als sie von den drei anderen Anwärtern erfahren hatte. Das hätte er eigentlich für sich behalten wollen, aber dann war es ihm doch entschlüpft.

Ihre bitteren Worte, er könne doch froh sein, wenn überhaupt ein Mann Interesse an einem Nichts wie ihr zeige. Dieser Satz hatte ihn zutiefst getroffen. Sie hatte recht gehabt. Nicht damit, dass sie ein Nichts war, denn das war sie nicht. Ganz sicher nicht. Nicht für ihn.

Und er war eben ganz und gar nicht froh gewesen, sondern hatte an jedem der Gentlemen etwas zu bemängeln gehabt, denn Alice hatte seiner Ansicht nach so viel mehr verdient.

Er hatte von einer Saison in London gesprochen. Im nächsten Jahr. Oder vielleicht auch nicht? Wenn sie keinen Ehemann fände, würde sie ihr Dasein als sein Mündel auf seinem Besitz fristen und ihm so lang vorlesen, bis er endlich ins Grab sinken könnte. Eine mittellose Waise wie sie hatte keine besseren Aussichten zu erwarten. Immerhin würde sie ihren Lebensunterhalt nicht als Gouvernante bestreiten müssen.

Oder auf der Straße.

Die Erinnerung entlockte ihm unwillkürlich ein bitteres Schnauben. Doch gleich darauf zauberte ihm der

Gedanke an ihre erste Begegnung in der Bibliothek ein trauriges Lächeln ins Gesicht.

Ob Alice ihrem späteren Ehemann auch vorlesen würde? Vielleicht nicht gerade Homer, sondern … pikantere Lektüre?

Die Vorstellung jagte ein brennendes Gefühl durch seine Eingeweide, das dem der Eifersucht erstaunlich nahe kam. Unmöglich, es wieder zu ersticken.

Sie wollen sie doch nur für sich selbst, Mylord Wüstling.

Er blieb abrupt stehen.

Was hatte sich dieser blond gelockte Grünschnabel erdreistet! Doch in die Empörung, die bei der Erinnerung an Noel Harwoods Aufschrei in ihm aufstieg, mischte sich etwas anderes und gesellte sich zu der Eifersucht von vorhin.

Beklemmung.

Er ging weiter, ohne seine Umgebung wirklich wahrzunehmen, und hielt erst an, als er über einen Sandkasten stolperte und sich mit der Hand abstützen musste, um nicht hineinzufallen. Er sah auf.

Richtig – der Spielplatz, den er für das erwartete kleine Mädchen hatte bauen lassen. Die Wippe, die Schaukel … Ein Ort vergnügten Spiels, der nie benutzt worden war und nie benutzt werden würde. Miss Bingham war kein Kind mehr, und er selbst würde nie welche haben.

Ein Gedanke, der ihn nie gestört hatte.

Bis jetzt.

Ehe das leise Nagen in ihm Fuß fasste, schüttelte er es ungehalten ab. Das war nichts für ihn, auch wenn seine

Mutter ihm immer noch hin und wieder damit in den Ohren lag. Ein Kind. Ein Sohn. Ein Erbe.

Rennison gestattete sich einen Atemzug lang die Vorstellung, wie es wäre, Alice zur Frau zu haben, als die Mutter seiner Kinder.

Seines Erben.

Sah sie vor sich, wie sie mit einem Säugling auf dem Arm auf der Schaukel saß und dem Kind, seinem Kind, etwas vorlas.

Der scharfe Schmerz voller Sehnsucht, der sein Herz dabei zusammenzog, ließ ihn aufkeuchen.

Nein. Das war keine Option.

Er war zu alt, er war zu verdorben. Zu schwierig, zu verknöchert und vor allen Dingen zu egoistisch.

Er hatte kein Recht auf solche Wünsche.

Für ihn würde es keine Frau geben. Auch nicht Alice.

Schon gar nicht Alice.

Stattdessen würde er Vorkehrungen für eine baldige Abreise nach London treffen. Die schalen, aber schillernden Vergnügungen mit noch schillernderen Frauen, die die Hauptstadt für Männer seines Schlages bereithielt, waren gut genug für ihn.

Mehr verdiente er nicht.

Als die Dunkelheit über den Park hereingebrochen war, scheuchte ihn ein heftiger Regenschauer zurück ins Haus.

All dieses Blut. All diese Leichen lagen um ihn herum. Tote Augen starrten ihn vorwurfsvoll an.

Es gab kein Entrinnen.

In weiter Ferne kündigte ein schwacher Schimmer am Horizont den aufziehenden Morgen an.

Falls er so lange durchhalten würde.

Er wusste nicht, wie viel Kraft ihm noch geblieben war nach all diesem Töten und Morden.

»Sie sind ein Held«, sagte eine sanfte Stimme an seinem Ohr. Ein belustigtes Lachen war darin versteckt, doch als er sich umdrehte, war da niemand. »Mein Held.«

»Es ist falsch«, schrie er aus Leibeskräften.

»Sie können nichts dafür«, tröstete die Stimme wieder, diesmal an seinem anderen Ohr.

Und wieder war da niemand, als er sich hektisch umsah. Doch dieses Mal hatte er die Stimme erkannt.

»Alice?«

Leises Lachen war die Antwort. »Was stehen Sie da in der Gegend herum? Haben Sie etwa den Homer gestohlen?«

Panisch drehte er sich um seine eigene Achse, doch er konnte sie nirgends entdecken. Stattdessen regten sich die Leichenberge und dräuten unheilvoll auf ihn zu.

»Aliiice!«

Rennison fuhr schweißgebadet und wild um sich schlagend im Bett hoch.

Geträumt. Er hatte wieder geträumt.

Das hatte er nicht getan, als Alice ihm vorgelesen hatte.

Er war auch in den Nächten, bevor sie ihn verlassen hatte, nur noch selten heimgesucht worden.

Hatte er tatsächlich gerade gedacht, dass sie *ihn verlassen* hatte?

Rennison sprang aus dem Bett. Die Fäuste geballt und so schwer atmend, als hätte er gerade einen Gewaltmarsch über seine Besitzungen hinter sich gebracht. Er hastete zum Fenster. Draußen empfing ihn die Morgendämmerung eines trüben Herbsttages, der nichts anderes als Regen versprach.

Keine Sonne würde mehr für ihn scheinen. Nie wieder. Es sei denn …

Er würde selbst dafür sorgen müssen, dass seine Sonne wieder schien.

Und das würde er tun. Umgehend.

Mit wilder Entschlossenheit läutete er erst nach dem Butler und dann nach seinem Kammerdiener.

Man solle ihm eine kleine Reisetasche packen und *Black* satteln. Und zwar sofort.

Unverzüglich. Am besten *gestern*!

Der Landsitz seines Freundes Halsbury lag so nahe, dass er ihn mit einer einzigen Übernachtung würde erreichen können. Das konnte er unmöglich so akzeptieren. Er konnte Alice nicht seinem Freund Thomas überlassen.

Zum Henker – Halsbury war der beste Freund und der zuverlässigste Charakter, den er kannte, aber er würde nie auf die Idee kommen, Alice seine Hand anzutragen. Er würde nur sein Vergnügen bei ihr suchen, und dafür war sie definitiv zu schade.

Thomas und Alice hatten drei Tage Vorsprung. Oh Gott, es konnte alles Mögliche passieren in drei Tagen!

Er stöhnte gequält auf.

Den Mantel über dem Arm, den Hut schon auf dem Kopf stürmte er ins Frühstückszimmer, wo seine Mutter seine Hast mit einem ihrer üblichen pikierten Blicke quittierte. Sie sah prüfend an ihm auf und ab.

»Rennison – wohin willst du bei diesem Wetter, um Himmels Willen?«, erkundigte sie sich, ohne ihre Teetasse abzusetzen.

»Ich hole sie zurück.«

Als Lady Margret ansetzte, um etwas zu sagen, hob er gebieterisch die Hand, und sie schloss den Mund.

»Nein, ich will es nicht hören. Sie ist nicht standesgemäß und sie hat keinen Penny. Das interessiert mich nicht. Ich bin der wüste Marquess und ich kann tun und lassen, wonach immer mir der Sinn steht. Alice ist mein Mündel und sie gehört unter dieses Dach. Versuchen Sie nicht, mich aufzuhalten, Mutter, denn es wird Ihnen nicht gelingen.«

Lady Margret nahm in aller Ruhe einen Schluck Tee und setzte dann die Tasse ab.

»Wenn das so ist«, antwortete sie kühl, »dann dürfte es dir sicher nichts ausmachen, Miss Bingham ein Päckchen von mir zu überbringen, falls du sie tatsächlich finden solltest. Sie hat etwas hier vergessen.«

Was tat er hier gerade?

Als er nach einigen hundert Yards den ersten lichten Moment hatte, seitdem er so kopflos aufgebrochen war, hätte er beinah den Hengst gewendet, um wieder umzukehren. Er hatte nicht nachgedacht, war einfach losgestürmt. *Er!* Der stets überlegt und abgeklärt handelte. Der sich nie von seinen Gefühlen leiten ließ. Oder zumindest schon sehr lange nicht mehr. Jagte einer Frau hinterher, die ihn offensichtlich so wenig schätzte, dass sie sein Haus und seinen Schutz fluchtartig verließ. Und noch dazu an der Seite eines anderen Mannes …

Dabei wusste er nicht einmal genau, mit welchem Ziel er unterwegs war. Was bezweckte er damit? Miss Bingham hatte ihr Leben selbst in die Hand genommen und ihn von der Last seiner Verantwortung befreit. Sie hatte gewählt und damit deutlich gemacht, dass sie erwachsen war und weder ihn schätzte noch das, was er ihr bot.

Warum also, zum Teufel, tat er das? Er war kein Mann zum Heiraten. Heute so wenig wie gestern oder letzte Woche oder …

Oder?

Black verlangsamte sein Tempo, trottete nur noch gemächlich dahin, blieb schließlich stehen.

Es war besser, wenn er umkehrte. Was er hier tat, ergab keinen Sinn.

Nicht den geringsten.

Er hatte sich gut eingerichtet in seinem Leben. Er langweilte sich ein wenig, zugegeben. Aber war das ein Grund, Hals über Kopf loszureiten? Und er träumte schlecht, schlief fast nicht. Außer, Alice war bei ihm. Und las ihm vor.

Verdammt. Alles keine ausreichenden Begründungen für seinen unüberlegten Aufbruch.

Aber wenigstens sollte Alice ihm Rede und Antwort stehen und ihm erklären, was sie dazu bewogen hatte …

Der Hengst setzte sich langsam wieder in Bewegung.

Und eigentlich wollte er sie wirklich zurückhaben.

Black beschleunigte den Schritt.

Unbedingt.

Ja. Er würde sie zurückholen. Auf jeden Fall. Sie gehörte zu ihm, in sein Haus … an seine Seite!

Sein Hengst ging in schnellen Trab über, schien es wieder eilig zu haben.

Auf dem Hügelkamm, der den herrschaftlichen Park begrenzte und jenen atemberaubenden Blick hinunter ins Tal mit den goldfarbenen Gebäuden der Abbey bot, der Alice so sehr gefallen hatte, hielt er noch einmal inne und sah sich um.

Haben Sie schon einmal geschrien, Mylord?

Ihre Stimme klang noch in seinem Ohr. Eine Mischung aus sanft und melodisch, dabei stets mit jenem Unterton, der ein kommendes Lachen vorwegnahm.

Herrgott, was hätte er in diesem Moment darum gegeben, sie lachen zu hören.

Nein, er hatte es noch nie getan. In seinen Kreisen schrie man nicht. Laut zu werden, war verpönt. Er hatte es nie versucht.

Nun ja. Manchmal, wenn er sein gesamtes Personal zusammentrommelte, da vielleicht. Aber das galt nicht, das war nicht das, was Miss Bingham gemeint hatte.

Obwohl er in verzweifelter Eile war, nahm er sich die Zeit und schaute hinunter. Versuchte zu sehen, was sie gesehen hatte. Zu empfinden, was sie bei dem Anblick gefühlt haben musste, doch es gelang ihm nicht.

Teufel noch eins – es war auch vollkommen egal, was er empfand. *Ihr* musste es gefallen. Für *sie* sollten die Rhododendren blühen, die Rosen, die Rittersporne und all die anderen Blumen, Bäume und Sträucher, die seinen Park überwucherten und deren Namen vielleicht seine Mutter kannte, aber nicht er.

Noch ehe er wusste, dass er es tun würde, füllte er seine Lungen mit Luft und dann … schrie Rennison Palmer-Lytton, Marquess of Marlborough. Zum ersten Mal in seinem Leben.

Aus Leibeskräften und so laut er konnte. Mit allem, was sein Körper hergab.

»Aliiiiiice!«

»Wo ist sie?«

Rennison stürmte wie ein wilder Stier in das noch im Halbdunkel liegende Schlafzimmer des Mannes, den er bisher als seinen besten Freund betrachtet hatte, und riss rücksichtslos die Vorhänge auf.

Schwer atmend hielt er einen Moment inne, ehe er sich zu dem breiten Bett umdrehte, nicht sicher, ob er ertragen könnte, was er gleich dort sehen würde.

Alice im Bett seines Freundes. In dessen Armen. Zerzaust und … glücklich vielleicht sogar? Oder zutiefst beschämt und gebrochen? Beide Möglichkeiten machten ihn schier rasend.

Doch er musste sich mit eigenen Augen von der Wahrheit überzeugen, also drehte er sich abrupt um, entschlossen, den nackten Tatsachen ins Auge zu sehen. Zuerst erkannte er … nichts. Ein dickes, dunkelrotes Federplumeau verdeckte ihm die Sicht. Er trat näher.

Dunkelrot? Wirklich, Thomas!

Dann kam Bewegung in den Bettenberg, und Thomas' zerzauster Kopf erhob sich aus den Kissen. Verschlafen sah er um sich.

»Was zum Teufel ist hier los?«, knurrte er ungehalten. »Was willst du denn hier, Rennie?«

»Alice. Wo ist sie?«, wiederholte er seine Frage, und seine Stimme war nur ein heiseres Krächzen. Er steuerte auf das Bett zu und zog mit einem einzigen, heftigen Ruck die Decke zurück.

Darunter kam … Thomas zum Vorschein. Nackt, wie Gott ihn geschaffen hatte. Und allein. Und inzwischen auch ziemlich wütend, als er sich zu ihm umdrehte.

»Was fällt dir ein? Bist du verrückt geworden? Wie kommst du darauf, dass sie hier sein könnte?«, murrte er.

Rennison starrte Halsbury schwer atmend an. »Sie hat die Abbey zusammen mit dir verlassen und ich will sie sehen. Sofort.«

Sein Freund – war er das überhaupt noch? Oder war er zum Rivalen geworden? – runzelte übellaunig die Stirn.

»Ja, das hat sie, aber lass dir versichern, Miss Bingham ist nicht hier. Ich kann dir niemanden zeigen, der sich nicht in meinem Hause aufhält.«

Er setzte sich auf, zog halbherzig einen Zipfel seiner Bettdecke über seinen nackten Unterkörper und kratzte sich ausgiebig am Hinterkopf. Dann gähnte er aufreizend lange und richtete endlich einen verschlafenen Blick auf seinen ungeduldigen Freund.

»Wo ist sie dann? Wohin hast du sie gebracht?«, insistierte dieser ungeduldig.

»Das, mein lieber Freund, werde ich dir sagen, wenn du dich wieder beruhigt hast.«

»*Ich bin ruhig.*«

»Ja. Und genau deshalb schnaufst du wie ein Bulle im Stall, dem man die Kuh vor der Nase weggetrieben hat. Würdest du nun bitte die Güte haben, mich Toilette machen zu lassen? Ich wäre gern angezogen, wenn ich mit dir diskutiere. Also?«

Widerwillig kam Rennison der Aufforderung nach und stampfte aus dem Zimmer. Hier schien Alice tatsächlich nicht zu sein.

Aber wo war sie dann?

Rennisons Aggressionspegel sank nur wenig und er musste sich eingestehen, dass Halsburys Vergleich bei Weitem nicht so abwegig war, wie er gern gehabt hätte. Dennoch ebbte das Beben, das ihn befallen hatte bei dem Gedanken an Alice in Halsburys Armen, erst langsam ab und seine Knie waren auf dem Weg die Treppe hinunter zum Frühstückssalon unangenehm weich.

Dort ließ er sich wortlos auf einen Stuhl sinken und akzeptierte eine Tasse Kaffee, um auf Thomas zu warten.

Er wusste nicht, wie er reagiert hätte, hätte er Alice tatsächlich dort vorgefunden, wo er befürchtet hatte. Dann hätte es nichts mehr gegeben, woran er glauben konnte.

Nicht die Unschuld und nicht die Freundschaft.

Also trank er stattdessen Kaffee und wartete auf seinen Freund.

Als dieser endlich geruhte, im Frühstückssalon aufzutauchen, hatte er sich zwar rasiert, angekleidet und auch frisiert, aber bei genauerem Hinsehen war alles ein wenig nachlässiger als sonst. Kurz – der Mann sah trotz allem immer noch aus, als hätte er gerade eine aufregende Nacht mit einer willigen Frau verbracht und sich von dieser nur äußerst ungern losgerissen.

Oder bildete er sich das alles nur ein?

Ungeduldig sah er seinem Freund dabei zu, wie dieser sich Tee servieren ließ und die Zeitung aufschlug.

»Also. Nun rede schon. Wo ist Alice Bingham?«

»Ich sagte, du sollest dich beruhigen«, kam es hinter der Gazette hervor. »Noch scheinst du mir viel zu aufgewühlt zu sein, um einen klaren Gedanken zu fassen.«

»Ich warne dich, Thomas. Wenn du so weitermachst, muss ich dich meine Fäuste spüren lassen, noch ehe dein Tee kalt geworden ist«, zischte er.

Die Blätter sanken nach unten, gerade so weit, dass Halsbury darüber hinwegblicken und ihn fixieren konnte.

»Siehst du? Wo ist deine Contenance geblieben? Früher warst du durch nichts aus der Ruhe zu bringen.«

»Früher hat mich auch nicht mein bester Freund hintergangen.«

»Ach – hat er das? Was hat er denn angestellt?«

»Tu bloß nicht so. Du weißt genau, wovon ich spreche«, knurrte er. »Also – wo ist Alice Bingham?«

»In Sicherheit.«

Rennison schlug mit der flachen Hand auf die Tischplatte, dass das Geschirr darauf klirrte und das Zimmermädchen, das gerade mit einer frischen Kanne Kaffee an den Tisch getreten war, vor Schreck zusammenzuckte.

»Wenn sie dich verbrüht hätte, wärst du selbst daran schuld gewesen«, tadelte Halsbury mit gerümpfter Nase. »Du machst ja deinem Spitznamen gerade mal wieder alle Ehre.«

Rennison ging nicht darauf ein, sondern scheuchte das Mädchen mit einer ungeduldigen Handbewegung fort. »In Sicherheit? Vor wem? Vor mir etwa?«

»Oh, das war nur ganz allgemein dahingesagt«, behauptete Halsbury und verschwand wieder hinter seinem Blatt. »Es geht ihr gut. Aber hast du jemals bemerkt, welch ein Drache diese Witwe Staunton ist? Ich möchte wetten, dass sie unter ihrem Kleid einen Keuschheitsgürtel trägt.«

Wenn Halsbury so weitermachte, würde er hier noch den Verstand verlieren!

Rennison schloss die Augen und atmete tief und langsam aus. So kannte er sich nicht. Und das war auch keineswegs in dem Prädikat enthalten gewesen, das man ihm wegen seines Lebenswandels verliehen hatte. Der wüste Marquess hatte es nie an Haltung mangeln lassen. Höchstens an Moral und Anstand.

Und nun das hier.

»Du liebst sie, nicht wahr?«, sagte ihm da die Zeitung auf den Kopf zu.

»Nein, natürlich nicht«, widersprach er verzweifelt. »Was hat das denn damit zu tun, dass ich mein Mündel wiederhaben will? Ich bin für Miss Bingham verantwortlich und ich habe versagt und muss es wiedergutmachen.«

Liebe … was war das schon. Nein, nichts für ihn. Verantwortung war es, was zählte. Ehre und Anstand.

Wer brauchte schon Liebe?

Verflucht.

»Wiedergutmachen?«

»Das ist alles.«

»Natürlich. Wusste ich es doch.«

Kapitel 22

Es war kalt und nieselte, doch Alice hatte es in dem kleinen, engen Häuschen der Enfields nicht mehr ausgehalten.

Wie schnell sie sich doch an die schier endlosen Dimensionen von Langton Abbey gewöhnt hatte! Die hohen Räume, der weite Blick …

Nun streifte sie durch den nassen Garten. Bis vor wenigen Stunden hatte es noch in Strömen geregnet. Feuchtigkeit drang durch ihre dünnen Stiefel und ließ ihre Zehen vor Kälte erstarren. Lang würde sie es hier draußen nicht aushalten, aber der beginnende Kälteschmerz würde vielleicht den in ihrem Inneren bekämpfen.

Und doch passte das Wetter perfekt zu ihren Gefühlen. Es war düster, es war trostlos und es fühlte sich an, als wollte die Sonne nie wieder hinter den schweren grauen Wolken hervorkommen.

So verloren wie in den letzten Tagen hatte sie sich zuletzt gefühlt, als man ihr die Nachricht vom Tod ihres Vaters überbracht hatte.

Im hinteren Teil des Gartens wartete die Schaukel auf sie, doch sie widerstand der Versuchung, sich darauf zu setzen. Zum einen, weil auf dem durchgebogenen Sitzbrett eine kleine Pfütze Regenwasser stand. Das würde sich auf ihrem Rock nicht gut machen und außerdem würde sie in Zukunft wieder mehr auf ihre Kleidung achten müssen – vielleicht hätte sie doch etwas aus der Abbey mitnehmen sollen. Zum anderen sah das Seil inzwischen noch maroder aus als diesen Sommer und machte einen wenig vertrauenerweckenden Eindruck. Obwohl sie vor Unglück und Liebeskummer auf der Fahrt hierher am liebsten gestorben wäre, wollte sie nun doch nicht zu einem so unsicheren Mittel wie einer baufälligen Schaukel greifen, falls sie doch noch in Erwägung zöge, sich das Genick zu brechen.

Mit einem Seufzen wandte sie sich ab und schlenderte weiter. Ein scharfer Windstoß ließ sie frösteln und schickte eine prickelnde Gänsehaut über ihre Arme, die das Gefühl der Kälte in ihrem Herzen noch verstärkte. Alice zog unwillkürlich die Schultern hoch und kehrte um.

Jetzt eine Tasse heißen Tee, und dann …

Dann ein weiterer langweiliger Abend in dem winzigen Salon der Enfields. Sie würde sticken oder Mrs. Enfield beim Stopfen der zahllosen Kleidungsstücke helfen. Oder ins Feuer starren und grübeln. Bangen um etwas, das niemals eintreten würde.

Das Herz wurde ihr schwer, als sie an ihre schwindenden Hoffnungen dachte.

Hätte sie doch bleiben sollen?

Aber nein. Die Dowager Marchioness hatte recht gehabt, sie fortzuschicken. Wäre sie geblieben, dann hätte sich nichts geändert und sie hätte nur weiter unter ihren

Gefühlen gelitten und am Ende vielleicht einen Mann geheiratet, den sie nicht liebte.

Nein, sie wollte keinen Mann. Nicht jetzt. Vielleicht später, wenn ihr nichts anderes übrig blieb. Dann wäre es egal, wer ihr die Ehe antrug, denn keiner von ihnen würde je so sein wie Seine Lordschaft. Herrisch und unnahbar. Einfühlsam und fürsorglich. Mit einem versteckten Humor, der gelegentlich hervorblitzte, wenn man es am allerwenigsten erwartete, und den sie so gern aus ihm herausgelockt hätte. Ihr griechischer Gott hoch zu Ross.

»Alice! Alice, wo bist du?«

Mr. Enfields etwas raue Stimme drang durch den Nieselregen zu ihr.

»Ich bin hier im hinteren Garten«, antwortete sie und beschleunigte ihren Schritt. Es war ohnehin an der Zeit. Inzwischen fror sie erbärmlich und schlotterte am ganzen Körper.

»Komm herein, Kind, du hast Besuch.«

Als hätte jemand ihren Blick dorthin gelenkt, wanderten ihre Augen zum Fenster des kleinen Salons. Hinter dem Glas machte sie einen Schatten aus, der – zumindest bildete sie sich das ein – zu ihr hinaussah.

Ein Schatten, den sie kannte.

»Ich komme«, wollte sie sagen, doch ihre Stimme gehorchte ihr nicht.

Anstatt weiterzugehen, blieb sie wie angewurzelt stehen und presste beide Hände an ihre glühenden Wangen. Ihr Herz raste wie verrückt und das Blut rauschte so laut in ihren Ohren, dass sie nichts anderes mehr wahrnahm.

Sie sah Mr. Enfield in der Tür zum Garten stehen und heftig gestikulieren; sah, dass er den Mund öffnete und etwas sagte, aber sie hörte es nicht.

Endlich gelang es ihr, sich aus ihrer Starre zu lösen und ihre Füße dazu zu bringen, sich langsam einer vor den anderen zu setzen und sie in Richtung Haus zu bewegen, wo Mr. Enfield noch immer winkend auf sie wartete.

Oh Gott. War er tatsächlich gekommen?

Es war das Einzige, was sie denken konnte, als sie sich steifbeinig an Mr. Enfield vorbeischob, der in Richtung des kleinen Salons deutete.

»… wartet dort auf dich«, hörte sie schließlich, als das Rauschen in ihren Ohren nachließ und die Welt um sie herum wieder an ihre Sinne drang.

Sie tastete sich mit fliegendem Atem den Flur entlang, achtete nicht auf ihre durchnässten Füße und das feuchte Cape, das irgendwo hinter ihr im Flur zu Boden fiel. All ihre Aufmerksamkeit war nach vorn gerichtet. Dann endlich betrat sie den Salon.

Und erstarrte.

Der Marquess stand mit gesenktem Kopf am Fenster, eine Hand in die Laibung gestützt, und sah so verloren aus, wie sie sich fühlte. Er kehrte ihr halb den Rücken zu, und Alice sah die dunklen Schatten auf seinen hohl wirkenden Wangen.

Wann hatte er sich das letzte Mal rasiert?

Am liebsten wäre sie zu ihm geeilt und hätte sich in seine Arme geworfen, so müde und verzweifelt wirkte er, doch ihre vor Kälte empfindungslosen Füße gehorchten ihr nicht, sondern taten nur zwei Schritte in den Raum hinein. Dort blieb sie stehen.

»Mylord«, sagte sie leise.

Er fuhr herum und stockte im ersten Moment, ging ihr zögernd entgegen, blieb dann stehen.

»Miss Bingham«, sagte er nur leise und mit rauer Stimme, doch in seinen Augen lag eine Verzweiflung, die sie erschütterte.

Es herrschte peinliches Schweigen. Alice musterte ihn atemlos. Seine nassen Haare klebten in Strähnen an seinen Schläfen. Die Breeches waren voller Schlammspritzer und die Stiefel starrten vor Dreck. Er sah aus wie ein Abenteurer, der eine weite Reise hinter sich hatte.

Er konnte unmöglich mit dem Wagen gekommen sein, schoss es ihr durch den Kopf. Und eigentlich konnte er überhaupt noch nicht hier sein. War er geflogen?

»Ich hoffe, Sie haben *Black* nicht zuschanden geritten«, brach sie die Stille und wollte sich gleichzeitig am liebsten ohrfeigen. Fiel ihr denn nichts Besseres ein, als ihm Vorwürfe wegen seines Pferdes zu machen?

Der Marquess räusperte sich. »Die Sorge um sein Wohlbefinden war das Einzige, was mich nicht schon gestern hier hat ankommen lassen«, antwortete er heiser.

»Was ist mit Ihrer Stimme passiert?«, fragte Alice besorgt.

»Jemand hat mir einmal geraten, ich solle schreien, um mich zu befreien.«

»Oh.« Sie nickte verblüfft, und ein Schimmer warmer Freude stieg in ihr auf. »Hat es denn geholfen?«

»Ich weiß es noch nicht. Aber ich hoffe es.«

»Aha.«

Wieder schwiegen sie, bis ein Geräusch Alice sich umdrehen ließ.

Hinter ihr in der geöffneten Tür stand Mrs. Enfield und starrte mit entschlossener Miene zu Seiner Lordschaft hinüber. Unwillkürlich suchte Alice nach dem Besen in ihren Händen, mit dem sie den Wüstling aus ihrem Salon fegen könnte.

»Wir sind ein anständiges Haus«, sagte sie resolut und nickte entschlossen mit dem Kopf. »Eine unbescholtene junge Frau hier mit einem Mann wie Ihnen allein im Zimmer … das ist äußerst unschicklich.«

»Mrs. Enfield … bitte«, versuchte Alice es leise.

Diese brummte etwas Missmutiges und rührte sich nicht von der Stelle.

»Mrs. Enfield, ich gebe Ihnen mein Wort als Ehrenmann, dass meine Absichten gegenüber Miss Bingham aufrichtig sind«, versuchte es nun auch der Marquess und ignorierte stoisch das abfällige Schnauben der gestrengen Dame bei dem Wort *Ehrenmann*.

»Sie können mir viel weismachen, Sir«, maulte sie, doch ihre Haltung drückte bereits ein leises Zögern aus.

Alice ließ den Blick zwischen den beiden hin und her schweifen, die sich musterten wie zwei Duellanten vor dem Zeichen der Eröffnung.

Aufrichtige Absichten? Was meinte er damit? Wollte er sie zurückholen als ihr Vormund und ihr dann wieder alle Bewerber vergraulen?

Der Salon war ihr nie besonders groß erschienen, erst recht nicht im Vergleich zu den Räumlichkeiten der Abbey. Aber das Gefühl, die Wände würden geradewegs auf sie einstürzen, hatte sie erst jetzt in der überwältigenden Gegenwart des Marquess. Allein seine Präsenz füllte den gesamten Raum aus, als müsste er ihn sprengen.

»Mrs. Enfield. Gestatten Sie mir fünf Minuten mit Miss Bingham. Wir werden die Türen offenlassen, doch ich versichere Ihnen, das wäre nicht nötig. Bitte bedenken Sie, dass ich der Vormund der jungen Dame und für sie verantwortlich bin.«

Alice sah, dass er versuchte, ein gewinnendes Lächeln aufzusetzen, doch es geriet ihm nicht strahlend, sondern etwas schief.

»Ich bedenke vor allen Dingen, dass Sie ein Wüstling sind.« Die strenge Sittenwächterin gab den Kampf noch nicht auf.

Oh Gott. Alice schloss für einen Moment die Augen und fürchtete um die Stimmung seiner Lordschaft.

»Ich habe nicht vor, den Ruf meines Mündels zu gefährden. Im Gegenteil«, versicherte er entgegen ihrer Befürchtungen in bewundernswerter Besonnenheit. »Es dürfte Sie vielleicht beruhigen, liebe Mrs. Enfield, dass ich meinem bisherigen Lebenswandel endgültig abgeschworen habe und wild entschlossen bin, ein anständiger und respektabler Mensch zu werden.«

Wieder brummte Mrs. Enfield etwas, doch unter seinem unnachgiebigen Blick schmolz ihr Widerstand wie Butter in der Sonne. »Aber die Tür bleibt offen«, beharrte sie in einem letzten Versuch, das Gesicht zu wahren.

»Selbstverständlich, Mrs. Enfield«, bekräftigte Alice und schenkte ihr ein flehendes Lächeln.

Tatsächlich zog sich die Lehrersgattin grummelnd und polternd ins Nebenzimmer zurück, und Alice fühlte sich dem durchdringenden Blick des Marquess schutzlos ausgesetzt.

Verlegen starrte sie auf ihre Hände.

»Warum sind Sie einfach gegangen, ohne sich von mir zu verabschieden?«, erkundigte er sich leise.

Wie bitte? »Dasselbe könnte ich Sie fragen, Mylord«, entgegnete sie mit erwachendem Trotz. »Schließlich waren Sie es, der einfach verschwand.«

Er lachte und schüttelte den Kopf. »Touché. Ich sollte mich stets daran erinnern, weder Ihre furchtlose Intelligenz noch Ihre scharfe Zunge jemals zu unterschätzen.«

»Es hat nichts mit Intelligenz zu tun, Mylord, wenn ein Mann wie … nun, wenn ein Mann wortlos verschwindet.«

Sein Schmunzeln erlosch wieder, was tiefes Bedauern in Alice auslöste.

»Ich … brauchte etwas Abstand. Außerdem hatte ich geschäftlich zu tun.«

Die raue Stimme berührte Alice unangenehm. Sie fühlte sich auf irrationale Weise dafür verantwortlich und wäre am liebsten gelaufen, um seiner Lordschaft zur Linderung einen Löffel Waldhonig zu bringen.

Doch sie rührte sich nicht vom Fleck und wusste auch nichts darauf zu antworten. Was hätte sie auch fragen sollen? Ob er Abstand *zu ihr* gebraucht hatte? Das wollte sie lieber gar nicht erst wissen.

»Nun?«

Sie sah erstaunt auf und sah in sein bleiches Gesicht mit den tiefen Ringen unter den Augen. Er sah nicht nur unrasiert aus, sondern auch so, als hätte er lange nicht mehr geschlafen.

»Was meinen Sie mit *nun*?«

»Ich meine damit die noch immer unbeantwortete Frage, warum Sie ebenfalls verschwunden sind. Ich bin immerhin wiedergekommen. Sie scheinen das nicht vorzuhaben, wenn ich die Situation richtig einschätze. Warum haben Sie uns verlassen?«

»Ich … hielt es für das Beste, Sie von meiner Gegenwart zu befreien«, antwortete sie und sah wieder auf ihre ineinander verknoteten Finger.

»Waren Sie davon überzeugt? Oder meine Frau Mutter?« Trotz seiner Heiserkeit kam die Frage mit unüberhörbarer Schärfe.

»Wir beide«, wich Alice aus und war froh, dass der Marquess nicht auf einer konkreteren Antwort bestand.

Schweigen.

»Lord Halsbury sagte mir, Sie hätten nichts mitgenommen von all den Kleidern, die für Sie angefertigt wurden«, kam es nach einer Weile von ihm.

»Was sollte ich hier mit all den teuren Sachen auch anfangen?« Sie machte eine ausladende Geste. »Sehen Sie doch selbst.«

»Aber sie gehören Ihnen.«

Alice zuckte die Schultern.

»Es wäre absolut nicht nötig gewesen, zu gehen, und das wissen Sie.«

Wusste sie das? Alice schüttelte unwirsch den Kopf. »Nichts weiß ich«, entfuhr es ihr. »Gar nichts. Nur, dass ich ob Ihrer Unnachgiebigkeit sehr verzweifelt war, Mylord.«

Ein Schatten huschte über das Gesicht des Marquess, doch er bohrte seinen Blick noch immer in den ihren. »Sie wollten doch nicht ernsthaft in Erwägung ziehen, Mr. Godley zu heiraten.«

»Warum denn nicht? Er ist ein anständiger Mann«, begehrte sie auf.

»Im Gegensatz zu mir, meinen Sie wohl.«

Alice senkte den Kopf. »Das … wollte ich damit nicht andeuten. Aber Mr. Godley hätte mich bestimmt gut behandelt.«

»So wie ich Sie einschätze, nehme ich nicht an, dass es Ihnen reichen würde, nur gut behandelt zu werden.«

»Ach nein?«

Noch immer standen sie sich gegenüber. Mitten im Zimmer, nur durch wenig Raum getrennt und doch so weit voneinander entfernt.

»Alice, habe ich … habe ich Sie denn schlecht behandelt? Aber ja, das …« Er brach den begonnenen Satz wieder ab, machte aber einen Schritt auf sie zu.

»Oh – ehe ich es vergesse …« Alice ging nicht auf seine Andeutung ein, sondern wandte sich um, ging von ihm fort zu der kleinen Vitrine in der Zimmerecke und öffnete einen der verglasten Türflügel. »Ich habe doch etwas mitgenommen«, sagte sie zerknirscht, »und das gehört tatsächlich nicht mir.«

Sie drehte sich wieder zu ihm um und hielt ihm das Buch entgegen, das sie bei ihrem fluchtartigen Aufbruch aus reiner Sentimentalität in ihre kleine, schäbige Reisetasche gepackt hatte. Doch dann, kaum bei den Enfields angekommen, hatte es schwer auf ihrer Seele gelastet.

»Sie sehen, Mylord«, setzte sie leise hinzu und konnte ihn nicht ansehen dabei, »nun habe ich Ihren Homer doch noch gestohlen.«

Der Marquess streckte den Arm aus, und Alice dachte, er werde ihr das Buch aus der Hand nehmen, doch stattdessen umfasste er ihre Finger mit den seinen und hielt sie fest.

»Behalte ihn«, sagte er tonlos. »Ich schenke ihn dir.«

»Danke«, wisperte Alice, die sich plötzlich atemlos fühlte.

Sie stand näher vor ihm als zuvor – gerade eine Armlänge von ihm entfernt. Dennoch wagte sie es noch immer nicht, die Augen an sein Gesicht zu heben, sondern starrte nur auf seine Hand. Spürte die Berührung auf ihrer Haut – fremd und doch so vertraut. Hatte sie noch kurz zuvor gefröstelt, so war ihr auf einmal unsagbar heiß.

»Alice … sieh mich an. Bitte.« Seine Stimme war kaum zu hören.

Alice schüttelte trotzig den Kopf. Sie wusste nicht, was sie zu sehen erwartete, aber sie hatte die irrationale Furcht, sie könnte in kindische Tränen ausbrechen, wenn sie die Enttäuschung über ihr Vergehen in seiner Miene lesen müsste.

»Ich möchte dir so viel mehr schenken, Alice … Bücher, viele Bücher, eine ganze Bibliothek …« Seine

Finger schlossen sich noch fester um ihre, diejenigen der anderen Hand kamen hinzu. »Bitte …«

Ein lautes Räuspern aus dem Nebenzimmer ließ sie zusammenzucken. Der Marquess löste die Berührung so unvermittelt, dass ihr das Buch entglitt und mit einem Poltern zu Boden fiel.

Alice bückte sich hastig und griff danach, doch Seine Lordschaft hatte denselben Gedanken gehabt, und so führte Homer ihre Hände erneut zusammen; ihre Köpfe nur wenige Fingerbreit voneinander entfernt.

Alice keuchte leise auf, und nun sah sie ihn endlich an, begegnete seinem brennenden Blick, den sie nicht zu lesen verstand, der ihr aber trotzdem erst einen kalten, dann einen heißen Schauer über den Rücken schickte.

»Alice, ich …« Seine Lordschaft sprach nicht weiter, sondern packte sie – nicht grob, aber doch herrisch – bei den Schultern und zog sie mit sich hoch.

Und an sich.

Ehe Alice reagieren konnte, fand sie sich von seinen Armen umfasst und eng an seine muskulöse Brust gepresst.

Sie schloss die Augen und genoss dieses Gefühl der Geborgenheit ganze drei Herzschläge lang. Dann …

»Mister Marlborough!«, ertönte von der Tür her die sich empört überschlagende Stimme der selbst ernannten Anstandsdame, die nicht im Mindesten auf irgendeine Etikette oder korrekte Anrede achtete. »Oder wie auch immer sonst Sie angesprochen werden wollen – Sie gehen hier entschieden zu weit! Das hier ist ein anständiges Haus, und ich dulde keine derartige Entgleisung.«

Alice wandte erschrocken den Kopf in ihre Richtung, doch sie hörte den Marquess lachen, während er sie nur noch fester an sich zog und sich so weit herumdrehte, dass er Mrs. Enfield ansehen konnte. Diese stand mit in die Hüften gestemmten Händen bedrohlich aufgeplustert im Türrahmen, das runde Gesicht der perfekte Ausdruck von heiliger Missbilligung.

»Meine liebe Mrs. Enfield«, sagte er mit seiner heiseren Stimme, und Alice spürte, wie sein Brustkorb bebte. »Sie kommen gerade zur rechten Zeit. Ich habe Miss Binghams Vormund um die Hand seines Mündels gebeten und seine geneigte Zustimmung erhalten. Betrachten Sie uns daher bitte als verlobt, wenn es Ihnen genehm ist.«

»Oh!« Mrs. Enfield spitzte den Mund und ihre Miene wechselte von empört zu fassungslos. »Aber … aber das sind ja Sie selbst«, rief sie einigermaßen ratlos. »Wie können Sie …«

»Ja, das war in der Tat sehr praktisch für mich«, gab er zu.

»Aber … aber …« Sie stotterte und lief puterrot an, während Alice noch immer fassungslos zu begreifen versuchte, was Seine Lordschaft da gerade gesagt hatte. »Aber Ihr Ruf! Sie sind … der wüste Marquess, Sie können doch nicht einfach dieses unschuldige, unbescholtene Kind heiraten. – Mr. Enfield! Mr. Enfield? Komm her und hör dir das an. Das ist ja unerhört …« Sie polterte den kurzen Flur entlang und verschwand in der Küche.

»Und habe ich dabei denn überhaupt nichts zu sagen?«, erkundigte sich Alice empört, als sie wieder sprechen konnte. »Da Sie ja nun Bewerber und Vormund in einem sind, wie stehen da meine Möglichkeiten, Sie abzulehnen?«

Der Marquess nahm Alice' Gesicht in beide Hände und hob es sanft zu sich hoch. Sie konnte geradezu spüren, wie sein Blick sie streichelte.

»Möchtest du denn ablehnen?«, fragte er und es klang rau und auch ein wenig verzweifelt.

»Wurde ich denn schon etwas gefragt, das ich akzeptieren könnte?«

Und dann passierte tatsächlich das Unfassbare: Rennison, der wüste Marquess, fasste nach ihren Händen, ließ sich vor ihr auf die Knie nieder und sah zu ihr auf. »Alice Bingham, um dir die Gelegenheit zu geben, mich abzulehnen, mein Herz zu verschmähen und mit Füßen zu treten, so wie ich es verdiene, frage ich dich also hochoffiziell und im Angesicht dieser beiden Zeugen dort in der Tür zum Flur …«

Alice' Kopf ruckte herum, und tatsächlich, da standen die beiden Enfields zu Ölgötzen erstarrt und glotzten fassungslos auf den knienden Gentleman in ihrem biederen Salon.

»Also frage ich dich in aller gebotenen Form: Willst du meine Frau werden?«

Alice sah wieder zu ihm hinunter. »Bin ich wach oder träume ich?«, fragte sie – wen auch immer.

»Ich gehe wohl besser eine Flasche Muskateller aus dem Keller holen«, murmelte Mr. Enfield aus dem Hintergrund.

»Nun warte doch erst ihre Antwort ab«, zischte seine Göttergattin.

Lord Marlborough und Alice sahen beide hinüber zu dem Ehepaar in der Tür.

»Ich denke, angesichts des Publikums, das wir für den romantischsten Moment unseres Lebens haben, dürfte feststehen, dass du wach bist, meine Liebe«, antwortete Seine Lordschaft lapidar.

»Ja, das will mir auch so scheinen.« Alice unterdrückte ein Lachen.

»Mein liebes Kind, ich muss dich leider daran erinnern, dass ich nicht mehr der Jüngste bin. Außerdem knie ich ziemlich schmerzhaft auf der Kante einer unschätzbaren Erstausgabe der Ilias – würdest du dich also bitte mit deiner Antwort ein wenig beeilen?«

»Warum?«

»Warum was? Warum du dich beeilen sollst? Das sagte ich dir doch gerade. Mir tut das Knie weh.«

»Nein – warum Sie mich heiraten wollen, Mylord.«

»Aber … ist das denn nicht offensichtlich? Ich liege dir zu Füßen.«

»Das sehe ich ja. Aber … ich bin romantisch genug, es auch hören zu wollen.«

»Also gut.« Der Marquess erhob sich mit einem unterdrückten Ächzen. »Dann aber bitte auf Augenhöhe. – Alice Bingham, ich bitte dich, mich zu heiraten, weil ich … ich …« Er räusperte sich.

Alice spürte, wie ihre Knie zu zittern begannen, als sie zu ihm aufschaute und auf die magischen Worte wartete.

Am liebsten hätte sie sie ihm vorgesagt, doch das galt nicht. Sie musste ihre vorlaute Zunge im Zaum halten. Ob sie sich je daran gewöhnen würde, ruhiger zu werden und überlegter zu sprechen, wagte sie zu bezweifeln, aber immerhin hatte Seine Lordschaft ihr im vollen Bewusstsein ihrer Schwächen einen Antrag gemacht. Sicher hatte er sich schon an ihr loses Mundwerk gewöhnt und würde es sonst vielleicht sogar vermissen.

»Also?«, platzte sie nun doch heraus. Sie konnte ihn ja schließlich nicht enttäuschen. Nicht in so einem wichtigen Augenblick.

Der Marquess seufzte gequält und räusperte sich noch einmal.

»Ich kann wohl nicht darauf hoffen, dass du mir diese Hürde erlässt?«

»Ganz sicher nicht«, sagte sie, doch gegen das Strahlen auf ihrem Gesicht konnte sie nichts tun.

»Nun denn. Andere haben es auch bereits geschafft.« Er räusperte sich mehrmals und straffte die Schultern. »Alice, ich liebe dich. So. Nun ist es gesagt und der Ball liegt in deinem Feld.«

»Seit wann?«

»Was? Alice, nun übertreibe es nicht, ja?«

»Seit wann lieben Sie mich?«

Der Marquess entzog ihr entschlossen seine Hände und legte sie erneut um ihr Gesicht. »Genug jetzt der Spielereien, Frau«, grollte er. »Sagst du nun ja oder nicht?«

»Ja … ja, natürlich sage ich ja«, flüsterte sie mit erstickter Stimme.

»Ich weiß nicht, seit wann ich dich liebe, Alice«, gestand er und wirkte zerknirscht. »Ich weiß nur, seit wann … nun ja, seit wann ich es weiß. Und dass ich es weiß. Genügt das nicht?«

Sie lachte leise auf, doch es kam ihr wie ein Schluchzer vor.

Oh Himmel, sie würde doch jetzt nicht etwa in Tränen der Rührung ausbrechen? Vor ihm! Sie hatte schon genug geweint. Den halben Weg in der Kutsche zusammen mit Lord Halsbury und Mrs. Staunton hatte sie nur geheult. Lautlos zwar, aber dafür umso tränenreicher. Beide waren an den Rand der Verzweiflung geraten mit ihr.

Seine Lordschaft hatte ihr seine Liebe gestanden, besser konnte es nicht mehr kommen.

»Doch, das genügt«, antwortete sie mühsam, weil ihr der Hals nun auch noch eng wurde vor Glück. Sie schniefte leise und schluckte, um wieder Luft zu bekommen.

»Was? Was hat sie gesagt?«, erkundigte sich Mrs. Enfield von der Tür her. »Das war zu leise, um es zu verstehen.«

Die beiden hatte sie beinahe vergessen.

»Sie hat ja gesagt«, informierte der Marquess sie mit deutlich hörbarer Stimme, ohne jedoch ihren Blick loszulassen. »Sie können jetzt unbesorgt in den Keller gehen und eine gute Flasche holen, Mr. Enfield. Bringen Sie die beste, die Sie haben. Ich werde Sie dafür entschädigen.«

»Aber nicht doch, Mylord«, widersprach er beleidigt. »Es wird mir eine Ehre sein, auf die Hochzeit unseres Sorgenkindes anzustoßen.« Damit verschwand er.

Ihr frischgebackener Bräutigam sah mit gerunzelter Stirn auf sie hinunter. »Sorgenkind?«, fragte er misstrauisch. »Gibt es da etwas, das ich nicht weiß?«

Alice setzte zu einer Antwort an, doch Mrs. Enfield kam ihr zuvor.

»Ach, aber das haben Sie doch bestimmt schon bemerkt, Sir. Ich meine Mr. Marquess. Unsere Alice ist unheilbar vorlaut. Ganz fürchterlich. Was glauben Sie, was ich dem Mädchen schon alles gesagt habe dazu, aber sie will einfach nicht hören …«

»Ach – wenn's nur das ist.« Seine Lordschaft schmunzelte. »Das wäre mir tatsächlich beinahe entgangen.«

Alice konnte ein leises Glucksen nicht unterdrücken. Sie hatte es ja gewusst. Aber er wollte sie trotzdem, also konnte er es nicht so schrecklich finden.

»Mrs. Enfield – wie wäre es mit Gläsern für den Wein?«

»Oh, aber sicher, Lordschaft. Sir. Ich meine … ach was!« Sie winkte ab und eilte Richtung Küche. »Dass ich das noch erleben darf«, murmelte sie vor sich hin. »Wenn mir das früher einer gesagt hätte …«

Alice bebte am ganzen Körper und versuchte krampfhaft, sich zu beherrschen, aber es ging nicht. Sie hob das Gesicht zu ihm, ehe sie bemerkte, dass sich bereits eine Träne aus ihrem Augenwinkel stahl. Nun war es zu spät, sie noch unauffällig wegzuwischen. Er hatte sie schon entdeckt.

»Oh nein. Du wirst doch nicht etwa deine Zusage schon jetzt bereuen?«, fragte er, und es klang nur halb im Scherz.

»Nein, ganz sicher nicht«, stieß sie noch hervor, doch dann verlor sie die Beherrschung und fing an, hemmungslos zu lachen. »Was für ein Schauspiel«, keuchte sie endlich und griff nach dem Taschentuch, das er ihr anbot, um ihre Tränen zu trocknen.

»Merke dir eins, meine Liebe«, sagte er streng und hatte sofort ihre volle Aufmerksamkeit. »Die einzigen Tränen, die ich von dir sehen will, ab jetzt und für immer, sind Lachtränen.« Das warme Lächeln um seinen Mund nahm seinen Worten jede barsche Note und ließ ihr das Herz weit werden.

»Dann sollten Sie auch weiterhin dafür sorgen«, schniefte sie und wischte sich über die Augen.

»Das werde ich versuchen, mit allem, was mir zu Gebote steht«, versprach er. »Aber zuerst … ist es an der Zeit für einen Kuss, meinst du nicht auch?«

Alice kam leider erst sehr viel später zu ihrem ersehnten Kuss, denn vorher musste noch Mr. Enfields kostbarem Wein zugesprochen werden. Wenigstens kam an diesem Abend nicht mehr die gesamte Nachbarschaft, um zu gratulieren.

Um der Form Genüge zu tun, verabschiedete sich Seine Lordschaft spät in der Nacht ins Gasthaus und konnte ihr zumindest im Hausflur noch ein paar beinahe keusche Küsse rauben, ehe er die Tür öffnete, um zu gehen.

Er war schon draußen, da blieb er plötzlich stehen, schlug sich an die Stirn und kehrte noch einmal um. »Das habe ich ja vollkommen vergessen – ich habe noch etwas für dich, Alice.«

»Für mich?« Erstaunt sah sie zu ihm auf. »Einen Ring vielleicht?« Als sie sein entgeistertes Gesicht sah, musste sie schon wieder lachen.

»Nein«, gestand er. »Den habe ich tatsächlich vergessen. Ich hatte es so eilig, dich zurückzuholen, dass ich … verzeih. Du wirst den größten und schönsten Diamanten bekommen, der sich in London finden lässt. Irgendwann. Nein, ich soll dir das hier geben.«

Ratlos sah Alice ihm zu, wie er sich hinab beugte zu einem Hocker neben der Tür und von dort ein kleines Päckchen aufnahm, das er ihr reichte.

»Was ist das?«

»Ich weiß es nicht. Lady Margret trug mir auf, es dir auszuhändigen, wenn ich dich finden sollte.«

Alice drehte es in den Händen – es war leicht, weich und in Tuch eingeschlagen.

»Öffne es«, ermunterte der Marquess sie, offensichtlich selbst daran interessiert, seinen Inhalt zu erfahren.

Das schmale Band, das das Bündel zusammenhielt, war nur mit einer einfachen Schleife verschlossen, die Alice neugierig öffnete. Sie schlug das Tuch auseinander und fand …

»Ein altes Kleid?« Seine Lordschaft gab seinem Erstaunen unverhohlen Ausdruck. »Was sollst du jetzt noch damit?«

»Ich … erkenne es wieder«, murmelte sie unangenehm berührt. »Ich musste mich seiner entledigen, weil es einen

Riss hatte, und habe es nie von der Schneiderin zurückbekommen.«

Rennison griff etwas unwirsch danach. »Und du brauchst es auch jetzt nicht mehr. Ich werde dir so viele neue Kleider kaufen, wie du dir nur wünschst, also …« Das Bündel öffnete sich, als er es Alice aus den Händen nahm, und aus seinen Falten segelte etwas Helles zu Boden. »Was …«, begann er, doch Alice hatte sich bereits gebückt und den Gegenstand aufgehoben.

»Ein Brief. Für Sie, Mylord. Was hat das zu bedeuten?«

»Ich habe keine Ahnung. Aber … möchtest du mich nicht allmählich Rennie nennen? Meinethalben auch Rennison, Mylord scheint mir nun reichlich unangebracht, da wir uns soeben verlobt haben.«

»Daran muss ich mich erst noch gewöhnen. Aber ich verspreche, es wird nicht lang dauern.« Sie lächelte entschuldigend.

»Meine Mutter wird langsam wunderlich«, maulte er heiser und öffnete den Brief. »Einen Brief an mich in eins deiner alten Kleider zu packen.« Er las in aller Eile, ließ dann das Blatt sinken und heftete seinen Blick auf sie.

Ein mulmiges Gefühl stieg in Alice auf. »Ist es … eine schlechte Nachricht?«

»Sieh selbst.«

Seine Lordschaft … nein, Rennison, ihr Verlobter, legte seinen Arm um ihre Schulter und beugte sich vor, um sie mitlesen zu lassen. Alice spürte die Wärme, die von ihm ausging. Roch ihn – ein wenig Eau de Toilette, ein wenig Mann und ein wenig Regen. Es war der schönste Geruch der Welt.

Dann folgte sie seinem Blick und las.

Rennison,

dieser Brief richtet sich besonders an Dich, mein unbelehrbarer Sohn, aber auch Alice darf erfahren, was ich Dir zu sagen habe. Ich hätte ihn Deiner Verlobten bei ihrer Abreise übergeben können, aber ich wollte nicht, dass sie von meinen Plänen erfährt. Ihre Enttäuschung wäre zu groß gewesen, hättest Du wider Erwarten doch nicht nach ihr gesucht.

Da Du nun diesen Brief in Händen hältst, hast Du offensichtlich endlich das getan, was ich von Anfang an für das Richtige hielt.

Als mir Dein Treiben – oder Hintertreiben, wie man es eher nennen könnte – endgültig zu viel wurde, habe ich beschlossen, Dir einen Denkzettel zu verpassen. Es sollte so aussehen, als wäre Alice mit Deinem Freund Thomas durchgebrannt. Du solltest spüren, welchen Verlust Du damit erleidest. Ich wusste, anders würdest Du Dir niemals eingestehen, dass die kleine Bingham Dein versteinertes Herz erreicht und erweicht hat. Dass sie Dich liebte, wusste ich längst. Vermutlich tat sie das vom ersten Augenblick an.

Ob Du mir meine kleine Scharade übel nimmst oder nicht, ist mir herzlich einerlei. Wichtig ist mir nur, dass Dein rastloses Herz endlich bei jemandem Frieden und Liebe zu finden vermag.

Und nun gib Dir die nötige Mühe und mach dieses Mädchen und dich selbst so glücklich, wie Du nur kannst.

Deine Dich liebende Mutter

Epilog

Langton Abbey, im März 1817

Rennison öffnete leise die Verbindungstür und betrat das Schlafzimmer seiner Gattin.

Er hatte sich bereits bis auf seine Kniehosen ausgekleidet und den Kammerdiener zu Bett geschickt. Halb hoffte er, Alice schliefe bereits – es verursachte ihm ein schlechtes Gewissen, wenn er sie wach und auf ihn wartend vorfand. Dennoch empfand er warme Freude, als sie ihm in die Kissen gelehnt entgegensah und auf die Matratze neben sich klopfte.

»Du kommst spät, mein Lieber«, sagte sie sanft lächelnd.

»Ich musste ungeplant die Pferde wechseln«, antwortete er leise, glitt neben sie aufs Lager und beugte sich für einen zärtlichen Kuss über sie. »Wie geht es euch beiden heute?« Er zog sie an sich und legte eine Hand besitzergreifend auf die unübersehbare Wölbung ihres Leibes.

»Ganz wunderbar«, antwortete Alice mit einem zufriedenen Lachen in der Stimme. »Wir konnten die Köchin erweichen, das letzte Glas ihrer eingemachten Pfirsiche für uns zu opfern. Das war ein Fest.«

Rennison lachte ebenfalls. Immer wieder berührte es ihn, welch kleine Dinge seine Frau glücklich machen konnten. Heute Abend allerdings würde er die Pfirsiche der Köchin übertrumpfen.

Er griff in die Hosentasche, holte das kleine Päckchen hervor, dessentwegen er unbedingt nach London hatte fahren müssen, und reichte es ihr. »Alles Gute zum Hochzeitstag, mein Herz.«

Ehe sie die Gabe an sich nahm, lehnte sie sich nah an ihn und küsste ihn ihrerseits zärtlich. »Rennie. Du sollst mich nicht so verwöhnen. Außerdem ist dieser Tag erst morgen.«

»Lass mir die Freude, Liebling, und mach es auf.«

Endlich gehorchte sie und öffnete den Deckel des kleinen Kästchens.

»Rennison!«

Allein ihr fassungsloser Blick, als sie erst die exquisite Kostbarkeit und dann ihn ansah, war ihm eine immense Genugtuung. Er hatte das Stück bei Londons bestem Goldschmied in Auftrag gegeben und war zufrieden mit dem Ergebnis.

Auf dunkelblauem Samt schimmerte ein perfekter Saphir, umgeben von einer Unzahl an glitzernden Diamanten, die ein großes Herz formten. Die Halskette bestand aus feinen, miteinander verwobenen Goldfäden.

»Es ist … wunderschön«, flüsterte Alice überwältigt.

»Lange nicht so schön wie du«, antwortete er zufrieden und zog sie an sich.

Später lag er gesättigt neben ihr, das Gesicht an ihrer Schulter, und lauschte ihrer sanften, melodischen Stimme, die ihm einen philosophischen Diskurs des römischen Kaisers Marc Aurel vortrug. Unter seiner Hand, die wieder auf ihrem Leib ruhte, spürte er eine sanfte Bewegung, und das Glücksgefühl wollte ihm schier das Herz sprengen.

Er hatte Leben genommen und war daran zerbrochen. Bis Alice gekommen war und ihn erlöst hatte. Wenn er nun träumte, dann von Freude und bunten Farben, von ihr und seinem Kind, das in wenigen Wochen geboren werden würde.

Rennison fühlte eine nie gekannte Demut in sich aufsteigen bei diesem Gedanken, und schloss die Augen, um nur noch zu lauschen, eher er unmerklich ins Land der Träume glitt …

Eine Lady in der Fremde

Gestern noch saß Cassandra, Tochter eines begüterten Landedelmanns, überglücklich dem attraktiven und kultivierten Nathan Ironside gegenüber und freute sich auf den Antrag, den er ihr machen würde.
Heute sitzt Cassandra auf einem schwankenden Bötchen und wird durch die müffelnden Kanäle Venedigs gefahren. An ihrer Seite Marmaduke Lakeland, ein Mann mit kleinem Bäuchlein und krummer Statur, den man auf der Straße übersehen mag. Ihr Ehemann.
Sie selbst trägt die Schuld an der Misere, hat sie den Geschäftsmann doch in eine kompromittierende Situation gebracht, nachdem sie nach der Zurückweisung durch ihren Verehrer vor Verzweiflung blind war.
Um in England dem Tratsch über sich zu entgehen und ihrer egoistischen und lieblosen Mutter zu entkommen, hat sie darauf bestanden, ihn auf seiner Geschäftsreise nach Italien zu begleiten.
Aber was stimmt mit dem Mann nicht? Warum beachtet er sie kaum, schleicht sich nachts aus dem Haus und kehrt erst in den frühen Morgenstunden zurück? Und was sind das für Geräusche aus dem Nachbarhaus, das doch seit Jahren verlassen steht?
Marmaduke scheint ein finsteres Geheimnis zu bewahren, und Cassandra ist entschlossen, dieses zu lüften …

Tauchen Sie ein in die zauberhafte Geschichte zur Zeit des Regency – mit der humorvollen und spannenden Konfrontation von Menschen und Kulturen, die unterschiedlicher nicht sein könnten. Laura Gambrinus spielt mit den Gegensätzen und führt zusammen, was unvereinbar erscheint

Leseprobe

Die nächste Tür öffnete ihm die fast unbeleuchtete Bibliothek; er trat ein und schloss hörbar die Tür hinter sich. Die Geräusche der Gesellschaft, die ihn bis hier herauf verfolgt hatten, verstummten und er atmete auf. Davon würde er demnächst in Venedig wieder mehr als genug bekommen.

Als sich seine Augen an das nahezu vollständige Dunkel gewöhnt hatten, erstarrte er.

Er war nicht allein.

Durch die beiden bodentiefen Fenster fiel das Licht des Vollmonds ins Innere. Mitten in seinem silbrigen Strahl stand Miss Halcroft. Ihr schmal geschnittenes, helles Kleid fiel in weichen Wellen zu Boden. Sie stand reglos im bläulichen Schein des Lichts und sah gedankenverloren zum Fenster hinaus. Durch den feinen Stoff ihres Kleides konnte er ihre angedeutete Silhouette erahnen.

Hierher also hatte sie sich geflüchtet.

Sie musste gehört haben, dass jemand eingetreten war, doch sie reagierte keineswegs erschrocken, sondern bewegte nur langsam den Kopf in seine Richtung.

»Oh … Sie sind das«, meinte sie mit ausdrucksloser Stimme, als sie ihn erkannte. Dann wandte sie sich wieder Richtung Fenster und schwieg erneut.

»Verzeihen Sie«, unterbrach er die Stille, »ich wollte mich nur mit etwas Lesestoff versorgen, ehe ich mich zur

Ruhe begebe.«

Sie nickte kaum merklich. »Bitte. Bedienen Sie sich. Meinen Vater wird es freuen, zu hören, dass Sie sich für seine Bücher interessieren.«

»Ich wollte Sie keineswegs stören«, fuhr er ungelenk fort und hörte sie leise und traurig auflachen.

»Glauben Sie mir, Mister Lakeland, es sind ganz andere Dinge im Leben, die mich stören. Ihre Gegenwart tut es sicher nicht.«

»Sie sind sehr freundlich, Miss Halcroft. Erlauben Sie mir dennoch, dass ich mich nun von Ihnen verabschiede.« Er sah, dass sie den Kopf erneut leicht in seine Richtung drehte, doch sie suchte keinen Augenkontakt, sondern schaute zu Boden.

»Warum bleiben Sie nicht noch einen Moment und leisten mir Gesellschaft?«

Erstaunt hob er die Brauen. Wie kam sie dazu, ihn zum Bleiben aufzufordern? Sie musste doch wissen, dass sie mit dem Feuer spielte.

Sein Verstand riet ihm, die Einladung abzulehnen. Doch etwas anderes, von dem er nicht genau wusste, wo es herkam und was es war, lähmte seinen Willen.

Marmaduke Lakeland blieb.

Allein in einer schummrigen Bibliothek zusammen mit einer jungen, unverheirateten Frau, die nicht seine Schwester war.

Würde man sie hier überraschen, käme es einer Katastrophe gleich. Miss Halcroft wäre kompromittiert, und was das bedeutete – er wollte es sich nicht ausmalen.

Dennoch – er blieb.

35042805R00204

Printed in Poland
by Amazon Fulfillment
Poland Sp. z o.o., Wrocław